愛經典

閱讀經典，成為更好的自己。

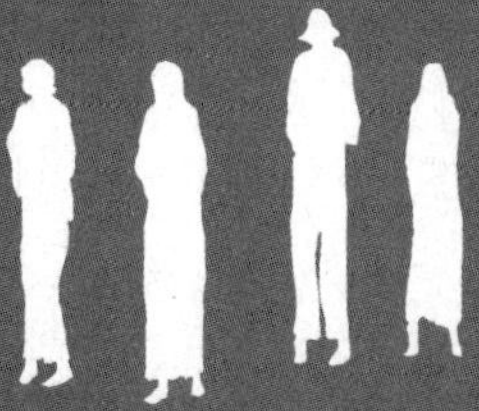

都柏林人

DUBLINERS

詹姆斯．喬伊斯 著　辛彩娜 譯

緣起

愛經典

卡爾維諾說：「『經典』即是具影響力的作品，在我們的想像中留下痕跡，並藏在潛意識中。正因『經典』有這種影響力，我們更要撥時間閱讀，接受『經典』為我們帶來的改變。」因為經典作品具有這樣無窮的魅力，時報出版公司特別引進大星文化公司的「作家榜經典文庫」，期能為臺灣的經典閱讀提供另一選擇。

作家榜經典文庫從二〇一七年起至今，已出版超過一百本，迅速累積良好口碑，不斷榮登各大暢銷榜，總銷量突破一千萬冊。本書系的作者都經過時代淬鍊，其作品雋永，意義深遠；所選擇的譯者，多為優秀的詩人、作家，因此譯文流暢，讀來如同原創作品般通順，沒有隔閡；而且時報在臺推出時，每部作品皆以精裝裝幀，質感更佳，是讀者想要閱讀與收藏經典時的首選。

現在開始讀經典，成為更好的自己。

目錄

導讀

《都柏林人》：一個城市的畫像

一九〇四年，當躊躇滿志的青年藝術家詹姆斯・喬伊斯以「斯蒂芬・代達勒斯」的筆名寫下〈姊妹倆〉時，他一定不會想到，這篇文字連同之後創作的十四篇短篇小說會被二十多家出版商退稿，千迴百折，直到一九一四年才得以出版。這十五個故事並不是傳統意義上短篇小說的彙編，而是為了一個明確的寫作目的，由一個個互相關聯的短篇構成的頗富匠心的有機系統，喬伊斯將其命名為《都柏林人》。而如此命名的原因，喬伊斯曾數次強調，是因為「都柏林作為首府已有幾千年的歷史，也是大英帝國第二大城市，差不多有三個威尼斯大，但迄今為止沒有一個藝術家把它展現給世界」[1]。更重要的是，在他的眼中，都柏林是愛爾蘭最具代表性的縮影：「我的初衷，就是要書寫我的祖國精神史上的一章，我選擇都柏林作為背景，是因

1 James Joyce, *Selected Letters of James Joyce*, ed. Richard Ellmann. London: Faber and Faber, 1975, p.78. 以下出自該書的引文以 *SL* 加頁碼形式標注。

為在我看來，這座城市正是癱瘓的中心。」（*SL83*）。可以說，《都柏林人》是喬伊斯以十年之力為他的城市和他的民族創作的一幅生動的畫像。

十年坎坷

一九〇四年七月，生活困頓的喬伊斯應喬治·拉塞爾（George Russell）之邀，為其主編的《愛爾蘭家園報》撰寫短篇小說，稿酬一英鎊。拉塞爾的約稿成了《都柏林人》的開端。喬伊斯馬上開始動手寫他的第一篇小說〈姊妹倆〉，講的是一個癱瘓的老牧師之死。該文於八月十三日在《愛爾蘭家園報》刊出。此後的兩年間，他又先後創作了十三個短篇，一九〇七年完成了最後一篇〈死者〉，《都柏林人》就此結集成冊。

雖然拉塞爾約稿的要求並不高，只需「一般人看懂、喜歡」即可[2]，但喬伊斯卻不是樂於討好人的性格。他坦承「不得罪人，我就無法寫作」（*JJ218*），因此對於自己的作品能否找到出版商，他始終心存憂慮。一九〇五年十二月三日，喬伊斯把書稿寄給了倫敦出版商格蘭特·理查茲（Grant Richards），雙方於次年三月簽訂出版合約。在理查茲的要求下，書稿幾經刪改，但最終還是被退了回來。在隨後的幾年裡，也沒有出版商願意接手。

一九〇九年七月至九月間，喬伊斯藉回都柏林籌辦電影院的機會，與喬治·羅伯茨

（George Roberts）洽談《都柏林人》出版事宜。對方同意出版此書，但強烈要求喬伊斯刪除〈委員會辦公室裡的常春藤日〉中一段有關英國國王愛德華七世私生活的言辭激烈的文字。另外，因為小說中很多人名、商店名、酒館名皆與現實情境雷同，羅伯茨還擔心引起爭議，惹來官司纏身。出版計畫一拖再拖。

一九一二年夏天，喬伊斯從的里亞斯特返回都柏林親自處理出版糾紛，卻接到了要他大幅修改書稿的要求。喬伊斯堅持己見，不願妥協，談判最終破裂。他打算把書拿到倫敦裝訂出版，所以想設法從羅伯茨那裡弄到一套完整的校樣，但未能如願。一個叫伏爾考納的印刷商給了他一本樣書，卻無論如何也不肯交出印張。

喬伊斯離開後，伏爾考納用切紙機銷毀了所有印刷好的《都柏林人》的書頁。這是喬伊斯最後一次踏上故國的土地，他滿懷憤慨，當夜就離開了都柏林，在開往慕尼黑的火車上寫下了〈火爐冒煤氣〉（"Gas from a Burner"）這首詩，諷刺以羅伯茨為代表的愛爾蘭出版界虛偽懦弱，毫無識人之明。

兩年後，事情峰迴路轉。一九一四年一月二十九日，理查茲再次同意出版《都柏林人》。

2 Richard Ellmann, *James Joyce*. Oxford: Oxford University Press, 1984, p.169. 以下出自該書的引文以 *JJ* 加頁碼形式標注。

雖然條件苛刻，但喬伊斯並未對此糾纏。六月十五日，《都柏林人》正式問世，印數為一二五〇冊。銷售情形並不理想，至次年五月一日，僅售出三七九冊，其中還包括喬伊斯按照合約要求自購的一二〇冊。不過，雖然《都柏林人》命途坎坷，難覓知音，但時間早已證明，喬伊斯已經以藝術家獨有的方式——以其才華、良知和純粹——征服了愛爾蘭，征服了世界。

「精神史上的一章」

喬伊斯一八八二年出生於都柏林一個信奉天主教的中產階級家庭，幼時家道中落，屢次搬遷。顛沛流離的生活使他對都柏林的大街小巷、風土人情有了廣泛瞭解和深入體驗。後來雖然旅居歐洲大陸多年，但他的筆觸從未離開過愛爾蘭（尤其是都柏林）。他孜孜不倦地描繪著那裡熙熙攘攘的街道、人聲鼎沸的酒吧、沉悶破舊的房屋，描繪著都柏林人長期在英國殖民統治、天主教教條、狹隘民族主義困囿下的苦悶、空虛、迷惘和癱瘓。

《都柏林人》是青年喬伊斯為他的祖國寫下的「精神史上的一章」，他把城市擬人化，按照「童年、少年、成年，及社會生活」（*SL83*）這樣的順序來全方位展現愛爾蘭的精神癱瘓。在第一個故事〈姊妹倆〉的開篇，喬伊斯就開宗明義，藉小男孩之口點出了《都柏林人》的主題：「每天晚上，我凝視著那扇窗，總會輕聲念叨一個詞——癱瘓。」[3]小說圍繞著老神父生前死後的情形展開，講述了老神父因失手打碎聖餐杯而逐漸精神失常，最後癱瘓至死的故事。老神父身體的癱瘓是其精神癱瘓的外化，他是一個索引，指向了當時愛爾蘭語境下崇高精神追求必然失敗的結局。他也是《都柏林人》中神父系列的原型代表，這些神父無一不從聖壇上墮落：〈阿拉比〉中的神父「死在房子的後客廳裡」，生前最愛看的不是宗教書籍，而是情節驚險離奇的偵探作品《維道克回憶錄》，以致書頁都泛黃了（*D*17）；〈委員會辦公室裡的常春藤日〉中的科恩神父是個「愛喝黑啤酒的酒鬼」，不屬於任何教堂或教會機構，「自己單打獨鬥」（*D*91）；〈聖恩〉裡的珀頓神父有意把《聖經》中的話掐頭去尾來論證貪婪的合理性，以宗教的名義為商人的唯利是圖辯解……這些神父不僅失職，而且本身就犯有瀆神的罪過，早已無法在精神生活上給人以庇護和指引，宗教的精神實質也隨之蕩然無存。

〈姊妹倆〉中還出現了另一個貫穿全書的關鍵字：「買賣聖職」（simony，*D*1）。買賣聖職原指蓄意用聖物、赦免、贖金為籌碼來進行交易的罪惡行徑，廣義上則指以精神價值來換取物質利益的背叛行為。

在喬伊斯看來，愛爾蘭不管是宗教領域還是世俗領域都不乏「買賣聖職」的罪行。例如，〈委員會辦公室裡的常春藤日〉中眾人議論科恩神父「自己單打獨鬥」，就是暗指他私下買賣

3 James Joyce, *Dubliners.* Hertfordshire: Wordsworth Classics, 1993, p.1. 以下出自該書的引文以*D*加頁碼形式標注。

聖職的勾當；〈公寓〉中的穆尼太太以經濟利益為目標來安排自己女兒的婚姻，而天主教道德體系正是她勝券在握的殺手鐧。

政治行為同樣為利益關係所束縛。〈委員會辦公室裡的常春藤日〉中那陰暗破舊的辦公室、奄奄一息的爐火、廢話連篇的政治討論無一不是愛爾蘭政治生態的隱喻，象徵著後帕內爾時代民族主義政治的衰落和式微、民族精神的墮落和消沉。委員會辦公室是指愛爾蘭土地同盟委員會辦公室，帕內爾曾任該機構的主席，時過境遷，這位愛爾蘭的無冕之王最終成為左中右派人人可置喙的中性符號，一個可供消費的政治商品。

〈母親〉中的那位母親因為對金錢的迷戀親手摧毀了女兒的藝術生涯，她倚仗自己女兒的名字「凱薩琳」與愛爾蘭女英雄同名而企圖大發民族復興主義之財。所以，喬伊斯說愛爾蘭人既侍奉上帝，又供奉財神[4]。不論是萎靡的政治、墮落的宗教還是狹隘的文化生活，都成了意義的荒漠，個體的自由和人性盡失，這正是都柏林人精神癱瘓的症候所在。

《都柏林人》以〈死者〉作為高潮和總結，可謂意味深長。正如「死者」這個題目所暗示的那樣，占據小說敘事中心的是死者的幽靈，是生者對於過去的回憶，死亡的陰影始終揮之不去。整個故事的基調是輓歌式的，對於壓抑的政治環境和個人生活，故事的結尾並未提供可行的出路。結尾的空間描寫為整部小說奠定了死亡的基調，整座城市都處在死亡陰影的籠罩下，與開篇〈姊妹倆〉中的神父之死遙相呼應，營造了一個封閉的死亡空間，保持了文本主題的統一性。在這樣的壓抑空間中，命運的把控已是一種結構性，在場所有人——不論長幼、性別、職業——都無法逃脫癱瘓甚至死亡的命運。這一切與愛爾蘭的殖民歷史和社會文化現狀有著密切關係，正是因為英國殖民統治、天主教道德和狹隘民族主義的掣肘，愛爾蘭人才無法掌控自己的生活，遭遇重重挫敗。

喬伊斯帶領我們走進都柏林陰暗的邊緣角落，走進中下層市民隱祕的精神和情感世界，打破了那些浮於生活表層的浪漫化的政治幻象和文化泡沫，直面愛爾蘭萎靡不振、舉步維艱的民族困境。

一九〇六年六月，在給理查茲的信中，喬伊斯寫道：「我的小說彌漫著灰坑、枯草和腐肉的氣味，那並不是我的錯。我真心實意地相信：如果您不讓愛爾蘭人透過我那磨光的透鏡好好看看自己的真容，您就會推遲愛爾蘭文明的進程。」（*SL*89—90）所以，喬伊斯將都柏林介紹給世界的方式不是美化，也不是複製殖民者和民族主義者所塑造的愛爾蘭的刻板形象，而是透過「磨光的透鏡」來觀察民族肌理、診視民族痼疾，以期開啟民智，鍛造民族道德良知，培養一種《英雄斯蒂芬》中所提倡的「嶄新的、積極的、毫無恐懼並且問心無愧的人性」[5]。

---

4 James Joyce, *The Critical Writings of James Joyce*, eds. Ellsworth Mason & Richard Ellmann. New York: Viking Press, 1959, p.190.

「殘缺的結構」

除「癱瘓」和「買賣聖職」外，〈姊妹倆〉中還出現了另一個索引性的晦澀詞彙：「磬折形」（gnomon，*D1*）。磬折形是從平行四邊形一角截去相似的較小的平行四邊形後餘下的幾何圖形。喬伊斯以該詞來暗示「殘缺」，既指向了《都柏林人》的主題，即每個角色都患有不同程度的人格殘缺症，又指向了故事集的整體風格。因此，有研究者將喬伊斯的小說結構稱為「殘缺的結構」（gnomonic structure）[6]。

結構的殘缺直接體現在故事常常在最後時刻戛然而止，在高潮時突然鬆弛，留下一個個反高潮的、語焉不詳、模稜兩可的結尾，甚至留下一片空白。《都柏林人》中充斥著省略、中斷、懸置、意味深長的沉默、閃爍其詞的回避，這些未完成的片段以其形式傳遞著意義，這便是喬伊斯所謂的「頓悟」（epiphany），即人在事物意義的突然閃現中照見自己的存在本質。早在《英雄斯蒂芬》中，斯蒂芬／喬伊斯就意識到某些特定的瞬間會將意義凸顯出來：「這一微不足道的事情使他想去把諸如此類的瞬間搜集在一本有關頓悟的書中。在他看來，頓悟是突如其來的精神彰顯，不管是在通俗的語言和行為之中，還是在思想本身的重要階段裡都可能蘊含著頓悟。」（*SH*188）

無需刻意尋找，便可發現《都柏林人》中的每個故事都蘊含著「頓悟」的瞬間。

例如，〈阿拉比〉中的男孩滿懷愛的想像，到達集市時卻發現「幾乎所有攤位都收攤了，大半個廳都是黑沉沉的」，年輕的女店員怠慢懶散，只顧與男顧客打情罵俏，頓時「感到自己不過是個被虛榮心驅使又被虛榮心愚弄的可憐蟲；眼睛裡不禁燃起痛苦和憤怒的烈火」（*D21*）。這個頓悟的時刻昭示了小男孩的幻滅和成長。

在〈伊芙琳〉的結尾處，打算與男友私奔的女主人公在當下與未來之間徘徊不定，迷惘無措，看到希望卻又無力追求。因此，最後當她來到利菲河口的北牆碼頭面對昭示著自由的大海時，突然因為精神癱瘓而喪失了行動能力。面對男友（可以看作她的另一個自我）的召喚，她緊緊抓住欄杆，「她向他仰起蒼白的臉，無動於衷，像頭走投無路的動物。她望著他，眼神中既沒有愛意，也沒有流露出惜別之情，彷彿望著陌生人。」（*D26*）可以預見的是，她最終將自己圈囿在欄杆之內，重複著母親的命運：「在平凡的生活中犧牲了一切，臨終時卻發了瘋。」（*D25*）

〈車賽之後〉結尾那句簡單的「天亮了，各位先生！」使吉米從徹夜狂歡的醉夢中醒來，回到殘酷的現實，意識到自己「輸得最慘」（*D31*）。

---

5 James Joyce, *Stephen Hero*. London: Granada, 1981, p.174. 以下出自該書的引文以*SH*加頁碼形式標注。

6 Philip F. Herring, "*Dubliners*: The Trials of Adolescence", in *James Joyce: A Collection of Critical Essays*, ed. Mary Reynolds. New Jersey: Prentice-Hall, 1993, p.74.

〈兩個浪子〉的結尾定格在科利在路燈下把手攤開，「一枚小小的金幣在他掌心裡閃閃發光」（*D41*）的時刻。這枚金幣是他從與他約會的女僕手裡壓榨來的一英鎊，相當於女僕六、七個月的工資。這個「頓悟」的瞬間顯露出以科利為代表的愛爾蘭新教貴族殘餘寄生的習性和敗壞的道德，揭示了愛爾蘭失敗和厄運的根源。

而在〈死者〉結尾處，「雪花在天地間窸窸窣窣地飄落」（*D160*），將生者與死者、城市與鄉村、現代與傳統、神聖與世俗的差別統統抹除殆盡，世界一片沉寂，如同死亡消泯了一切，瞬間便是永恆。

喬伊斯歷來反對將藝術變為政治宣傳和道德鼓吹的工具，他的短篇小說冷峻精密，情感隱蔽。所以，在《都柏林人》中，「頓悟」並不是靠講述或說教來實現的，而是透過他所謂的「毫不含糊的刻薄風格」（*SL83*）來昭示的。

他細膩地描繪著生活的卑微瑣碎，不加任何粉飾和掩蓋地揭露著現實醜陋而荒誕的本質。例如，〈偶遇〉中口音純正、受過良好教育的老頭在身體的本能與道德的壓抑之間、在施虐與受虐的矛盾之中備受煎熬，不斷進行著自我的背叛、自我的規訓和懲罰，以致發展出了一種神經質的分裂人格。

〈一抹微雲〉裡的小錢德勒將與數年不見的老友加拉赫的會面視為改變人生際遇的重要機會，雖然他感到加拉赫身上依然遺留著舊時的粗俗之氣，使他覺得幻想破滅，但仍對朋友羨慕有餘、恭敬有加。而當他從考萊斯酒店回到自己的「小房子」，也從幻想跌至了現實，強烈的失落感使他覺得不管是美麗的妻子還是漂亮的家具都有些「卑瑣的氣息」，他終於意識到自己成了「生活的囚徒」（*D*58—59）。

〈如出一轍〉中的法林頓在辦公室和酒館裡受了氣，卻又無處發洩，只能回家藉著酒勁打自己的孩子來出氣。

〈一樁慘案〉的主人公杜菲先生離群索居，房間裡空空如也。房間的空洞象徵著情感的空洞，所以，當他從報上得知曾與他有過情感糾葛的辛尼科太太被撞身亡的消息時，內心雖然有過些許波瀾，但最終將責任推到了對方的酗酒行為上，並覺得自己與她分手的做法並無不妥。

喬伊斯以非人格化的敘事方式將異化的現實與歷史的噩夢關聯起來，營造了一個意味深長的文本空間，不動聲色卻又入木三分地暗示了潛藏在喜劇背後的悲劇、笑聲背後的眼淚、浮華背後的屈辱，彰顯了平凡生活表象之下隱含的深刻的政治、歷史、宗教、文化寓意和根源。

許多人藉由喬伊斯瞭解了都柏林。喬伊斯小說中的都柏林，套用亞里斯多德關於歷史與文學的論斷，較之歷史中的那個都柏林，無疑更具哲學意味。在喬伊斯筆下，都柏林是一座原型城市。用他自己的話來說：「我是永遠寫都柏林的，如果我可以抵達都柏林的核心，那麼我就可以抵達世界上所有城市的核心。在特殊中蘊含著普遍。」（*JJ*520）喬伊斯用文字描繪了都柏林，但同時又摧毀了它。他拆除了它的地方主義，扯掉了它的惺惺作態，接著又以高度個人化的方式重新對其加以圖繪和建構，從而為都柏林的歷史與現實提供了新的透視角度。對於喬伊斯來說，寫作是藝術家探析個體和民族深層意識的方式，也是他在數十年的流亡生涯中默默接近愛爾蘭的方式。

喬伊斯對愛爾蘭的感情是複雜的，是愛與恨、批判與留戀的交織，正如一位喬學家所說：「喬伊斯對都柏林的感情趨向於兩個極端——極其厭惡、極其熱愛，有時這兩種情緒並存。」[7] 喬伊斯與愛爾蘭的血脈聯繫不僅是身體上的，更是精神上的，愛爾蘭的政治、文化、宗教在他身上留下了不可磨滅的烙印，同時，他又對民族的狹隘、閉塞持有激進的批判態度。不過，套用《一個青年藝術家的畫像》中的一句話來說：「不管他怎麼對她的形象百般詆毀和嘲笑，他始終感到，他的忿怒也仍然只是對她表示愛慕的一種形式。」[8]

喬伊斯從一九一二年以後就再也沒有回過愛爾蘭，但當晚年被問及是否打算返回愛爾蘭時，他反問道：「我離開過嗎？」（*JJ*302）

二〇一九年八月於青島

7 Donald Torchiana, *Backgrounds for Joyce's Dubliners*, Boston: Allen & Unwin, 1986, p.263.

8 James Joyce, *A Portrait of the Artist as a Young Man*. Hertfordshire: Wordsworth Classics, 2001, p.170.

姊妹倆

這次他是沒救了：已經是第三次中風了。夜復一夜，我經過他的房前（正值假期），端詳著那透著燈光的方形窗櫺：夜復一夜，我發現燈一直亮著，燈光微弱而均勻。我想，如果他死了，我就會看到昏暗的百葉窗上搖曳的燭影，因為我知道，人死之後要在頭的旁邊擺兩根蠟燭。以前他常跟我說：「我在這世上的日子不多了。」我總覺得他不過是隨口說說而已。如今我知道這話原是當真的。每天晚上，我凝視著那扇窗，總會輕聲念叨一個詞——癱瘓[1]。我之前總覺得這個詞聽起來很奇怪，就像歐幾里德幾何中的「磬折形」[2]、教義問答手冊裡的「買賣聖職罪」一樣。但如今聽到這詞，我像是聽到了什麼罪孽深重的邪惡生靈的名字。這使我十分害怕，卻又渴望靠近它，看看它是怎樣置人於死地的。

1 這裡開宗明義，「癱瘓」直接指向了《都柏林人》的主題——精神癱瘓（moral paralysis）。

2 磬折形是從平行四邊形一角截去相似的較小的平行四邊形後餘下的幾何圖形。

我下樓吃飯，看到老科特正坐在爐邊抽菸。姑姑給我盛燕麥粥時，他像接著先前話茬似的說道：

「不，我不是說他真的就……但就是哪裡不對勁……他有點怪。我跟你們說……」他說著便吸起菸斗來，無非是藉此理理思路。討人厭的老傻瓜！剛認識他時，他還算是個相當風趣的人，常常談論劣酒和蛇管[3]。不過很快我就對他還有他那些翻來覆去沒完沒了的酒廠故事感到厭倦了。

「對這事，我有自己的看法，」他說，「我覺得，這算是……特殊情況……不過，也難說……」

他又開始吞雲吐霧，也沒發表什麼看法。姑丈見我瞪著眼發呆，便對我說：

「唉，你聽了肯定難過，你的老朋友去世了。」

「誰？」我問道。

「弗林神父。」

「他死了？」

「科特先生剛剛告訴我們的。他正好路過那裡。」

我知道他們都在看著我，所以就繼續埋頭吃飯，彷彿對這消息完全不感興趣似的。姑丈向老科特解釋道：「這孩子和他要好得很。老實說，那老頭教了他不少東西，據說還對他寄予厚望呢。」

「願上帝保佑他的靈魂。」姑姑虔誠地說。

老科特瞧了我好一會兒。我感到他那雙圓溜溜的小眼睛正打量著我，但我不想迎合他，就一直埋頭吃飯。他又吸起菸斗來，最後朝壁爐裡粗魯地吐了口痰。

「我可不想讓自己的孩子跟那種人有那麼多話說。」他開口道。

「你想說什麼呀，科特先生？」姑姑問。

「我的意思是，」老科特說，「這對孩子沒什麼好處。我的看法是：讓小孩子四處跑跑，和年齡相仿的孩子一起玩，而不是……我說得對吧，傑克？」

「我也是這麼想的，」姑丈回答說，「得讓他學會出去自己闖天下嘛。這也是我常對那邊那位玫瑰十字會[4]會員說的：要多運動。想當年，我還是個毛頭小子的時候，不分冬夏，每天都洗冷水澡。到現在我還堅持著呢。教育實在是潛移默化，影響深遠吶……讓科特先生嘗嘗我們的羊腿肉，挑塊好的。」他又囑咐姑姑說。

3 蛇管是釀酒時使用的蒸餾器的一個零件。

4 玫瑰十字會為十七世紀創立於德國的一個教派。會名可能得自該會的標記，即十字架上的一朵玫瑰花，或取自該會傳說中的創立者羅森克洛茲（Rosenkreutz）之名，意為「玫瑰十字架」。該教派以神秘哲學為基礎，致力於探究自然、宇宙和靈魂的奧祕。此處為戲謔語，指孩子喜聽奇聞祕事。

「不吃，不吃，別拿了。」老科特說。

姑姑從餐櫃裡把羊腿肉拿出來放到桌上。

「可是，科特先生，為什麼你覺得那樣對孩子不好呢？」她問道。

「對孩子就是沒好處，」老科特回答說，「因為他們的心智很容易受到外界影響。他們看到那樣的事，你知道，就會影響到……」

我大口喝著燕麥粥，免得自己抑制不住憤怒而口出惡言。真是個討人厭的紅鼻子老笨蛋！

那天我很晚才睡著。雖然我為老科特把我當成少不更事的小孩而暗生悶氣，但還是絞盡腦汁，研究他那些閃爍飄忽的言辭究竟有什麼含義。房間裡一片漆黑，我腦海中又浮現出了癱瘓的神父那張憂鬱而蒼白的臉。我把毯子拉上來蒙著頭，強迫自己幻想耶誕節的場景。但那張蒼白的臉始終揮之不去。它在喃喃低語；我明白它急切地想要懺悔點什麼。

我感到自己的靈魂漸漸隱沒於一隅，那裡充滿邪惡，卻又令人愉悅；在那裡，我又發現了那張臉，它在等著我。它開始向我低聲懺悔，而我兀自納悶，不知道它為什麼一直朝我笑，為什麼掛著唾沫的嘴唇那麼溼潤。但當我想起他是因為癱瘓而死時，我察覺到自己也淡淡地一笑，彷彿要去寬恕他買賣聖職的罪行。

第二天早晨吃過飯，我就到大不列顛街去看那棟小房子。那是家不起眼的店面，店名很籠統，就叫「布料行」。裡面賣的大多是兒童毛絨襪和雨傘；平日裡櫥窗上總是掛著個告示牌，上面寫著「更換傘面」。現在看不到告示牌了，因為百葉窗拉上了。門環上用絲帶繫著一束黑紗花。兩個貧婦和一個送電報的小男孩正在看別在黑紗上的卡片。我也湊上去跟著看：

一八九五年七月一日

詹姆斯．弗林神父

生前供職於米斯街聖凱薩琳教堂

享年六十五歲

願他安息

看到卡片上的字，我不得不相信他已經死了。我發現自己竟無動於衷，心裡一時不安起來。如果他沒死，我就會走進店鋪後面那間昏暗的小屋，看到他坐在爐邊的扶手椅上，用大衣把自己裹得嚴嚴實實。也許姑姑會讓我帶上一包「高烤」牌鼻煙，這份禮物會使他精神振奮，不再昏昏欲睡。每次都是我幫他把整包鼻煙倒進那個黑色的鼻煙盒裡，因為他的手抖得太厲害，如果自己倒的話，準會把一半煙末撒到地板上。甚至當他的大手顫巍巍地靠近鼻孔時，指縫裡還會漏出雲霧般的煙末，落在外衣前襟上。可能就是這些不時撒落的煙末使他那件陳舊的教士袍泛出了灰綠色，而且那條彈煙灰用的紅色手帕總是一個星期就被鼻煙染得汙黑不堪，所以只會越彈越髒。

我想進去看看他，又沒有勇氣敲門。我沿街上有陽光的一側慢慢走開，邊走邊讀商店櫥窗裡張貼的戲院海報。說來也怪，我發現不管是自己還是天氣似乎都沒有流露出哀悼的情緒，我甚至不安地察覺到一種重獲自由的興奮感，好像他的死使我擺脫了某種束縛。我覺得很訝異，因為就像姑丈昨晚說的，他確實教會了我很多東西。他曾在羅馬的愛爾蘭神學院求學，所以能夠教我拉丁語的正確發音。他給我講古墓[5]的故事和拿破崙・波拿巴的事蹟，還給我講解各種彌撒儀式的意義和神父各色祭衣的區別。有時他會故意問我一些比較難的問題來尋開心，比如在某種情況下該如何應變啦，某種罪行是十惡不赦的大罪、微不足道的小罪還是道德瑕疵啦，等等等等。他的問題使我意識到教會的規章制度是那麼複雜神祕，而我之前一直把這些東西當作最簡單不過的條例。我覺得神父在主持聖餐儀式和保守懺悔者祕密方面責任重大，以至於開始懷疑怎麼會有人敢於承擔這項工作；而當他告訴我，為了闡明這些錯綜複雜的問題，教會的那些神父寫下了像《郵政指南》那麼厚的書，而且書上的字像報紙上的法律公告一樣密密麻麻，我倒是一點也不吃驚。不過，一想到這些，我就常常不知該怎麼回答，或者只能支支吾吾地給出一個愚蠢的答案，對此他總是微笑著點兩三下頭。有時他會考我那些他讓我熟記的彌撒對答短句，在我滔滔不絕地背誦時，他會若有所思地點頭微笑，還不時把大把鼻煙輪流抹到兩個鼻孔裡。他笑時常常露出滿口黃牙，舌頭還貼在下唇上——在我尚未深入瞭解他之前，這個習慣讓我感到很不自在。

在陽光下走著走著，我想起了老科特的話，又試著回想夢裡後來發生的事。我記得曾看到長長的天鵝絨窗簾和一盞古式吊燈。我覺得自己置身於一個遙遠的國度，一個充滿奇風異俗的地方——大概是在波斯吧……但我記不起夢的結局了。

傍晚姑姑帶我到喪家弔唁。太陽已經下山，但房子西向的玻璃窗上還映照著一片金粉色的雲霞。南妮在客廳裡接待了我們，因為跟她大聲寒暄極不得體，姑姑就和她握了握手。老婦人表示疑問地朝樓上指了指，見姑姑點頭，便在前引路，費力地沿狹窄的樓梯拾級而上，頭垂得幾乎和樓梯扶手一樣低了。到了第一個樓梯平臺上，她停下來招呼我們進停屍間，那裡的門敞開著。姑姑進去了，老婦人看到我有些猶豫，就不斷向我招手，要我進去。

我踮著腳尖走進去。夕陽的餘暉從百葉窗花邊的縫隙裡透進來，房間裡灑滿了慘澹的金色，燭光在暮靄中顯得蒼白羸弱。他已經入殮了。南妮跪下來，姑姑和我也跟著跪在床腳。我假裝祈禱，思緒卻無法集中，因為老婦人的喃喃低語讓我分神。我注意到她裙子背面用什麼胡

5 指古羅馬地下墓穴。古羅馬法律規定，人死後不能葬於城中，所以大多數羅馬人死後都實行火葬。而早期的基督教徒不願以火葬的方式來處理遺體，就在羅馬城外祕密建起許多地下通道和洞穴，這就是令後世歎為觀止的古羅馬地下墓穴。據說，教皇曾被共濟會囚禁在地下墓穴。

亂鉤著，布鞋的後跟踩得歪到了一邊。我突發奇想，覺得老神父正躺在棺材裡微笑呢。

當然這是不可能的。我們起身走到床頭，我看到他並沒有微笑。他躺在那裡，莊嚴而凝重，一身準備上祭壇的打扮，兩隻大手鬆垮垮地捧著聖餐杯。他的臉猙獰、蒼白、浮腫，留著一圈稀稀疏疏的白鬚，鼻孔像是黑漆漆的洞穴。房間裡彌漫著濃郁的花香。

我們在胸前畫過十字後就退了出來。在樓下的小房間裡，我們看到伊莉莎端坐在他的扶手椅裡。我摸索著走到角落裡我常坐的那把椅子邊坐下，南妮從餐櫃裡拿出一瓶雪莉酒和幾個酒杯。她把東西放到桌上，請我們小飲一杯。接著，她又按照姊姊的吩咐，把雪莉酒倒進杯子裡，遞給我們。她再三招呼我吃些奶油餅乾，但我謝絕了，因為我怕吃餅乾會發出很大的聲響。見我不肯吃，她似乎有點失望，就默默走到沙發旁，坐到了她姊姊身後。誰都沒吭聲，都盯著空蕩蕩的壁爐看。

直到伊莉莎歎了口氣，姑姑才開口說：

「哎，也好，他是到一個更好的世界去了。」

伊莉莎又歎了口氣，點頭表示贊同。姑姑用手指捏著高腳杯的杯柱，啜了一小口。

「他……安詳嗎？」她問。

「是的，夫人，他走得很安詳，」伊莉莎答道，「簡直看不出是什麼時候斷氣的。蒙上帝垂憐，他沒受太多罪。」

「那麼一切都……」

「歐魯克神父星期二來陪他，給他塗了油[6]，預備好了所有後事。」

「他那時還省人事嗎？」

「他很順從。」

「他看起來就是個樂天知命的人。」姑姑說。

「我們請來給他擦洗的那個女人也這麼說。她說他看起來好像只是睡著了，非常安詳順從。誰都沒想到他的遺體會這麼美。」

「可不是嘛。」姑姑說。

她又從杯子裡啜了一小口酒，然後說：

「哎，不管怎麼說，弗林小姐，你們已經為他做了你們所能做的一切，也可以寬心了。說實在的，你們姊妹倆對他都很好。」

伊莉莎用手撫平膝蓋上的衣裙。

「啊，可憐的詹姆斯！」她開口道，「上帝知道，雖說我們窮成這樣，能辦的卻都辦了——我們不忍心讓他缺這少那的。」

6 天主教神父往往給臨終的人施塗油禮，向主禱告赦免其罪，使其靈魂可以進天堂。

南妮把頭靠在沙發墊上，看起來快睡著了。

「可憐的南妮，」伊莉莎看著她說，「她真是累壞了。所有事情都得我倆一件一件張羅：找人來給他擦洗，給他穿妝裹衣裳，準備棺材，安排教堂裡的彌撒。多虧了歐魯克神父，不然我們真不知道該怎麼辦呢。是他給我們帶來了這些花，從教堂裡拿來了兩根蠟燭，還在《自由人大眾報》[7]上發了訃告，一手包辦了墓園安葬的所有手續，還有可憐的詹姆斯的保險單據。」

「他真是個大好人。」姑姑說。

伊莉莎閉上眼睛，慢慢地搖了搖頭。

「哎，朋友還是老的好，」她感慨道，「不過說到底，人死了也就沒什麼朋友好信賴了。」

「是啊，這是實話，」姑姑說，「不過我相信現在他已經獲得永恆的恩典了，他一定不會忘記你們，也不會忘記你們對他的一片好心。」

「啊，可憐的詹姆斯！」伊莉莎說，「他一點也沒給我們添麻煩。以前在家裡他也是不聲不響，就跟現在一樣。可是我知道他已經走了，再也回不來了……」

「恰恰是一切都了結了，您才會開始想念他。」姑姑說。

「我明白，」伊莉莎說，「我再也不能給他端牛肉茶了，您也不需要再給他送鼻煙了，夫人。唉，可憐的詹姆斯呀！」

她停下話茬，彷彿沉浸在過去的回憶裡，接著又話鋒一轉，用機敏的口氣說道：

「跟您說，他過世前，我就覺得有點怪怪的。每次我送牛肉茶給他吃，都看見他躺在椅子裡，嘴張開著，每日祈禱書掉在地上。」

她用手指摸摸鼻子，皺了皺眉，繼續說道：

「但就這樣，他還老是說要在夏天過去之前，挑一個好天帶我和南妮坐車回愛爾蘭鎮[8]，看看我們出生的那棟老房子。他說，要是能租到一輛新式的四輪馬車就好了，就是沒有噪音、裝著『風溼輪胎』[9]的那種。歐魯克神父跟他講過，在去愛爾蘭鎮的路上會經過約翰尼·拉什車行，那裡就能租到這種車，一天也花不了幾個錢。這樣我們三個人就能在一個禮拜天的傍晚坐車去遊覽了。他一直念叨著這件事吶……哎，可憐的詹姆斯！」

「願上帝保佑他的靈魂！」姑姑回應道。

伊莉莎掏出手帕，擦了擦眼睛。隨後，又把手帕塞回口袋裡，凝視著空蕩蕩的壁爐默不作聲。

---

7 伊莉莎識字不多，所以把《自由人報》（*Freeman's Journal*）說成了《自由人大眾報》（*Freeman's General*）。《自由人報》是一七六三—一九二四年在都柏林出版的日報，起初支持愛爾蘭民族主義，但在愛爾蘭「無冕之王」查理斯·帕內爾（Charles Parnell）去世後改變了政治立場，轉而支持殖民當局。

8 愛爾蘭鎮（Irishtown）是利菲河口南岸的一個小鎮，是中下層居民聚居之地。此處暗示弗林神父出身貧寒。

9 「風溼輪胎」（rheumatic wheels）應為「充氣輪胎」（pneumatic wheels）。此處的訛讀再次表明伊莉莎識字不多，同時，「風溼」也指向了小說的主題——癱瘓。

「他就是太認真了，」她又開口說，「對他來說，當個神父，擔子太重了。而且可以說，他這一生都不平順吶。」

「是呀，」姑姑說，「看得出他是個失意的人。」

小房間裡一陣沉寂，我趁著這空檔走到桌邊，喝了喝給我的那杯雪莉酒，又悄悄地坐回角落的椅子上去。

伊莉莎似乎陷入了沉思。出於對她的尊重，我們都沒有說話，只是靜靜地等著她開口。過了好一會兒，她才緩緩地說道：

「都是因為他打碎了那個聖餐杯……就是從那兒起的頭。當然，他們說不要緊，裡面什麼也沒盛，我的意思是，但他仍然……他們說是那個侍童的錯。可憐的詹姆斯還是非常不安。願上帝憐憫他吧！」

「當真是這樣嗎？」姑姑問道，「我聽說……」

伊莉莎點點頭。

「那件事使他腦子受了刺激，」她說，「從那之後，他開始悶悶不樂，也不跟人說話，一個人四處遊蕩。有天晚上，人家有事找他，但哪裡也找不到。他們上上下下找了個遍，就是沒看到他的人影。後來教堂執事提議去教堂看看。就這樣，大家拿了鑰匙，打開了教堂的門。那個執事、歐魯克神父，還有另外一個神父，拿著燈去找他……你猜怎麼了，他果然在裡面，也不點燈，一個人坐在懺悔室裡，瞪著眼睛，自個兒在那裡格格地癡笑。」

她突然打住，好像在聽什麼聲音。

我也側耳傾聽，但房子裡一片沉寂：我知道老神父依然靜靜地躺在棺材裡，就像我們剛才看到的那樣，帶著死亡的莊嚴和猙獰，胸口放著一個無用的聖餐杯。

伊莉莎接著說：

「瞪著眼睛，自個兒在那裡格格地癡笑……當時，他們看見他那副模樣，當然覺得他出了毛病……」

偶遇

是喬・狄倫把荒蠻的西部[1]介紹給我們的。他有一間小圖書室，收藏了一些過期雜誌，有《米字旗》、《勇氣》、《半便士奇聞》等。每天傍晚放學後，我們都會在他家後院碰面，玩印第安人打仗的遊戲。他和他那遊手好閒的胖弟弟里昂據守著馬廄的草料棚，我們就盡力發動猛攻去占領；或者大家在草地上來一場陣地戰。但是，不管我們多麼英勇頑強，都無法在圍殲戰和陣地戰裡打贏他們，所有較量都以喬・狄倫慶祝勝利的戰舞而告終。他父母每天早晨都去加蒂納街參加八點鐘的彌撒，房子的大廳裡彌漫著狄倫太太那清新的香水味。對於我們這些年幼怯懦的孩子來說，喬・狄倫未免玩得太野了些。他看起來倒真有幾分印第安人的樣子，頭上戴著個舊茶壺套在花園裡狂蹦亂跳，一邊用拳頭敲打鐵罐一邊喊：

「呀！呀咔！呀咔！呀咔！」

後來聽說他要去當神父的時候，大家都覺得不可思議。不過這確是事實。

我們當中彌漫著一種不安分的風氣，在這種風氣的影響下，文化和體格的差異都不值一提了。我們結成一夥，有大膽的，有鬧著玩的，也有戰戰兢兢的。我屬於最後一種，勉強扮成印第安人，生怕顯出書呆子氣，被人說缺少男子氣概。實際上，文學作品中描繪的荒蠻西部的歷險故事與我的天性格格不入，但至少給我打開了逃避的大門。我更喜歡美國偵探故事，因為裡面經常會出現一些野性的蛇蠍美人。這些故事裡沒有什麼大逆不道的東西，創作的初衷有時也純粹是文學性的，但在學校裡傳看也還得祕密進行。有一天，巴特勒神父聽我們背誦指定的四頁《羅馬史》時，就當場抓住了正在偷看《半便士奇聞》的笨手笨腳的里昂·狄倫。

「這一頁還是這一頁？這一頁嗎？狄倫，來，站起來！『天剛剛……』接著背！哪一天？『天剛剛破曉』……你到底念過沒有？口袋裡藏著什麼？」

里昂·狄倫只得把雜誌遞給他，大家的心快要跳出來了，臉上卻都裝出不明就裡的樣子。巴特勒神父翻動著書頁，眉頭皺了起來。

「這是什麼亂七八糟的東西？」他厲聲道，「《阿帕契酋長》[2]！你不學《羅馬史》，就看這個？別讓我在學校裡再看到這種不成體統的東西！寫這種東西的人肯定是不入流的蹩腳貨色，為了換點酒錢，就亂寫一通。像你們這樣的孩子，受過教育，還看這種東西，真叫人吃

1 指開發前的美國西部。
2 阿帕契是北美印第安人的一個部落。

驚。倘若你們是……國立學校[3]的學生，我倒還可以理解。聽著，狄倫，我嚴正地告誡你，用心做功課，不然的話……」

在課堂上頭腦清醒之際聽到這樣一番訓斥，荒蠻西部的輝煌在我眼裡立馬變得黯然無光了，里昂．狄倫那張茫然失措的胖臉反而喚起了我的良知。但放學後擺脫了學校的束縛，我就又開始渴望狂野的激情，渴望逃避到那些亂世紀事的風雲湧動之中。後來傍晚的打仗遊戲漸漸變得和每天上午學校的刻板生活一樣枯燥無味了，因為我開始想親歷真正的冒險事件。但我又覺得，一直窩在家裡是不可能有真正的冒險經歷的：要冒險非得到外面去不可。

暑假即將來臨，我打定主意要掙脫沉悶的學校生活，最少出去玩一天。我和里昂．狄倫還有另一個叫馬奧尼的男孩計畫逃一天學。我們每人攢了六便士，約好上午十點鐘在運河橋碰面。馬奧尼的姊姊會幫他寫好請假條，里昂．狄倫叫他哥哥說他病了。我們說好沿碼頭路一直走到船隻停泊的地方，然後坐船過河，上岸後再走遠些去看鴿舍[4]。里昂．狄倫生怕碰到巴特勒神父或學校裡的什麼人，馬奧尼反問他，巴特勒神父去鴿舍做什麼。這話很有道理，我們頓時放下心來。接著我向他們兩人各收了六便士，同時把自己的六便士也亮出來，這樣就完成了密謀計畫的第一步。第一天晚上，我們做了最後的規畫，每個人都隱隱地感到興奮。我們大笑著相互握手，馬奧尼說：

「大家，明天見！」

我一夜輾轉難眠。因為住得最近，早晨我是第一個到橋上的。我把課本藏在花園盡頭靠近煤渣池的深草叢裡，那裡沒人會去，然後便沿運河岸邊匆匆走去。這是六月頭一個星期的早晨，陽光明媚，天氣和煦。我坐在橋欄上，一面開開心心地欣賞著昨晚用白黏土精心塗白的帆布鞋，一面看著那些溫順的馬匹拉著滿滿一車上班的人爬上山坡。林蔭道兩側樹木叢生，生機盎然，樹枝上綴滿嫩綠的新葉，陽光透過葉子斜照在水面上。橋上的花崗石漸漸變得暖融融的，我和著腦海裡迴蕩著的旋律，用手在花崗石上打著節拍。我簡直快活極了。

我在那裡坐了約莫五到十分鐘，就看到馬奧尼走過來，他穿著一套灰衣服。他笑嘻嘻地爬上山坡，攀著橋欄坐到我旁邊。我們等著的時候，他從鼓鼓的內衣口袋裡掏出彈弓，向我解釋他做的一些改進。我問他為什麼要帶彈弓，他說想逗鳥兒玩玩。馬奧尼很會講俚語，比如他把巴特勒神父叫作「本生燈」[5]。我們又等了一刻鐘，仍然沒見到里昂・狄倫的影子。最後，馬奧尼跳下橋欄說：

---

3 國立學校是十九世紀英國在愛爾蘭建立的公立學校，教育理念是英國新教觀念，意在教化愛爾蘭人接受英國的殖民統治，在當時被認為是比較低級的教育機構。

4 鴿舍（the Pigeon House）是位於都柏林灣南岸的軍事堡壘，後改為發電站和汙水處理廠。

5 「本生燈」（Bunsen Burner）是一種做化學實驗時常用的以煤氣為燃料的加熱器具，由德國化學家R・W・本生（R. W. Bunsen）發明。此處巴特勒神父被戲稱為「Bunser」，該詞係「Bunsen Burner」組合而成。

「走吧！我就知道胖子害怕不敢來。」

「那他的六便士怎麼辦？」我問道。

「沒收吧，」馬奧尼說，「這樣我們的錢就更多了——加起來不是一先令，而是一先令六便士吶！」

我們沿著北灘路晃，一直走到硫酸廠，然後右轉拐到碼頭路上。我們剛走到人少的地方，馬奧尼就假扮起印第安人來。他揮舞著沒裝子彈的彈弓去追逐一群衣衫襤褸的小女孩。兩個衣著破爛的男孩為此打抱不平，開始朝我們扔石子，馬奧尼提議衝上去反擊。我不肯，因為那兩個男孩還太小。就這樣，我們只管往前走，那群衣衫破爛的孩子跟在我們背後大聲叫罵：「小崽子！小崽子！」他們以為我們是新教徒[6]，因為馬奧尼皮膚黝黑，帽子上又別著一枚銀色的板球拍勛章。我們走到烙鐵角，打算玩圍殲戰的遊戲，但是沒玩成，因為至少要三個人才行。我們把氣發到里昂·狄倫身上，罵他是孬種，猜他三點鐘會從里安先生那裡得到什麼「獎賞」。

不一會兒，我們來到了河邊。街上鬧哄哄的，街邊矗立著石頭高牆，我們逛了很久，觀察起重機和發動機怎麼運轉。因為站著不動，時不時遭到載重車司機的呵斥。走到碼頭已是中午時分，所有工人好像都在吃午飯，我們買了兩個大大的葡萄乾圓麵包，坐在河邊的金屬管道上吃起來。我們樂滋滋地眺望著都柏林貿易的繁榮景象——駁船遠遠地噴著羊毛似的輕煙打信號，褐色的漁船停靠在林森德那邊，對岸碼頭上白色的貨輪正在卸貨。馬奧尼說，如果能搭上一條那樣的大船跑到海上去，一定非常好玩。注視著那些高聳的桅杆，我甚至覺得學校裡學到的那點零星的地理知識彷彿展現在眼前，變成了真實的存在。學校和家好像離我們越來越遠了，對我們的約束力也越來越小了。

我們在渡口買了票，搭船渡過利菲河，同船的有兩個工人，還有一個提著包包的小個子猶太人。上船時我們一本正經，甚至裝出莊重的模樣，不過，在這短暫的航程中，只要我們的目光碰在一起，就會忍不住發笑。上岸後，我們停下來看那艘正在卸貨的氣宇不凡的三桅貨船，就是我們之前在碼頭對岸看到的那艘。一個圍觀的人說那是條挪威船。我走到船尾去找它的標記，但沒看出什麼名堂，便走回來，仔細端詳著那些外國水手，看是否有人的眼睛是綠色的，因為我模模糊糊地覺得……水手的眼睛有的是藍色的，有的是灰色的，有的甚至是黑色的。只有一個水手的眼睛可以說是綠色的，他是個大個子，每次放下跳板，都會提高嗓門歡快地喊：「妥啦！妥啦！」逗得圍觀的人直樂。

我們看膩了，就慢慢地逛到林森德。天氣變得悶熱，雜貨店櫥窗裡擺了很久的餅乾被太陽

6 愛爾蘭人大多是天主教徒，歧視新教徒。文中兩人被稱為「小崽子」，不知是否源於新教是後起之教，以為幼稚之意。

曬得發白。我們買了些餅乾和巧克力，一邊起勁吃著，一邊在髒兮兮的街上瞎逛，這一帶住的全是漁民。由於沒找到乳品店，我們便在一個攤販那裡每人買了瓶山莓檸檬水。喝完之後，馬奧尼又來了精神，順著巷子跑去追一隻貓，那貓卻逃到田野裡去了。我們都覺得筋疲力盡，所以一到田野裡，便躺到河邊的斜坡上，越過山脊，可以看見多德河。

天色已晚，我們也累得沒法照原定計畫到鴿舍去了。我們必須在四點鐘之前趕回家，否則這次冒險活動就會被發現。馬奧尼盯著彈弓，覺得沒用上很可惜。我不得不趁他在還沒來新興致之前，提議坐火車回家。這時，太陽被雲彩遮住，我們覺得腦子裡昏昏沉沉的，隨身帶的食物也只剩些碎渣了。

除了我們，田野裡空無一人。我們沒說話，在岸上躺了一陣子，後來我看到有個人遠遠地從田野那頭走過來。我一邊懶洋洋地望著他，一邊嚼著一根女生用來算命的綠色草梗。他慢慢沿河岸走過來，一手擱在屁股上，一手拿手杖輕輕敲打著草皮。他穿著一身寒酸的墨綠色西裝，頭上戴著頂常常被我們叫作便壺帽的高頂氈帽。他看起來相當蒼老，兩撇鬍鬚已經變得灰白。從我們腳下經過時，他抬頭瞟了我們一眼，又繼續走路。我們盯著他看，只見他走了約莫五十步，又轉過身往回走。他慢吞吞地朝我們走來，一直用手杖敲打著地面。他走得實在太慢了，我還以為是在草叢裡找什麼東西呢。

他走到我們身邊停下來，向我們問好。我們向他回禮，然後他就慢慢地、小心翼翼地靠著我們，坐到斜坡上。他開始談論天氣，說今年夏天一定很熱，還說氣候跟他小時候（那是很久以前了）相比，變化實在太大了。接著又說，人生在世，最快樂的日子莫過於小學時代，他願意不惜一切代價返回童年。我們聽他講這些傷感的話，覺得有點無聊，就沒接話。他又開始談起學校和書本，問我們有沒有讀過湯瑪斯・摩爾的詩，或者華特・史考特爵士和李頓勛爵的作品[7]。我吹噓說他提到的這些書我都讀過，最後他說：

「啊，能看出來你和我一樣都是書蟲。」他指了指正瞪大眼睛盯著我們看的馬奧尼說，「他不是，他貪玩好動。」

他告訴我他收藏了華特・史考特爵士和李頓勛爵的全集，而且百讀不厭。「當然，」他說，「李頓勛爵的有些書是兒童不宜的。」馬奧尼問為什麼兒童不宜——這個問題使我煩躁不安，擔心那人會認為我和馬奧尼一樣愚蠢。不過，那人只是笑了笑。我看見他滿嘴黃牙，牙縫很大。接著他問我們誰的小情人比較多。馬奧尼輕浮地說他有三個女朋友。那人問我有幾個。

7 湯瑪斯・摩爾（Thomas Moore，一七七九—一八五二）是愛爾蘭著名愛國詩人和民謠作家。華特・史考特爵士（Sir Walter Scott，一七七一—一八三二）是英國傑出的歷史小說作家，《撒克遜英雄傳》（*Ivanhoe*）是他的傳世名作。李頓勛爵（Edward Bulwer-Lytton，一八〇三—一八七三）是英國小說家、政治家，「筆尖遠勝干戈」（The pen is mightier than the sword.）這句話就出自他的作品。他的私生活有失檢點，所以有些作品被認為「兒童不宜」。

我回答說一個也沒有。他不相信，說他敢肯定我有一個。我沒作聲。

「那你說嘛，」馬奧尼冒失地問他，「你自己有幾個？」

那人依然笑了笑，說他像我們這麼大時有好多個情人。

「每個男孩，」他說，「都有一個小情人吶。」

他對這件事的態度讓我感到驚訝：他年紀那麼大，思想卻很開通。不過，在內心深處，我覺得他講的關於男孩和情人的那番話還是有道理的。但我不喜歡他的遣詞用字，也搞不懂他為什麼說話時要抖一兩下，好像是害怕什麼東西，或者突然覺得冷似的。在他接著往下說話時，我注意到他口音很純正。他開始跟我們談論女孩子，說她們的頭髮多麼柔順靚麗，雙手多麼柔若無骨，還說如果跟她們混熟了，就會發現所有女孩子都不像她們的外表看起來那麼美好。他又說，什麼也比不上端詳一個漂亮的女孩，欣賞她白嫩的雙手、柔美的秀髮。他給我的印象是總在反覆敘說自己牢記在心的事情，或者由於迷戀話裡的某些詞語，心思繞著一個圈子慢慢地轉來轉去。有時，他的話好像在講眾所周知的某些事實；有時，他又壓低聲音，神祕兮兮的，彷彿要告訴我們一個祕密，又不想讓別人知道。他用單調的音調翻來覆去地說同樣的話，只是前後略有變化而已。我一面聽他說，一面望著斜坡底下。

他自顧自地說了好久，然後慢慢站起身，告訴我們他得離開一下，幾分鐘就回來。我仍然望著斜坡下面，只見他緩緩地向近處的田野走去。他走後，我們依然沒說話。過了幾分鐘，我聽見馬奧尼喊道：

「嗨！快看，他在幹什麼？」

我沒搭腔也沒抬頭，馬奧尼又喊：

「呵……他真是個怪老頭、老傻瓜！」

「萬一他問起我們的名字，」我說，「我們就說你叫墨菲，我叫史密斯吧。」

我們沒再說話。我還在想，等那人回來再坐到我們身邊的時候，我要不要溜掉。他剛一坐下，馬奧尼就看見了先前沒抓到的那隻貓，便一躍而起，跑到田野裡去追趕。那人和我都看著他去追。結果貓又跑掉了，馬奧尼就朝著牠蹦上的牆頭扔石頭。扔完石頭，他就漫無目的地在遠處的田野裡逛來逛去。

過了一會兒，那人開口了。他說我的夥伴是個野孩子，問我他在學校裡是不是經常挨鞭子。這讓我有點惱火，想頂他幾句，說我們不是他說的國立學校那種挨鞭子的學生，但我忍住了，什麼也沒說。他開始談起體罰的事情。他的心思彷彿又被自己的話迷住了，繞著一個新的中心慢慢轉來轉去。他說野孩子就應該挨鞭子，應該狠狠地抽。如果一個小子天性粗野、為所欲為，那讓他學好的唯一辦法就是狠狠地抽一頓，沒有別的法子。敲手心啊、扇耳光啦，都不管用：只有用鞭子抽得他屁滾尿流，他才會服從吶。我對他的這番慷慨陳詞大為震驚，不由得抬頭瞟了瞟他的臉。這一瞟正好看見他抽搐的額頭下一雙綠幽幽的眼睛直勾勾地盯著我。我趕緊把目光移開。

那人又開始自顧自地說話。他好像忘記先前那種開通的態度了。他說如果碰到一個男孩向女孩搭訕，或是找個女孩做情人，他就要用鞭子不停地抽他，只有這樣才能教訓一下那小子，讓他別跟女孩子搭訕。如果一個男孩找了個女孩做情人還撒謊不說，那他就讓他吃一頓這個世界所有男孩都沒吃過的鞭子。他說，世界上沒有比這事更讓他感到痛快的了。他繪聲繪影地告訴我用什麼妙法抽打那孩子，好像在揭露什麼精妙的祕密似的。他說，世界上他最愛做的就是這件事了。

他向我訴說這個祕密，聲音也由單調變得親切，好像在祈求我理解他的一片苦心似的。我一直等到他自顧自地說完，然後猛地站起來。為避免顯出慌亂，我還假裝繫鞋帶，故意拖延了一下，接著便向他告別，告訴他我得走了。我故作鎮定地走上斜坡，心卻跳得很厲害，生怕他抓住我的腳踝。我走到坡頂時轉過身，看都沒看他一眼，就朝著遠處的田野大聲喊道：

「墨菲！」

我的聲音裡帶著一絲壯膽的音調，我為自己這種拙劣的小把戲感到羞愧不安。因為沒有得到回應，我不得不再喊一聲，這下子馬奧尼看到我了，吆喝著回了我一聲。當他越過田野向我飛奔而來時，我的心跳得多厲害呀！他跑過來，彷彿來救我一般。我忽然覺得很懊悔，因為我之前心裡一直有點瞧不起他吶。

阿拉比

北里奇蒙街是條死巷子，除了基督教兄弟會學校放學的時候，一向非常安靜。街盡頭有一幢無人居住的兩層樓房，與鄰近的房子分隔開來，獨占一方。街上的其他房屋自以為有體面的住戶，便沉下棕色的面孔相互凝視。

我們家以前的房客是個神父，他死在房子的後客廳裡。由於長期關閉，所有房間都散發出霉味，廚房後面廢棄的房間裡滿地狼藉，扔著些陳舊的廢紙。我在紙堆裡找到了幾本平裝書，書頁已經翻捲起來，還受潮了：一本是華特．史考特的《修道院院長》，另外兩本是《虔誠的領聖餐者》和《維道克回憶錄》。我最喜歡最後一本，因為書頁已經泛黃。房子後面荒蕪的花園中央長著一棵蘋果樹，周圍有幾簇蔓延的灌木；在一簇灌木下面，我發現了死去的房客留下的一個生了鏽的自行車打氣筒。神父是個仁慈寬厚的人，他在遺囑裡把所有錢都捐給了慈善機構，把房子裡的家具留給了他妹妹。

到了晝短夜長的冬天，通常晚飯還沒吃完，夜幕就降臨了。我們在街上碰頭時，房子已籠罩在夜色之中。頭頂的夜空是千變萬化的紫羅蘭色，街頭的路燈向著天際，高舉著微弱的燈火。寒氣襲人，但我們一直玩到渾身發熱。我們的叫喊聲在寂靜的街上迴蕩。我們追逐玩鬧，有時會跑到房後泥濘陰暗的小巷裡，結果遭到一幫從棚屋裡竄出來的野小子的夾擊；有時跑到花園後門口，那裡幽暗潮溼，煤渣池散發著惡臭；有時跑到黑黝黝、臭烘烘的馬廄去，馬夫在那裡梳理著馬毛，或是把緊扣的馬具擺弄得叮噹作響。我們折回街上時，廚房窗戶裡透出的燈光已經灑滿了街區。如果看到姑丈正拐過街角，我們就躲在暗處，直到望著他走進家門。如果曼根的姊姊[1]在門口臺階上呼喚弟弟回去喝茶，我們就暗中看著她在街上東張西望。我們等著看她是待著不走還是進屋去，如果不走，我們就跟隨著曼根的腳步，不情不願地從暗處走過去。她在那裡等著我們，燈光從半掩的門裡透出來，映照出她的身姿。她弟弟總要鬧一下她才肯聽話，我就站在欄杆邊瞧著她。她一移動，裙子就擺來擺去，柔軟的髮辮左右晃動。

每天早晨我都趴在前廳的地板上注視著她家門口。我把百葉窗拉下來，只留不到一英寸的縫隙，免得被人發現。她一出門走到臺階上，我的心就怦怦直跳。我衝到過道裡，抓起書跟上去。我一直盯著她那褐色的身影，走到岔路口，就加快腳步超過她。每天早晨都是如此。除了隨便打聲招呼，我從未跟她說過話，然而她的名字總是使我熱血沸騰，迸發出愚蠢的激情。甚至在與浪漫的想像最格格不入的地方，她的形象也總是如影隨形。每到星期六晚上，我都得跟姑姑到市場上買東西，幫她提包包。我們穿行在燈光閃耀的大街上，被醉漢和討價還價的婦女擠來擠去，耳邊充斥著工人的咒罵聲、站在豬頭肉桶旁的店夥計尖利的叫賣聲、街頭賣唱的藝人用濃重的鼻音吟唱著讚頌奧多諾萬．羅薩[2]的歌曲〈大家一起來〉，或是一首關於祖國如何多災多難的民謠。這些雜訊在我心裡會合成一種獨特的生活感受：我想像自己捧著聖杯，在一群仇敵中安然通過。我在念一些自己根本不理解的奇怪的祈禱詞和讚美詩時，她的名字會不經意地脫口而出。我常常熱淚盈眶（我也說不清為什麼），有時一股熱流似乎從心底湧上胸膛。我很少想到將來。我不知道自己究竟會不會跟她說話，要是說了，我又該怎麼向她訴說我迷惘的愛慕之情呢？我的身體像是一架豎琴，她的音容笑貌就是撥動琴弦的纖纖素指。

一天傍晚，我走進神父過世的那間後客廳。那是一個漆黑的雨夜，房子裡寂靜無聲。透過一扇破窗，我聽見雨落到地上的聲音，細密如絲，連綿不絕，在溼漉漉的花壇裡嬉戲跳躍。遠處，有一盞燈或是誰家窗戶透出的光在下面閃爍。我慶幸自己什麼也看不清。我的所有知覺似乎都想隱蔽起來，在覺得快要失去知覺時，我把雙手緊緊合在一起，直到不住顫抖，口中還不斷地喃喃自語：「啊，愛情！啊，愛情！」

1「曼根的姊姊」原文為「Mangan's sister」。愛爾蘭民族詩人曼根（James Clarence Mangan，一八〇三—一八四九）寫過一首非常流行的詩〈褐色的羅薩琳〉（"Dark Rosaleen"），以「褐色的羅薩琳」寓指愛爾蘭。

2 奧多諾萬．羅薩（O'Donovan Rossa）是耶利米．奧多諾萬．羅薩（Jeremiah O'Donovan Rossa，一八三一—一九一五）的簡稱，他是愛爾蘭革命文藝團體「鳳凰社」的創立者和領導人，主張以武力解放愛爾蘭。

她終於和我說話了。她一開口，我就慌亂不安，不知如何回答。她問我去不去阿拉比。我記不清回答的是去還是不去。她說那個集市肯定很好玩，真想去看看。

「那你為什麼不去呢？」我問。

她說話的時候，不停地轉動著手腕上的銀鐲。她說，她去不了，因為那星期得到修道院裡做靜修。她弟弟正在和兩個男孩搶帽子，只有我一個人站在欄杆邊。她搭著欄杆的尖端，低頭靠近我。門對面的路燈照亮了她白皙的脖頸的曲線，照亮了她披垂的秀髮，又灑落下來，照亮了她搭在欄杆上的手。她安然站在那裡，燈光灑到她連衣裙的一邊，正照在襯裙的白色滚邊上，落入我的眼簾。

「你倒是該去看看。」她說。

「假如我去，」我說，「一定給你帶點什麼。」

那晚以後，我不分白天黑夜地胡思亂想，腦子裡充斥著數不清的愚蠢念頭。我恨不得這橫亙其間的沉悶時光能一下子過去。學校的功課使我煩躁。不論晚上在臥室裡還是白天在教室裡，她的身姿總是在我和啃不盡的書頁之間閃現。「阿拉比」這個詞的音節在靜謐中召喚著我，我的靈魂沉浸其中，四周彌漫著魅人的東方氣息。我問星期六晚上能不能允許我到集市上逛一逛。姑姑大為吃驚，疑心我跟共濟會[3]有什麼牽連。在課堂上，我難得回答出問題。我看到老師和藹的面容變得嚴厲起來；他希望我不要虛度時光。我成天神思恍惚，對生活中的正經事也失去了耐心，它們擋在我和我的願望之間，看起來就像是小孩子的遊戲，而且是拙劣無聊的遊戲。

星期六早晨，我提醒姑丈晚上我要到集市去。他正在衣帽架旁手忙腳亂地找帽刷子，就隨口回答說：

「沒問題，孩子，我知道了。」

他站在過道裡，我就沒法到前廳趴到窗口眺望了。我心緒煩亂，就慢吞吞地向學校走去。空氣凜冽陰冷，我的心也惴惴不安起來。

我回家吃晚飯時，姑丈還沒回來。其實時間還早。我坐下盯著鐘看了一會兒，指針的滴答聲讓我心煩意亂，我就離開房間，順著樓梯走到樓上。樓上那些高大清冷、空敞幽暗的房間反而給我一種自由的感覺，我唱著歌從一個房間走到另一個房間。透過前窗向下看，我看見朋友在街上玩耍。他們的嬉鬧聲隱隱約約地傳過來。我把前額貼到冰涼的玻璃上，眺望著她家那幢昏暗的房子。我大概在那裡站了一個小時，什麼也沒看見，只在想像中窺見了她那褐色的身影、那被燈光照亮的脖頸的曲線、那搭在欄杆上的手和衣裙下面的滾邊。

3 共濟會（Freemason），字面意義為「自由石匠」，是一個帶有宗教色彩的兄弟會組織和祕密團體，起源於十八世紀的英國。自誕生之初，質疑和反對聲便不絕於耳，其中最著名的是天主教會與共濟會的世紀戰爭。

我回到樓下時，發現默瑟太太正坐在爐邊。她是個長舌嘮叨的老太太、當鋪老闆的遺孀，出於某種虔誠的目的收集些舊郵票[4]。我只好耐著性子看她邊喝茶邊喋喋不休地說些家長裡短。飯拖拖拉拉吃了一個多小時，姑丈還沒回來。默瑟太太起身要走，說八點多了，抱歉不能再等下去了，她不願在外面待得太晚，夜裡的風她受不了。她走後，我開始攥緊拳頭在屋裡走來走去。姑姑說：

「天吶，恐怕你今晚去不成了，改天再去逛吧。」

九點鐘時，我聽見姑丈用鑰匙開前廳門鎖的聲音。接著聽見他自言自語，還聽見他掛大衣時衣帽架晃動的響聲。我知道這些聲音意味著什麼。他晚飯吃到一半，我向他要錢去集市。他已經把這事忘得一乾二淨了。

「現在大家都已經在床上睡過一覺了吧。」他說。

我沒有笑。姑姑大聲對他說：

「你就不能給他錢讓他去嗎？說實話，你讓他耽擱得夠久了。」

姑丈向我道歉，說把這事給忘了。他說他相信那句老話：「只讀書，不玩耍，聰明孩子也變傻。」他問我要去哪裡，我又告訴了他一遍，他問我知不知道〈阿拉伯人告別良駒〉這首詩[5]。我離開廚房時，他正要給姑姑背那首詩的頭幾行。

我緊緊握著一枚兩先令的銀幣，沿白金漢街向車站大步走去。街上熙熙攘攘，盡是些買東西的人，煤氣燈耀眼閃亮，這番景象使我想起了此行的目的。我在一列空蕩蕩的火車的三等車廂裡找了個座位。火車遲遲不開，讓人煩躁，後來終於慢慢地駛離車站，緩緩地向前爬行，經過了傾塌破敗的房屋，又跨越了波光粼粼的大河。在威斯特蘭羅車站，一群人湧向了車門；站務員說這是直達集市的專車，才把他們擋回去。我仍然孤零零地坐在空蕩蕩的車廂裡。幾分鐘之後，火車停靠在一個臨時用木頭搭建的月臺邊。我下了車，走到馬路上，看了看被燈光照亮的大鐘的錶盤，已經差十分十點了。我面前是一棟巨大的建築，上面高懸著那個魔力十足的名字。

我找不到票價是六便士的入口，又擔心集市快要散了，就匆匆穿過一個旋轉柵門，把一先令遞給神色倦怠的看門人。我發現自己置身於一個大廳當中，周圍是一圈半牆高的遊廊。幾乎所有攤位都收攤了，大半個廳都是黑沉沉的。我感受到一種做完禮拜後彌漫在教堂裡的寂靜。我怯生生地走到集市中央。還有些人逗留在尚未打烊的攤位旁。有塊布簾上用彩燈拼成了「音樂咖啡廳」字樣，兩個男人正數著托盤上的錢[6]。我聽到硬幣落下的叮噹聲。

4 她把舊郵票轉手賣掉，將善款捐給天主教傳教士，用來為異教徒洗禮。

5〈阿拉伯人告別良駒〉（"The Arab's Farewell to his Steed"）是愛爾蘭現代詩人卡洛琳・諾頓（Caroline Norton，一八〇八—一八七七）的一首浪漫詩。詩講的是一個阿拉伯人把馬賣了之後感到很後悔，又把馬買回來的故事。

6 對照《聖經・馬太福音》第二十一章第十二—十三節：耶穌進了神的殿，趕出殿裡一切做買賣的人，推倒兌換銀錢之人的桌子和賣鴿子之人的凳子；對他們說：「經上記著說：『我的殿必稱為禱告的殿』，你們倒使它成為賊窩了！」

我費了些力氣才想起此行的目的，於是走到一家攤位前，端詳著陳列在那裡的瓷瓶和印花茶具。攤位門口站著個女孩，正和兩位年輕男士聊天說笑。我注意到他們的英國口音，還模模糊糊聽到些對話。

「啊，我可沒說過那種事！」

「嘿，你一定說過！」

「不，一定沒說過！」

「她真的沒說過？」

「說過，我聽見她說的。」

「啊，簡直是……胡扯！」

那女孩看見我，就走過來問我要買什麼。她的語氣並不殷勤；好像只是為了盡責任才跟我說話。我誠惶誠恐地望著像東方衛兵似的矗立在攤位昏暗入口處兩側的大罐子，喃喃地說道：

「不買什麼，謝謝。」

那女孩把一個花瓶的位置挪了挪，又走回兩位男士身邊。他們再次談起了先前的話題。女孩回頭瞟了我兩眼。

我在攤位前逗留了一會兒，裝出對那些瓶瓶罐罐很感興趣的樣子，雖然我知道這樣的逗留毫無意義。然後，我慢慢轉身離開，在集市中央逛蕩。我把玩著口袋裡的兩便士，跟裡面一枚六便士硬幣碰撞作響。我聽見遊廊盡頭傳來熄燈的喊聲。頓時，大廳上方一片漆黑。

抬頭在黑暗中凝視，我感到自己不過是個被虛榮心驅使又被虛榮心愚弄的可憐蟲；眼睛裡不禁燃起痛苦和憤怒的烈火。

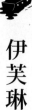

伊芙琳

她坐在窗前，凝視著夜色侵入大街。她的頭倚著窗簾，鼻孔裡盡是沾滿灰塵的印花布窗簾的氣味。

她感到疲倦。街上行人稀少。有個男人從最後那幢房子裡出來，經過窗前回家去；她聽見他的腳步在混凝土人行道上嗒嗒作響，後來又咯吱咯吱地踩在紅色新房前的煤渣路上。以前那裡是片空地，傍晚他們常和別家的孩子在那裡玩耍。後來有個從貝爾法斯特來的人買下了那塊地，蓋起了房子——不是他們住的這種棕色的小房子，而是明亮的磚房，屋頂閃閃發光。以前，這條街上的孩子常在那塊空地上玩耍——有迪瓦恩家的、沃特家的、鄧恩家的、小瘸子基奧，還有她和弟弟妹妹。不過，歐尼斯特從不參加：他那時已經很大了。她父親經常跑到空地上來，提著李木手杖，想把他們攆回去；幸虧小基奧常常替他們把風，一見她父親來了便大聲呼喊。不管怎樣，他們那時似乎很快樂。父親的脾氣還不像現在這麼壞；況且母親那時還在世。不過，那是很久以前的事了；如今她和弟弟妹妹都長大了，母親也已經過世。蒂茜・鄧恩死了，沃特一家回英格蘭了。時過境遷，如今她也要像其他人一樣遠走高飛，離家而去了。

家！她環顧四周，望著房間裡所有熟悉的東西，多年以來，她每週都把這些東西擦拭一遍，心裡納悶灰塵究竟是從哪裡來的。也許再也見不到這些熟悉的東西了，她做夢也沒想到會跟它們分開。屋裡有一幅向聖女瑪加利大・瑪利亞・亞拉高許願的彩印畫，旁邊是一架破風琴，上方的牆上掛著一張發黃的神父的照片。這麼多年來，她從來沒搞清楚這位神父的名字。他曾是父親念書時的一個朋友。每當他把照片拿給客人看，總是一邊遞照片一邊輕描淡寫地說：

「他現在在墨爾本。」

她已經同意出走，離開這個家。這樣做妥當嗎？她盡力從每個角度權衡這個問題。不管怎麼說，她在家裡有吃有住，周圍是她從小就熟悉的那些人。當然，不管在家裡還是在店裡，她都得拚命工作。倘若店裡那些人知道她跟一個小子跑了，會怎麼議論呢？也許會說她是傻瓜吧；很可能會登廣告，招人補她的缺。這下子加文小姐該高興啦。她總是炫耀比她強，特別是旁邊有人聽著的時候：

「希爾小姐，你沒看見這些女士在等著嗎？」

「希爾小姐，請打起精神來！」

離開這樣的店，她是不會痛哭流涕的。

可是，在她的新家、在那個遙遠陌生的國度，一切都會改觀。那時，她就結婚了——正是她，伊芙琳。那時，大家會尊重她。她不會受到母親生前所遭受的那種對待。即使是現在，她已經十九歲出頭了，有時還覺得活在父親的暴力威脅之下。她知道，這正是她日子過得心驚膽戰的原因。他們成長的時候，他從未像喜歡哈利和歐尼斯特那樣喜歡過她，因為她是女孩；可是近來，他開始威脅她，說要不是看在她死去的母親的分上，他就會對她如何如何。現在再沒有人能保護她了。歐尼斯特死了，哈利做的是裝飾教堂的工作，幾乎成天在鄉下奔波。此外，每到星期六晚上，為了錢，總免不了一場爭吵，這使她開始感到說不出的厭煩。她總是把全部工資——七個先令——如數交出，哈利也把能寄的錢都寄來，但想從父親那裡要點錢出來，就困難重重了。他說她老是亂花錢，罵她沒腦子，還說他不會把自己辛辛苦苦賺來的錢讓她拿去滿街揮霍，他嘮嘮叨叨說個沒完，因為星期六晚上他心情總是很糟。最後他會把錢給她，但還不忘挖苦說她是否打算張羅一下星期天的晚餐。每到這時，她只好盡快跑出家門，到市場上採購，手裡緊緊握著黑皮錢包，在熙熙攘攘的人群裡擠來擠去，等到拎著大包小包回家時已經很晚了。她辛辛苦苦維持這個家，母親去世後，她就承擔起了照顧兩個年幼弟妹的責任，讓他們按時上學、按時吃飯。這差事真不容易——生活艱辛——但眼下要捨棄了，卻又覺得有點戀戀不捨。

她馬上就要和法蘭克去開闢新的生活了。法蘭克為人和善，心胸開闊，頗有男子漢氣概。她要和他一起搭夜船離開，做他的妻子，和他一起到布宜諾斯艾利斯生活，他已在那裡為她安置好了一個家。她與法蘭克初次邂逅的情形依然歷歷在目；那時他寄宿在她常去的一條大街的人家裡。這一切彷彿就發生在幾個星期之前。他站在大門口，水手帽推到了腦後，凌亂的頭髮散落在前額上，襯出一張古銅色的臉。後來，他們就認識了。他每晚都在商店外面接她，送她回家。他帶她去看《波希米亞女郎》[1]，她和他一起坐在劇院的雅座區，雖不習慣卻覺得非常愜意。他酷愛音樂，還能哼上幾句。大家都知道他倆在談戀愛。每當他唱起一支少女愛上水手的歌時，她總是感到又愉快又茫然。他常常逗她，叫她「小乖乖」。起先，她為有了個男友而興奮，後來便漸漸喜歡上他了。他知道許多遙遠國家的故事。他原先在阿倫航運公司駛往加拿大的一艘船上當艙面水手，每月賺一個英鎊。他告訴她他在哪些船上工作過，做過哪些工作。他曾途經麥哲倫海峽，還給她講可怕的帕塔格尼亞人的故事。他說，他曾在布宜諾斯艾利斯死裡逃生，這次回國只是為了度假。當然，她父親發現了他們的關係，便不許她再跟他說話。

「我知道這些水手是什麼貨色。」他說。

1《波希米亞女郎》（*The Bohemian Girl*）是愛爾蘭劇作家邁克爾・巴爾夫（Michael Balfe，一八〇八—一八七〇）創作的一齣三幕戲劇。這部劇講的是貴族女孩阿琳（Arline）被吉普賽人收養長大，最後回到公爵府的故事。劇中有一段描寫阿琳與男主角私奔的劇情。

一天，她父親和法蘭克吵了一架，從那以後，她就不得不與男友暗地裡約會了。

大街上夜色漸濃。擱在她膝上的兩個白色信封變得模糊不清。一封信是給哈利的；一封是給父親的。她最喜歡歐尼斯特，不過也喜歡哈利。她注意到父親最近漸顯老態；他會想念她的。有時候他會顯得很慈愛。不久前，她生病了，在床上躺了一天，他特意給她念了篇鬼故事，還在爐上為她烤了麵包。還有一次，那時母親還在世，一家人到霍斯山去野餐。她還記得，那回為了逗孩子笑，父親故意戴上了母親那個綁帶子的女帽。

出發的時刻迫在眉睫，但她仍然坐在窗邊，頭倚著窗簾，聞著沾滿灰塵的印花布窗簾的氣味。在窗戶下方，從大街遠處飄來街頭藝人把手風琴的樂聲；她很熟悉那曲調。奇怪的是，這樂聲竟然恰恰在今夜傳來，使她想起自己對母親的承諾，承諾她會竭盡全力維繫這個家。她記起母親病危的那一晚；她又回到了走廊那頭那間門窗緊閉的黑幽幽的小屋裡，外面傳來一支淒涼的義大利樂曲。父親給了把手風琴的藝人六便士，把他打發走了。她還記得父親趾高氣揚地返回病房，嘴裡罵個不停：

「該死的義大利仔！鬧到這裡來了！」

在她沉思冥想之際，母親一生悲慘的景象如同符咒般攫住了她的靈魂——在平凡的生活中犧牲了一切，臨終時卻發了瘋。她渾身戰慄，彷彿又聽見母親瘋瘋癲癲地不斷囈語：

「樂極生悲！樂極生悲！」

一陣突如其來的恐怖使她驀然站了起來。逃走！必須逃走！法蘭克會救她的。他會給她新的生活，也許還會給她愛情。她想要活下去。她為什麼就該沒有幸福？她有權利獲得幸福。法蘭克會抱住她，把她摟在懷裡。他會救她的。

她站在北牆碼頭熙來攘往的人群中。他拉著她的手，她知道他在對她說話，一遍遍講著即將開始的旅程。碼頭上擠滿了背著棕色行李的士兵。透過候船室寬敞的大門，她瞥見了那巨大的黑色船體，停靠在碼頭邊，舷窗裡透著光。她沒有答話，只覺得雙頰冰冷蒼白。她感到痛苦而迷茫，不由得祈求上帝，請祂指點迷津，告訴她該何去何從。迷霧中悠然響起哀婉的汽笛聲。要是走的話，明天就會在海上，和法蘭克一起向布宜諾斯艾利斯駛去。船位已經訂好。事到如今，在他為她盡心出力之後，還能反悔嗎？她難過得想吐，不停地翕動著嘴唇，虔誠地默默祈禱。

叮噹的鈴聲揪住了她的心。她覺得他抓緊了自己的手：

「來呀！」

全世界的驚濤駭浪在她的心頭翻騰激蕩。他把她拖進了汪洋大海之中：他會把她淹死的。她用雙手緊緊抓住了鐵欄杆。

「來呀！」

不！不！不！絕對不行！她雙手狂亂地抓著鐵欄杆。在汪洋大海之中，她發出了痛苦的哀嚎。

「伊芙琳！伊薇！」

他衝過柵欄，叫她跟上。有人朝他吆喝，叫他快點走，但他仍在喊她。她向他仰起蒼白的臉，無動於衷，像頭走投無路的動物。她望著他，眼神中既沒有愛意，也沒有流露出惜別之情，彷彿望著陌生人。

車賽之後

一輛輛賽車向都柏林疾駛，在納斯路的車道上像彈丸般平穩滾動。觀眾三五成群地聚集在英奇柯爾的小山丘上，望著車隊疾速歸來。大陸攜著財富和工業，穿過這條一貧如洗、暮氣沉沉的車道，奔馳前行。這些心懷感激的被壓迫者不時發出陣陣歡呼。不過，他們內心是偏向藍色車的——那是他們的朋友法國人的車。

話說回來，法國人確實是貨真價實的贏家。他們的車隊戰績不錯，獲得了第二名和第三名，而得第一名的德國車，車手據說是個比利時人。因此，每當藍色車經過山頂，歡呼聲就分外響亮，而車子裡的人也微笑著點頭致意，來領受這陣陣歡呼。在這些造型精美的汽車中，有一輛載了四個年輕人，他們都興高采烈，那股興奮似乎遠遠超過了法國人獲勝的心情：事實上，這四個年輕人簡直快要開心死了。他們分別是車主夏爾．塞古安；加拿大籍青年電工安德烈．里維埃爾；身材高大的匈牙利人維洛納；還有一個穿著考究的名叫道爾的年輕人。塞古安心情舒暢，因為他意外接到了一批訂單（他即將在巴黎開設車行）；里維埃爾也興高采烈，因為他即將走馬上任，成為車行經理；再加上法國隊大獲全勝，這兩個年輕人（他們是表兄弟）格外高興。維洛納剛剛吃了一頓豐盛的午餐，心滿意足，況且他是個樂天派，因此也喜氣洋洋。至於這一夥中的第四位，早已忘乎所以，無法由衷地感受到快樂了。

他二十六歲上下，留著柔軟的淺褐色小鬍子，一雙灰色的眼睛流露出相當天真的神情。他父親曾是激進的民族主義者，但很早就改變了立場。他靠在國王鎮做屠夫發了財，後來又在都柏林市內和郊區開了幾爿店，生意越發興隆，財源滾滾。此外，他還很幸運地和警察局簽了些供應合作案，賺了大錢，在都柏林報紙上被稱為商界王子。他把兒子送到英國，在一所規模很大的天主教學院讀書，後來又把他送到都柏林大學攻讀法律。不過，吉米並沒有把心思用在課業上，有一陣子甚至還誤入歧途。他有錢，又吃得開；他要嘛整天和玩音樂的人攪在一起，要嘛和玩賽車的人廝混，真是怪脾氣。後來，他又被送到劍橋讀了一學期，說是開開眼界。父親發現他花錢大手大腳，嘴上雖然教訓他，心裡卻著實得意，隨即替兒子結清欠帳，帶他回家了。正是在劍橋，他結識了塞古安。他們雖然交情不深，但吉米覺得，自己能和這位見過大世面、據說擁有幾家法國最大旅館的人物交往，實在是莫大的榮幸。這樣的人物（諒他父親也同意）即便有點乏味，也非常值得結交。維洛納同樣討人喜歡——他彈得一手好鋼琴——只可惜太窮了。

車子載著這夥興高采烈的年輕人歡快地向前奔馳。兩個表兄弟坐在前排；吉米和他的匈牙利朋友坐在後排。維洛納顯然興致高昂，沿途好幾英里他都不斷用渾厚的男低音哼著曲子。法國人不時從前座上拋來歡聲笑語，吉米不得不常常俯身向前，才能捕捉到那連珠炮似的隻言片語。這並不好受，因為大多數時候，他只能憑藉靈巧的頭腦瞎猜，然後頂著強風，朝他們高聲喊出恰當的回話。此外，維洛納的哼唱聲和汽車引擎的噪音也干擾了他的判斷。

開著賽車風馳電掣，招搖過市，腰包裡又有錢，所有這些都讓人飄飄欲仙，這也是吉米如此興奮的三大緣由。那天，他和大陸來的這幾個哥們兒結伴而行，很多朋友都看見了。在中途停靠站，塞古安把他介紹給一位法國車手，他訥訥地說了幾句不知所云的恭維話，那位車手黧黑的臉上露出一排閃亮的白牙。受過這樣的禮遇，再回到世俗的圈子裡，看著觀眾用臂肘相互推搡，心領神會地遞著眼色，著實愜意。至於錢嘛——他手頭確實有一大筆錢可以隨意支配。也許在塞古安眼裡，這筆錢微不足道，但吉米卻清楚地知道這筆錢來之不易，他雖然有時也做些荒唐事，骨子裡卻繼承了父親務實的天性。正是基於這一點，以前他揮霍起來總是適可而止。那時，即使他一時昏了頭，心裡也明白，錢是用血汗掙來的，如今，他要冒險把大部分財產用來投資，自然格外審慎。對於他來說，這可是非同小可的事。

當然，這是項有利可圖的投資，何況塞古安巧妙地給他這樣一種印象：似乎完全是看在朋友的情分上，才接受這點愛爾蘭小錢入股。吉米對父親在生意上的精明向來佩服，這回入股其實也是父親的主意；他認為汽車這行肯定能賺錢，而且是一本萬利。況且，塞古安有種如假包換的富豪氣派。吉米坐著那輛豪華汽車四處兜風，接連幾天一心想著這事。車跑得多穩呀！在鄉間公路上奔馳，多神氣！這種旅行就像魔力的手指按住了生命真正的脈搏，使全身神經振奮，追隨著那頭疾行的藍色動物，一路顛簸跳躍。

他們沿著戴姆街駛去。街上交通異常繁忙，汽車駕駛把喇叭按得震天響，電車司機不耐煩地把開道鑼敲得叮叮噹噹響。塞古安在銀行附近把車停住，吉米和他的朋友下了車。人行道上聚集了一小群人，圍著這輛轟隆轟隆響的汽車嘖嘖讚賞。

當天晚上，他們要在塞古安的旅館裡一起慶功，所以吉米和住在他家裡的朋友得回家裝扮一番。汽車慢慢朝格拉夫頓大街駛去，兩個年輕人則推擠著穿過圍觀的人群。

他們向北走去，心裡襲來一絲不可名狀的落寞之感，而在他們頭上，在夏夜的薄霧中，一盞盞球形路燈閃爍著蒼白的光影。

在吉米家裡，這頓晚餐可被當作頭等大事。吉米以此為傲，他的父母則誠惶誠恐。他熱切地想去縱情玩樂一番，因為國外大城市的人至少有這種豪放的名聲。穿戴好了，吉米倒也顯得一表人才。當他站在大廳裡最後一次整理領結時，他父親甚至從生意人眼光來看也感到很滿意，因為他把兒子培養得風度翩翩，這往往是花錢也買不到的氣質。於是他對維洛納出奇的友好，他的舉止表明他對外國的成就打心眼裡欽佩；但此刻那匈牙利人正垂涎欲滴地巴望著那頓晚餐，可能並沒有領會到主人這種微妙的美意。

晚餐豐盛而精美。吉米斷定，塞古安的品味非常高雅。席上還來了一個英國的年輕人，名叫魯斯，在劍橋時，吉米曾看到他和塞古安在一起。這些年輕人在點著燭形燈的舒適包廂裡用餐。他們高談闊論，盡情歡笑。吉米的想像力活躍起來，他覺得在正襟危坐的英國人身邊圍坐著朝氣蓬勃的法國青年真可謂相得益彰。他想，這正是他自己的形象，也是他應該展現出的形象。他對主人引導談話的靈活手腕佩服得五體投地。這五個年輕人各有所好，當下信口開河地談開了。維洛納極其崇敬地向英國人講述英國牧歌的美妙，並對古老樂器的消失表示痛惜，那英國人聽了有些詫異。里維埃爾言不由衷地向吉米解說法國技工的卓越成就。聲若洪鐘的匈牙利人正要盡情奚落浪漫派畫家的矯揉造作，塞古安把話題引向了政治。這是大家都感興趣的話題。在這種寬鬆氛圍的感染下，吉米覺得父親身上那種久已泯滅的熱情在他身上復活了：他最後竟惹得冷漠的魯斯也激動起來。房間裡越來越熱，塞古安這個主人也越來越難當：隨時都有引發人身攻擊的危險。當主人的有所警覺，就找機會舉起酒杯，請大家共同向「博愛」致敬，等大家一飲而盡，他鄭重其事地打開了一扇窗。

這一夜，城市戴上了首都的面具。五個年輕人沿斯蒂芬綠地公園散步，四周飄散著淡淡的芬芳的煙霧。他們談笑風生，斗篷晃來晃去。行人都給他們讓路。在格拉夫頓大街拐角處，一個矮胖的男人正在送兩位漂亮女士上車，託付給另一個胖子照料。汽車開走以後，矮胖男人一眼瞧見了這群年輕人。

「安德烈。」

「啊，法利！」

接下來是一陣七嘴八舌。法利是個美國人。誰也搞不清楚他們談了些什麼。維洛納和里維埃爾叫得最厲害，大家都異常興奮。他們跳上車，擠作一團，嘻嘻哈哈笑成一片。他們駛過人群，和著歡快的音樂鐘聲，融入柔和的色彩之中。他們在威斯特蘭羅車站搭上火車，吉米覺得，好像只過了幾秒鐘，他們便邁步走出了國王鎮車站。收票員是個老頭子，他向吉米問候：

「晚安，先生！」

這是個靜謐的夏夜；海灣如同一面黑黝黝的鏡子，躺在他們腳下。他們勾肩搭背向海灣走去，齊聲高唱〈軍校學員盧塞爾〉，每唱到「呵！呵！呵嗨，好樣的！」時便一齊跺腳。

他們在碼頭旁登上一艘小船，向美國人的遊艇划去。那裡會有晚餐、音樂和牌局。維洛納熱切地感歎道：

「妙啊！」

遊艇的艙房裡有一架鋼琴。法利扮起了騎士，里維埃爾扮演淑女，維洛納為他們伴奏，彈了一支華爾滋。接下來是即興方塊舞，自創舞步。多快活！吉米跳得很起勁；不管怎麼說，這至少是見了世面。後來法利跳得上氣不接下氣，就嚷著「別跳了！」侍者端來便餐，大夥兒便坐下來，應景似的吃了點。他們以酒助興：還真有些波希米亞情調。他們為愛爾蘭、英國、法國、匈牙利和美國乾杯。吉米發表了一番演說，長篇大論，每當他停頓一下，維洛納就喊道：「聽呀！聽呀！」他講完了，坐下來，只聽得掌聲雷動。看來他講得不賴。法利拍著他的背，放聲大笑。多快活的兄弟！多好的夥伴呀！

打牌！打牌！桌子收拾乾淨了。維洛納悄悄回到鋼琴旁，彈起即興曲，為大家助興。其他人一局接一局地玩起來，孤注一擲，放膽冒險。他們為「紅桃皇后」和「方塊皇后」的健康乾杯。吉米隱隱為沒有觀眾捧場感到可惜：大家鉤心鬥角，真是精彩。賭注越來越大，鈔票遞來遞去。吉米不清楚誰是贏家，但他知道自己一直在輸。自作自受嘛，誰叫他牌藝不精，別人還得費心替他記欠帳呢。他們都是些精力旺盛的傢伙，他盼他們就此打住：夜越來越深了。有人提議為「新港美人號」遊艇乾杯，隨即又有人提議：豪賭一盤，收場大吉。

琴聲早就停了；維洛納一定是到甲板上去了。真是場可怕的賭局。就在牌局結束前，他們停下來先乾了一杯，互祝好運。吉米心裡明白，最後一局將是魯斯和塞古安的較量。太刺激了！吉米也很起勁；當然，他輸定了。不知自己到底簽了多少張支票呢？最後幾圈，大家全都站起來，七嘴八舌，指手畫腳。魯斯贏了。頓時一片歡騰，震得船艙直晃。紙牌被收在了一起。然後他們開始計算輸贏。法利和吉米輸得最慘。

他知道天亮後自己肯定會追悔莫及，但此刻終於能夠休息一下了，昏昏沉沉正好可以掩蓋他的愚笨，他這樣聊以自慰。他雙肘撐在桌子上，兩手捧著頭，數著太陽穴的跳動。這時，艙門打開了，他看見那個匈牙利人站在門口，一縷灰濛濛的曙光映照著他：

「天亮了，各位先生！」

兩個浪子

八月，暖洋洋的暮色已經降臨到這座城市，大街小巷彌漫著柔和溫暖的氣息，令人想到殘夏未盡。因為星期天休息，店鋪都關了門，大家穿著五顏六色的衣裳閒逛，街上熙來攘往。路燈宛如一顆顆晶瑩的珍珠，在高聳的電線杆頂端閃耀，照亮下面那塊生機盎然的織布，織布的形狀和顏色不斷變換，將不絕於耳的低聲細語拋向暖洋洋灰濛濛的夜空[1]。

兩個年輕人從魯特蘭廣場的山坡上走下來。其中一個正要結束他的長篇大論。另一個帶著一臉聽得津津有味的表情，走在人行道邊上，但有好幾次，因為同伴粗魯的肢體動作而被逼到馬路上。他五短身材，滿面紅光，後腦勺上歪戴著一頂鴨舌帽。他聽著同伴的講述，鼻翼、眼梢和嘴角動作不斷，表情萬千。他不停地哧哧發笑，直笑得前仰後合。那雙眼睛閃爍著狡黠愉悅的神情，時不時朝同伴的臉瞟一下。他像鬥牛士那樣把輕便雨衣搭在肩頭，還偶爾整理一

1 此處喬伊斯採用俯瞰視角，將身著五顏六色衣服的人群比喻為「形狀和顏色不斷變換」的「織布」。

下。他的馬褲、白膠鞋和瀟灑地搭在肩頭的雨衣都流露出青春的氣息。但他的腰身卻顯得滾圓，頭髮稀疏灰白，一旦興奮的表情退去，就顯得面容憔悴。

在確信故事講完後，他默不做聲地笑了足有半分鐘，隨後說道：

「好！……真是妙！」

他的聲音顯得有氣無力；為了加強語氣，他又詼諧地補上一句：

「是獨一無二，絕無僅有，照我說呀，真是妙不可言！」

說完這話，他又變得一本正經、沉默不語了。一下午他都在多塞特街一家酒館裡大講特講，已經說得口乾舌燥。

大部分人都認為萊尼漢是個寄生蟲，不過，儘管他臭名昭著，但由於巧言善辯、左右逢源，總哄得朋友不會對他群起而攻之。他常常大膽地闖進朋友聚會的酒吧，識趣地待在一旁，直到被請過去喝一輪為止。他遊手好閒，肚子裡裝滿了各種故事、打油詩和謎語。不管別人怎麼嘲諷揶揄，他都滿不在乎。沒人知道他是怎樣勉強度日的，不過他的名字總是隱約和賽馬內幕消息連在一起。

「你到底在哪裡搞上她的，科利？」他問。

科利的舌頭迅速舔了舔上嘴唇。

「一天晚上，老弟，」他說，「我正沿戴姆街閒逛，看見供水站大鐘下面站著個不錯的美眉，便走過去跟她說了聲晚安，就這樣。我們在運河邊逛了一圈，她說她在巴格特街給人家當傭人。那天晚上，我攬著她的腰，還輕輕捏了一把。接下來那個禮拜天，老弟，我約她出來。我們到了多尼布魯克，我把她帶到野地裡。她告訴我，以前她跟一個在牛奶場做事的傢伙在一起……真不賴，老弟。每晚她都帶香菸給我，來回車錢也是她付。一天晚上，她帶了兩支他媽的頂呱呱的雪茄給我——呵，貨真價實的上等貨，你懂嘛，就是老菸槍常抽的那一種……老弟，我有點擔心她是不是懷孕了。不過，她自有辦法。」

「說不定她覺得你會跟她結婚。」萊尼漢說。

「我告訴她我沒工作，」科利說，「不過，我跟她說我在皮姆公司做過。她不知道我叫什麼。我可是老手，怎麼會告訴她我的名字呢！她倒覺得我有點上流社會的派頭。」

萊尼漢又默不做聲地笑起來。

「在我聽說過的美眉當中，」他說，「她無疑是最好的。」

科利坦然接受了這番恭維，闊步向前走去。他那粗壯的身軀東搖西晃，逼得他的夥伴不得不在人行道和馬路之間跳來跳去。科利是個督察的兒子，身材和步態與他父親一脈相承。他走起路來雙手緊貼身體兩側，昂首闊步，腦袋左搖右晃。他的頭又大又圓，油光閃亮，不分寒暑總是滿頭大汗；那頂大圓帽歪戴在頭上，好像一個燈泡上又長出了一個燈泡。他總是兩眼直視前方，彷彿在參加閱兵式；如果想多瞧瞧街上的某個人，就必須把上半身連著屁股整個轉過去。眼下他在城裡到處閒逛。只要有工作出缺，總有朋友竭力慫恿他去做。大家常常看到他和便衣警察走在一起，談得很起勁。他熟知各種事件的內幕，還喜歡下結論。他只管自己講，別人根本沒有插話的機會。他老愛講自己的事：他跟某某人說了什麼啦，某某人對他說了什麼啦，他說了什麼話才把事情擺平啦。他在轉述這些對話時，總用佛羅倫斯人的發音方式念自己名字的第一個字母[2]。

萊尼漢遞了根菸給他的朋友。兩個年輕人繼續穿過熙攘的人群，科利時不時轉過身，對著擦肩而過的女孩擠眉弄眼，但萊尼漢的目光卻一直盯著天空那輪昏黃的泛著雙重光暈的大月亮。他全神貫注地望著灰濛濛的雲霧掠過月影。過了好一會兒，他問道：

「呃……告訴我，科利，我想這次你能順利弄到手吧？」

科利意味深長地閉起一隻眼，算是回答。

「她會願意嗎？」萊尼漢半信半疑地問，「女人的心思可永遠摸不透吶。」

「沒問題，」科利說，「我有辦法把她哄順了，老弟，她有點迷上我了。」

「我得說，你真是情場老手，」萊尼漢說，「而且是道道地地的老手！」

他阿諛的神情中含有一絲嘲弄的意味。為了保全面子，他慣於在奉承別人時故意加點嘲諷的腔調。可惜科利心思沒那麼細膩，辨不出其中的奧妙。

「什麼也比不上一個好的女傭人，」他肯定地說，「聽我的準沒錯。」

「這話只有玩夠了女人的傢伙才說得出。」萊尼漢說。

「原先，你知道的，我常和美眉來往，」科利推心置腹地說，「就是南環路上的那些美眉。我常帶她們出去，坐著有軌電車到處逛，老弟，都是我付車錢；要不就帶她們去聽音樂，或者到劇院去看戲，再不然就給她們買些巧克力、糖果之類的東西。我過去可在她們身上花了不少錢呢。」他以一種言之鑿鑿的語氣加了這麼一句，生怕別人不信似的。

不過，萊尼漢可能深信不疑；他還一本正經地點了點頭。

「我知道那種事，」他說，「簡直是冤大頭。」

「但我他媽的是一點好處也沒撈到。」科利說。

「可不是嘛。」萊尼漢說。

「只釣上了一個美眉。」科利說。

他用舌頭潤了潤上嘴唇。想起這件事，他眼睛都亮了。他也凝望著幾乎被浮雲遮住的慘澹的圓月，看起來若有所思。

「她倒是……有點意思。」他懊悔地說。

2 佛羅倫斯人把c的發音/k/念為/h/，所以科利的名字Corley的發音就近似於Whorely /hɔ:li/。該詞意為「像妓女一樣」，喬伊斯藉此嘲諷科利騙財騙色的無恥行徑。

沉默片刻，他又補充說：

「現在她成了婊子。一天晚上，我看見她和兩個男人坐在汽車裡，在伯爵街上兜風呢。」

「敢情是你幹的好事吧。」萊尼漢說。

「在我之前，還有別人呢。」科利泰然自若地回答。

這回萊尼漢卻半信半疑了。他笑著搖了搖頭。

「科利，你心裡有數，你騙不了我的。」他說。

「我對天發誓！」科利說，「這是她親口告訴我的。」

萊尼漢攤了攤手，一副無可奈何的樣子。

「好一個無恥的愛情騙子！」他說。

他們經過三一學院的圍欄時，萊尼漢又躥到馬路上，抬頭望了下大鐘。

「遲了二十分鐘。」他說。

「不晚，」科利說，「她肯定會在那裡等的。我總是讓她等一下。」

萊尼漢竊笑起來。

「真有你的！科利，你還真懂得怎樣把她們弄到手。」他說。

「女人的那點小花招我全知道。」科利大言不慚地說。

「可是，告訴我，」萊尼漢又問，「你真有把握弄到手嗎？你知道，這事棘手得很。到了節骨眼上，她們沒那麼容易就上鉤。嗯？……你說呢？」

他那雙銳利的小眼睛打量著同伴的臉，看他是否真有把握。科利皺著眉頭，腦袋晃來晃去，好像要趕掉一隻老來搗亂的飛蟲。

「我能擺平，」他說，「你別管了，行嗎？」

萊尼漢不吭聲了。他不想惹朋友發火，也不想自討沒趣，被搶白說他的高見沒人稀罕。多少需要圓滑點。不過，科利的眉頭很快又舒展開來。他的思緒又轉到別的事情上去了。

「她是個又漂亮又本分的女孩，」他讚賞地說，「她確實是。」

他們沿著納索街溜達，然後轉到了基爾代爾大街。離俱樂部門廊不遠的路上，一個彈豎琴的藝人正在那兒演奏，四周圍著一圈聽眾。他漫不經心地撥弄著琴弦，偶爾朝新來的聽眾瞥上一眼，還不時懶洋洋地望望天空。琴罩已經快掉到地上，豎琴毫不在乎，彷彿厭倦了陌生聽眾的眼睛和主人的手指。藝人的一隻手在低音部彈奏〈啊，別作聲，莫伊爾〉，每彈完一小節，另一隻手就在高音部上飛快地遊走。曲調聽起來深沉而圓潤。

兩個年輕人沿街走去，沒有說話，憂傷的音樂在身後飄蕩。他們走到斯蒂芬綠地公園，穿過馬路。這裡車水馬龍，燈光閃耀，人流如潮，打破了他們的靜默。

「看，她在那裡！」科利說。

休姆街拐角上站著個女孩。她身穿藍裙，頭戴白色水手帽，站在馬路旁邊，手裡晃著把遮陽傘。萊尼漢頓時來了興致。

「科利，我們過去看她一下。」他說。

科利斜眼瞥了下他的朋友，臉上露出不悅的冷笑。

「你是不是想參一腳？」他問。

「去你媽的！」萊尼漢粗魯地反駁道，「我又不要你介紹。我只是想瞄一眼。我又不會吃了她。」

「哦……瞄一眼？」科利口氣緩和下來，「好吧……我告訴你怎麼辦。我過去跟她說話，你就從我們身邊走過去。」

「好，就這麼辦！」萊尼漢說。

科利一條腿剛跨過攔路的鐵鍊，萊尼漢就叫起來：

「然後呢？待會兒在哪裡碰頭？」

「十點半。」科利回答，另一條腿也跨了過去。

「在哪裡？」

「梅里恩街拐角。我會跟她回到那裡的。」

「祝你順利。」萊尼漢向他告別。

科利沒搭腔。他晃著腦袋，悠然自得地穿過馬路。他魁梧的身材、瀟灑的步伐，還有皮靴堅實的聲響，都顯出某種征服者的姿態。他走近那女孩，連招呼都沒打就和她攀談起來。她把傘晃得更起勁了，腳跟半旋著轉來轉去。有一兩回，他湊近跟她耳語，她笑著低下頭去。

萊尼漢注視了他們幾分鐘，隨後與他們保持著一段距離，快步沿鐵鍊向前走去，斜穿過馬路。他走近休姆街拐角，感到一陣濃郁的香氣撲鼻而來，他迫不及待地匆匆打量了一下那女孩的容貌。

只見她一身節日盛裝，穿著天藍色斜紋裙子，腰間束著黑皮帶，皮帶上的大銀扣子彷彿把腹部壓了下去，像夾子似的鉗住了質地輕柔的白襯衫，外罩一件鑲著珍珠母鈕扣的黑色短外套，圍著條邊飾參差的黑色圍巾。

她故意把薄紗圍巾的兩端鬆開，胸前別上一簇花枝向上的紅花。萊尼漢不無讚賞地注視著她那矮壯而結實的身軀。她身體健壯，容光煥發，雙頰豐盈紅潤，藍色的眼睛毫不羞怯。她五官粗糙，大鼻孔，闊嘴巴，在故作媚態暗送秋波時，便張開嘴，露出兩顆齙牙，一副心滿意足的樣子。萊尼漢經過他們身邊時脫帽致意，約莫十秒鐘之後，科利微微抬了抬手，若有所思地把歪戴的帽子換了個角度，算是回禮。

萊尼漢向前走去，一直走到謝爾本旅館才停下來等候。過了不久，他看見他們朝他走過來，在他們向右拐彎後，他才輕巧地踏著那雙白鞋子，一路尾隨他們來到梅里恩廣場一側。他緩步而行，一面和他們保持同樣的速度，一面注視著科利，看到他的頭老是轉過去，湊近女孩的臉，像一個繞著軸轉動的大球。他緊盯著這兩個人，直到他們登上開往多尼布魯克的電車，這才轉身沿原路返回。

現在他獨自一人，看起來有些蒼老，還有點黯然神傷。經過公爵草坪時，他一路隨手撫弄著欄杆。豎琴藝人演奏的曲調開始左右起他的步伐來。他的腳和著旋律悠悠地踩著拍子，手指也隨著音符的變化，懶洋洋地輕輕敲擊著欄杆，彷彿在彈奏變奏曲。

他無精打彩地繞過斯蒂芬綠地公園，轉到格拉夫頓大街上。他穿過人群，注視著形形色色的行人，眼睛裡流露出憂鬱的神色。他覺得一切蓄意吸引人的東西都索然無味，對那些有意挑逗他的眼神也置之不理。他知道，要是回應的話，他就得費盡口舌去編造故事，逗人開心，但他此刻口乾舌燥，腦子裡空空如也，實在是力所不及。還要過好幾個鐘頭才能和科利碰面，這段時間怎麼消磨也讓他有點心煩意亂。他想不出什麼好辦法，只能不停地閒逛。他走到魯特蘭廣場一角，向左拐進一條幽暗冷清的小街，頓時覺得舒坦了些，這裡陰鬱的街景比較符合他此時的心境。最後，他在一家灰頭土臉的店鋪前停住了腳步，櫥窗上印著幾個白字「小吃酒吧」。玻璃上還龍飛鳳舞地寫著兩行字：「薑汁啤酒」、「薑汁汽水」。櫥窗裡，一個藍色大盤子上放著切開的火腿，旁邊的盤子盛著一塊薄薄的葡萄乾布丁。他目不轉睛地對著這些食物看了一會兒，然後機警地朝街頭左右瞥了一眼，快步走進店裡。

他飢腸轆轆，從早上到現在，除了向兩位小氣的酒保要過幾塊餅乾充飢外，一直沒吃東西。他在一張沒鋪桌布的木桌邊坐下，對面坐著兩個女工和一個技工。一個邋遢的女侍過來招呼他。

「豌豆多少錢一盤？」他問。

「一個半便士，先生。」那女孩回答。

「給我來盤豌豆，」他說，「再來瓶薑汁啤酒。」

他故意粗聲粗氣地說話，不顯出斯文的樣子，因為他一進門，店裡就突然安靜下來。他臉上火辣辣的。為了顯得自然些，他把帽子往後腦勺推了推，再把雙肘支到桌上。技工和兩個女工從頭到腳打量了他一番，然後又壓低聲音說起話來。女侍端來一盤加了胡椒粉和醋的熱豌豆，又給他一支叉子和一瓶薑汁啤酒。他狼吞虎嚥，覺得好吃極了，心裡默默記下了店名。他把豌豆一掃而光，啜著薑汁啤酒坐了一會兒，想像著科利的豔遇。在幻想中，他依稀看見這對情侶在一條昏暗的路上漫步；他彷彿聽到科利用深沉有力的男低音向那女的大獻殷勤，又好像看見那女孩嘴角的一抹騷動。這幻象使他愈發深切感覺到自己囊中羞澀、心無所依。每天四處遊蕩，整日捉襟見肘，招搖撞騙，他已經厭倦了這一切。到十一月他就滿三十一歲了。難道他永遠找不到一份像樣的工作嗎？永遠不能有自己的家嗎？他想，要是能坐在暖烘烘的火爐旁，吃上一頓美味的晚餐，那該多好啊。他和朋友、美眉在街上逛，已經逛夠了。他知道那是些什麼朋友，也知道那些美眉是什麼貨色。過去的經歷加深了他對世界的怨憤，但他並沒有徹底絕望。現在酒足飯飽，他覺得心情好多了，不再那麼厭倦生活，也沒那麼沮喪了。如果他能碰到一個善良純樸手頭又有點積蓄的好女孩，也許還能夠在一個舒適自在的小角落安頓下來，過上幸福的生活吶。

他付給那個邋遢的女孩兩個半便士，踏出店門，又開始閒晃。他走到凱普爾大街，向市政廳走去，然後又拐進戴姆大街。在喬治街街口，他碰到兩個朋友，便停下來聊一下。他很高興能停下來歇歇腳。朋友問他有沒有見到科利，近況如何。他說自己和科利混了一天。他的朋友很少說話，只是漫不經心地注視著人群中的某些身影，不時品頭論足一番。一個朋友說，一小時前他在威斯特摩蘭街看見了麥克。一聽這話，萊尼漢就說昨晚他和麥克在伊根酒館喝酒來著。在威斯特摩蘭街看見麥克的那個小夥子又問，麥克是不是真的打檯球贏了錢。萊尼漢說他不知道；又說，在伊根酒館請他們喝酒的是霍洛漢。

九點四十五分，他和朋友分手，晃到喬治街，在「城市市場」左拐，轉到格拉夫頓大街。這時，男人、女人都已經漸漸散去，街上不再擁擠。沿街而行，他聽到一簇簇人群、一對對情侶都在互道晚安。他一直走到外科醫學院的大鐘前：大鐘正好敲了十下。他唯恐科利會提前回來，便沿斯蒂芬綠地公園北側匆匆走去。走到梅里恩街拐角，他在一盞路燈的燈影下站定，掏出一支攢下來的香菸，點著了。他靠在電線杆上，巴巴地望著科利和那女孩可能回來的方向。

他又轉起念頭來。他不知道科利是否得手了。他不確定科利向她開口了沒有，或者要等到最後再提。他彷彿設身處地，分擔著朋友的痛苦和興奮，也檢視著自己的痛苦和興奮。不過，想到科利慢條斯理搖頭晃腦的樣子，他多少平靜了些：他堅信科利一定會手到擒來。突然，他又想到科利也許會從另一條路送她回家，丟下他不管了。他的眼睛在街上搜來尋去：連個影子都沒有。可是，從他看到外科醫學院的大鐘算起，已經足足過了半個小時。科利會幹那種事嗎？他點上最後一支菸，焦躁地抽起來。他睜大眼睛，注視著在遠處廣場角落停下的每一輛電車。他們一定是從另一條路回去了。香菸紙裂開了，他罵了一聲，把菸狠狠地扔到路上。

忽然，他看見他倆朝自己走來。他喜出望外，緊靠著燈柱，試圖從他們的步態中窺探事情的結果。他們走得很快，那女孩邁著小碎步，科利則邁著大步跟她並行。他們好像沒有說話。一種不祥之兆像針尖一樣刺痛了他。他就知道這回不成，肯定吹了。

兩人拐到巴格特大街，他趕緊走到另一邊的人行道上尾隨著他們。他們停下來，他也跟著停下。他們說了會兒話，那女孩就踏上臺階，走進宅院。科利仍站在離門前臺階不遠的路邊。過了幾分鐘，前廳的門慢慢地、小心地被人打開了。一個女人從門前臺階上跑下來，咳嗽了幾聲。科利轉身向她走去。他寬大的身軀遮住了她的身影，過了一會兒，她又出現了，跑上臺階，隨手關上大門。於是科利隨即快步向斯蒂芬綠地公園走去。

萊尼漢趕緊跟他朝同一個方向走。天空飄起了濛濛細雨。他覺得這又是不祥之兆，於是回頭瞥了一眼那女孩進去的房子，看有沒有人盯著他，接著便迫不及待地跑過馬路。他很急，跑得又快，有點上氣不接下氣。他大聲喊道：

「喂，科利！」

科利回頭張望，看誰在叫他，然後像原先那樣繼續往前走。萊尼漢一面跑著追他，一面用手把雨衣披到肩上。

「喂，科利！」他又喊了一聲。

他終於追上了他的朋友，關切地注視著那張臉，但看不出任何跡象來。

「怎麼樣？」他問，「弄到了嗎？」

他們已經走到伊萊廣場邊上。科利仍然一聲不吭，逕自左轉彎進一條小街。他看起來嚴肅而鎮定。萊尼漢緊跟著他的朋友，不安地喘著大氣。他摸不著頭腦，就逼迫似的追問：

「你到底說不說？」他說，「你到底跟她要了沒有？」

科利在第一盞路燈處停下，冷冷地盯著前方。接著他鄭重其事地朝亮處伸出手，微笑著慢慢把手攤開，讓他的門徒凝神細看。一枚小小的金幣在他掌心裡閃閃發光。

公寓

穆尼太太是屠夫的女兒。她是個能沉得住氣的女人，處事果斷。自從嫁給父親手下的工頭後，就在春園附近開了家肉鋪。可是老丈人一死，穆尼先生就不學好了。他酗酒成性，從錢櫃裡偷錢，欠了一屁股債。叫他發誓改過自新也是白搭：過不了幾天他就會故態復萌。他常當著顧客的面打老婆，還賣壞肉，很快就毀了生意。有天晚上，他提著切肉刀要脅他老婆，她只得躲到鄰居家去睡覺。

此後兩人就分居了。她去找神父仲裁，離了婚，孩子歸她帶。她一毛錢也不給他，吃住也一概不管，逼得他不得不申請去治安官手下當個雜差。他是個衣衫襤褸、佝僂矮小的酒鬼，臉色蒼白，鬍子白花花的，白色的眉毛像是用眉筆畫的似的，下面是一雙布滿血絲、渾濁無神的小眼睛；他一天到晚坐在治安官辦公室裡，等著派差使。穆尼太太是個高大壯碩的女人，她把開肉鋪結餘的錢拿出來，在哈威克街開了家供應膳食的公寓。一部分房客是流動的，多是從利物浦和曼島來的遊客，偶爾也有雜耍劇場來的藝人。常住的房客都是城裡的職員。她對公寓的管理精明而嚴格，何時可以賒帳，何時應當苛刻，何時又該裝聾作啞，她全精通。所有常住的年輕房客都稱呼她「夫人」。

在穆尼太太那裡包食宿的年輕房客每週付十五先令（正餐供應的啤酒和烈性黑啤酒價錢另計）。這些年輕人志趣相投，職業相近，因此相處得非常融洽。他們常常討論賭馬下注的勝率。「夫人」的兒子傑克．穆尼在艦隊街一家代理公司當職員，是出了名的難纏。他滿口士兵常說的那種下流話；經常三更半夜才回家。遇見朋友時，他總有新鮮玩意兒告訴別人，而且總是確切地知道什麼是新鮮玩意兒——譬如說，哪匹馬可能獲勝，哪個藝人可能走紅。他擅長打拳擊，還會唱滑稽歌。星期天晚上，穆尼太太的前廳裡常舉辦聯歡會。雜耍劇場的藝人總來義演；謝立丹演奏華爾滋和波卡舞曲，也會即興伴奏。「夫人」的女兒珀麗．穆尼也常來唱歌。她唱道：

我是個……淘氣的姑娘。
你不必裝模作樣：
你知道我是那樣。

珀麗年方十九，身量苗條，長著一頭柔軟的淺色秀髮，還有一張豐潤的櫻桃小嘴。她的眼睛灰中泛綠，跟人說話時習慣性地向上瞥，看起來像個任性倔強的小聖母。穆尼太太起先把女兒送到一家穀物商的辦事處裡當打字員，後來，有個在治安官手下當差的不三不四的傢伙每隔一天就跑到辦事處去找她女兒搭訕，穆尼太太便把女兒帶回家，讓她做些家務。珀麗生性活潑，媽媽有意讓她跟那些年輕人接觸一下。況且，年輕人也喜歡身邊有個女孩轉來轉去的感覺。珀麗很自然地跟他們打情罵俏起來，但穆尼太太精明得很，她看得出，那些年輕人只是為了打發時間而已，沒有一個是真心誠意的。就這樣過了好些日子，穆尼太太又想把珀麗送去打字，卻發現有個年輕人和女兒似乎有點意思了。她冷眼旁觀，心裡打起了小算盤。

珀麗知道母親在暗中監視她，即使母親始終保持沉默，用意還是不言自明。母女之間沒有事先串通，也沒有把話挑明。儘管房客已經對這件風流韻事議論紛紛了，穆尼太太還是按兵不動，未曾插手。珀麗的舉止變得有點古怪，那個小子也顯得心神不寧。最後，穆尼太太算準時機已到，就出面干預了。她處理道德問題就像快刀砍肉那麼乾淨俐落：這件事她早已胸有成竹。

那是個星期天的早晨，時值初夏，天氣晴朗，預計是個大熱天，但有清風吹拂。公寓裡所有窗戶都打開了，在推起的窗扉下面，蕾絲窗簾微微隆起，像氣球似的朝街頭飄舞。喬治教堂的鐘樓響起了陣陣鐘聲，教徒有的獨行，有的三五成群，穿過教堂前的圓形小廣場。不用看他們戴手套拿《聖經》的模樣，單是看他們自持自重的舉止就明白是來做什麼的。公寓的早餐時間剛過，餐桌上杯盤狼藉，盤子裡盡是一縷縷黃膩膩的碎蛋皮，還有零碎的培根肉和培根皮。

穆尼太太坐在那把廉價的扶手椅上，看著女僕瑪麗收拾桌上的殘羹冷炙。她讓瑪麗把吃剩的麵包皮和碎屑收集起來，以便摻在星期二要做的麵包布丁裡。待桌子收拾俐落，麵包屑撿乾淨，糖和黃油放到食品櫃裡上了鎖，她開始回味起頭天晚上和珀麗的對話。她問得坦率，珀麗也答得明白，事情果然如她所料。當然，兩人多少都有點尷尬。母親不願在聽到真相時過於爽快地表示同意，也不想讓人覺得她有縱容之嫌，所以顯得不太自在；至於珀麗，不僅因為一提起那種事就使她扭捏不安，而且她不想讓母親覺得，女兒雖說天真無邪，實則聰明伶俐，早已看穿了母親寬容背後的用意。

穆尼太太在沉思中恍然覺得喬治教堂的鐘聲已經停了，她本能地瞄了一眼壁爐架上的鍍金小鐘。十一點十七分：她有足夠的時間和多倫先生了結這事，然後趕到馬爾波羅街參加十二點那場最短的彌撒。

她確信自己勝算十足。首先，社會輿論完全對她有利：她是個被激怒了的母親。她讓他住在自己家裡，以為他是個正人君子，而他竟辜負了她的一片好意。他已經三十四五歲了，不能再拿年輕衝動當藉口；此外，他這樣的男人早已見過些世面，所以也不能拿懵懂無知作託詞。顯而易見，他就是利用了珀麗的少不更事。問題是：他要怎麼補償？

做下這種事，非補償不可。男人總是不吃虧：尋歡作樂之後，可以像沒事人似的一走了之；但女孩子家就得自吞苦果。有些做母親的，只要拿到一筆錢就心滿意足，不再追究了；這事她見得多了。但她絕不會這麼做。在她看來，女兒的清白名聲給毀了，唯一的補償就是：結婚。

她把手上所有的牌又數了一遍，然後派瑪麗上樓，到多倫先生房間裡，說夫人想和他談談。她確信自己勝券在握。他是個規矩的年輕人，不像其他人那樣放蕩不羈、大叫大嚷。倘若換了謝立丹先生、米德先生或是班特姆．賴昂斯先生，對付起來就吃力多了。她覺得他不願搞得沸沸揚揚。所有房客都對這件風流韻事略有耳聞；有些人還添油加醋。再說，他在一個信天主教的大酒商的辦事處裡幹了十三年了，宣揚出去非同小可，弄不好會丟掉差事。然而，只要他同意結婚，一切都好說。她知道他薪水不低，應該也還有些積蓄。

快十一點半了！她站起身，對著穿衣鏡上上下下把自己打量了一番。她對自己紅潤大臉盤上那副果敢篤定的表情十分滿意。她想起了她認識的一些婦人，她們總是沒法把女兒嫁出去。

事實上，這個星期天上午多倫先生一直心神不寧。他兩次試著想要刮臉，但手抖得厲害，只好作罷。三天沒刮鬍子，下巴長滿了泛紅的鬍碴，而且每過兩三分鐘，鏡片上就會積起一層水汽，他不得不把眼鏡摘下來，用手帕擦亮。回想起前天晚上的懺悔，他不覺心如刀割；神父把那樁風流事的每一個荒唐細節都從他嘴裡套了出來，最後還誇大其詞地說他罪孽深重，所以，當神父給他一線補償的機會，他幾乎感激涕零。已經造了孽，除了娶她或逃跑，還有什麼辦法呢？他沒法厚著臉皮賴下去。這事終將成為大家的談資，老闆肯定也會聽到流言蜚語。都柏林太小了：大家都知道彼此那點事。他胡思亂想，恍惚聽到利奧納多老先生粗聲粗氣地怒喊：「請把多倫先生叫來！」這時，他覺得自己的心熱乎乎地跳到了喉頭。

做了這麼多年的工作全白費了！所有的勤勤懇懇、兢兢業業都付諸東流了！

當然，血氣方剛的年紀裡他也放蕩過；在酒館裡，他向同伴誇過口，說自己思想自由，不相信上帝的存在。但這一切都過去了，與他不相干了……幾乎扯不上了。他仍然每週買一份《雷諾茲報》，但也遵守宗教戒律，一年當中，十之八九，都規規矩矩過日子。他有錢，足夠成家了。問題不在於此，而是家裡人會看不起她。首先，她有個聲名狼藉的父親：其次，近來她母親開的這家公寓也開始有不好的名聲流傳在外。他有種被挾持的感覺。他想像得出，朋友會怎樣議論這件事、會如何嘲笑他。她實在是有些粗俗，有時候張口就是「我解了」「要是我已經過去曉得的話」這種句子[1]。不過，如果自己真心愛她，語法不通又有什麼關係呢？她的所作所為叫他弄不清到底是喜歡她還是鄙視她。當然，那種事他自己也做了。他本能地感覺到，要保持自由之身，不能結婚。本能告訴他，人一結婚就完蛋了！

他只穿了件襯衫，套著褲子，無助地坐在床沿上，她輕輕地敲了敲門，走了進來。她一五一十地告訴他，說她已經對母親和盤托出，說母親今天上午要找他談談。她摟住他的脖子，哭訴道：

「啊，鮑伯！鮑伯！我該怎麼辦？我到底該怎麼辦呀？」

她說，她不想活了。

他有氣無力地安慰她，叫她別哭，說一切都會好的，不要害怕。他感到她的胸脯貼著他的襯衫，不斷地起伏。

其實，弄出這種事，並不全是他的錯。憑著單身漢特有的好記性，他清楚地記得，一開始，她的衣衫、她的氣息和她的手指都會在無意中撫摸他。

後來，有一次夜深了，他正脫衣服準備就寢，她羞怯地來敲門，說蠟燭被風吹滅了，想借他的蠟燭重新點亮。那天晚上她剛洗過澡，穿一件寬鬆開胸的印花法蘭絨精梳短外套。毛拖鞋開口處露出的腳背白得耀眼，芳香的肌膚顯得熱血充盈。當她點亮蠟燭護著燭火時，雙手和手腕也散發出幽香。

深夜歸來，她總是為他熱好飯。夜深人靜，只有她陪在身旁，他吃著晚飯，不知其味。她多體貼啊！要是哪天夜裡寒涼、溼冷或颳風，她一定幫他溫好一小杯酒驅寒。也許他們在一起會幸福的……

1「我解了」（I seen）和「如果我已經過去曉得的話」（If I had've known）這兩句話語法都是錯誤的，正確說法應該是「我瞭解」（I see）和「要是我知道的話」（If I had known）。喬伊斯以此來暗示珀麗受教育程度不高。

他們常常各自拿著蠟燭，踮著腳尖一起上樓，在三層樓梯處依依不捨地互道晚安。他們也常常接吻。他清楚地記得她的眼神、她的愛撫，還有自己的意亂情迷……

但意亂情迷的時刻過去了。他重複著她的話，問自己：「我該怎麼辦？」單身漢的本能告誡他回頭是岸。但罪孽已經鑄成，連榮譽感也告訴他必須贖罪。

他正挨著她坐在床邊，瑪麗來到門口，說太太想在客廳裡見他。他站起身，穿上背心，披上外套，心裡越發茫然無助。

他穿好衣服，走過去安慰她，說一切都會好的，不要害怕。他走了，丟下她在床上邊哭泣邊幽幽地哀歎：「啊，上帝啊！」

他朝樓下走去，覺得眼前模模糊糊，原來鏡片上又積起一層水汽。他只得摘下眼鏡擦乾淨。他恨不得穿過屋頂，飛到另一個國度去，不必再面對這些麻煩事，可是有股力量推著他一步步走下樓梯。

他的老闆，還有「夫人」，都板著嚴厲的面孔瞧著他那副手足無措的窘相。在最後一截樓梯上，他和傑克．穆尼擦肩而過，傑克剛從食品間出來，揣著兩瓶巴斯牌啤酒上樓。他們冷冷地打了個招呼；這個情聖的目光，大約有一兩秒鐘，停留在傑克那張粗獷的鬥牛犬似的臉上和又粗又短的手臂上。到了樓底下，他向上瞟了一眼，看見傑克正站在拐角處的小房間門口，直勾勾地盯著他。

突然，他想起來，有天晚上，雜耍劇場裡那個從倫敦來的金髮小個子藝人開黃腔調笑珀麗，傑克暴跳如雷，鬧得聯歡會幾乎不歡而散。大家都勸他不要動氣。那藝人臉色比平時還要蒼白，不停地陪著笑臉說自己並無惡意：但傑克不斷對他咆哮，說哪個小子膽敢對他妹妹耍那套把戲，他一定一口咬斷那小子的喉嚨，說到做到。

珀麗哭哭啼啼地在床邊坐了一會兒。然後擦乾眼淚，走到鏡子前。她把毛巾的一頭在水罐裡浸溼，用冷水敷了敷眼睛，提提神。她朝自己在鏡中的側影打量了一番，重新別好耳朵上面的髮夾，隨後走回床邊，坐到床尾。她久久地凝望著那對枕頭，看見枕頭，她心頭隱祕而又甜蜜的回憶被喚醒了。她把後脖頸靠在冰涼的鐵床架上，沉溺在綺思之中。臉上憂慮不安的神色一掃而光。

她耐心地等待著，沒有半分驚慌失措，反倒近乎興高采烈，對往事的回憶漸漸變成了對未來的希望和憧憬。這些希望和憧憬交錯迷離，她反而看不清先前盯著的白色枕頭，也記不得自己在等待什麼。

後來，她聽到了母親的呼喚，便倏地跳起來，跑到樓梯的扶手前。

「珀麗！珀麗！」

「什麼事，媽媽？」

「下來吧，親愛的。多倫先生想跟你談談。」

這時，她記起自己一直在等待什麼了。

一抹微雲

八年前，他在北牆碼頭為朋友送行，祝他一路順風。此後，加拉赫也的確一帆風順。這是一目瞭然的，只要看他那見多識廣的氣質、剪裁得體的花呢西裝和自信滿滿的口氣，便清楚了。有他那樣才幹的人本就不多，而功成名就之後能保持本色的人更是少之又少。加拉赫心地純正，他能成功是理所當然的。交到一個這樣的朋友讓他覺得臉上有光。

午飯之後，小錢德勒就一直幻想著和加拉赫久別重逢的情景，想著加拉赫的邀約，還有加拉赫居住的大城市倫敦。大家叫他小錢德勒，因為他給人一種矮小的印象，其實他只比一般人略微矮一點。他骨架單薄，手又白又小，說話慢聲細語，舉止溫文爾雅。他總是精心梳理自己那柔順的淺色頭髮和鬍子，還常在手帕上小心地灑點香水。他的指甲宛如半月，修剪得十分纖美；微笑的時候，會微微露出潔白的牙齒，猶帶幾分稚氣。

他坐在國王法律事務所的辦公桌前，想著八年來的巨大變化。當年那個衣衫襤褸窮困潦倒的朋友如今成了倫敦新聞界熠熠生輝的人物。在辦公室裡，他不時丟下令人厭煩的文書工作，抬起頭向窗外眺望。晚秋落日的餘暉映照著草坪和小路。柔和的金色暮靄灑在邋遢的看護身上，灑在坐在長椅上昏昏欲睡的病弱老人身上，在移動的人影上搖曳閃爍——除了在石子路上奔跑呼喊的孩子，還有穿過花園的每個行人。他望著眼前的景象，思量著人生，不覺悲從中來（他思量人生時總有這種感覺），心頭湧起了難以排解的淡淡哀愁。他感到與命運抗爭徒勞無功，這是歲月饋贈給他的智慧的重負。

他想起家裡書架上擺放的詩集。那都是他結婚之前買的，有多少個夜晚，他坐在大廳旁邊的斗室裡，忍不住想從書架上抽出一本，為妻子念上幾首。可是總怯於開口，所以那些詩集一直擱在書架上。不過，有時他也會獨自吟誦幾句，聊以自慰。

下班時間一到，他便站起身，離開辦公桌，拘謹地向同事告別。他從國王法律事務所古色古香的拱門下走出來，衣著整潔，神態謙和，快步沿亨利埃塔大街走去。金色的落日漸漸隱沒，天氣變得清冷。街上盡是髒兮兮的小孩。他們在馬路上站著，或跑來跑去，要不就在敞開的大門前的臺階上爬上爬下，或像老鼠似的蹲在門檻上。小錢德勒對他們視若無睹。他敏捷地穿過那群卑微如螻蟻般的生命，在荒涼、幽靈似的宅邸投下的陰影中獨行，舊時都柏林的貴族曾在裡面尋歡作樂。但往昔的回憶無法觸發他的幽情，因為他心裡洋溢著現時的歡樂。

他從未去過考萊斯酒店，但知道這塊金字招牌。他知道，大家看完戲後，常去那裡吃牡蠣、喝甜酒，聽說那兒的侍者講法語和德語。先前，晚上他匆匆路過那裡時，總是看見計程車停在門口，打扮得花枝招展的淑女在風流倜儻的紳士的殷勤陪伴下，下車快步走進酒店。她們穿著花花綠綠的衣服，圍著披肩，戴著頭巾。臉上濃妝淡抹，腳剛一著地就趕緊撩起裙裾，像是受了驚嚇的阿塔蘭特[1]。他以前路過那裡時從不回頭看。他總是步履匆匆，即使白天也是如此；如果深夜還在城裡，他就會忐忑不安，惶恐地加快腳步。不過，有時候，他也試著去探索恐懼的原因。他專挑那些最黑暗、最狹窄的街道，大著膽子往前走，其實心慌意亂，因為四周一片沉寂，不時閃現出靜默的遊蕩黑影；有時，一聲轉瞬即逝的竊笑嚇得他像樹葉似的瑟瑟發抖。

他向右轉到坎普爾大街。伊格納提厄斯．加拉赫轟動了倫敦新聞界！八年前誰能料到呢？不過，現在回想起來，早有許多跡象預示了這位朋友前途無量。大家常說伊格納提厄斯．加拉赫太野了。當然，那時他確實和一幫遊手好閒的傢伙混在一起，酗酒無度，到處借債。最後，捲進了一樁見不得人的勾當，大概是某種金錢交易：至少這是有關他遠走他鄉的一種說法。但是，沒有人否認他確實有才能。在伊格納提厄斯．加拉赫身上，總是有一種……東西，叫你不得不佩服他。即便落到一貧如洗、一籌莫展的境地，他也顯得滿不在乎。小錢德勒記得（這回憶竟使他臉上微微泛起了驕傲的紅暈）加拉赫在走投無路時常說的一句口頭禪：

「中場休息了，各位朋友，」他總是雲淡風輕地說，「我那靈光的腦袋瓜子呢？」這就是

1 阿塔蘭特（Atalantas）是古希臘神話中一位善於疾走的女獵手。

伊格納提厄斯．加拉赫；他媽的，還真不能不佩服他。

小錢德勒加快了腳步。他生平第一次感到自己比擦肩而過的所有人都要優越，也第一次打心眼裡對死氣沉沉、庸俗不堪的坎普爾大街感到厭惡。毫無疑問：要想成功，必須遠走高飛。在都柏林將一事無成。路過格拉頓橋時，他順著河向下游的碼頭望去，對那些低矮破舊的棚屋心生憐憫。他覺得，它們像一群流浪漢，在岸邊蜷縮著擠在一起，破舊的外衣沾滿灰塵和煤屑，在夕陽的普照下顯得死氣沉沉，等待著夜晚第一股寒氣叫它們站起來，抖一下身子，然後離去。他思忖著能否寫首詩來表達自己的感受。也許加拉赫可以幫他在倫敦的什麼報刊上發表。他能寫出有新意的東西嗎？他說不清想表達什麼，但一旦詩興勃發，這個念頭就像希望的萌芽一樣在心裡滋長起來。想到這裡，他挺起胸膛，向前走去。

每走一步，都使他離倫敦更近一步，也使他越來越遠離當下這種平淡乏味的生活。一縷光芒在他心靈的地平線上搖曳。他還沒有那麼老，才三十二歲。氣質正是剛剛成熟的時候。他有各種各樣的情緒和感受渴望用詩來表達。他覺得這些情緒和感受就在心靈深處。他試著剖析自己的心靈，想看看那是不是詩人的心靈。他想，自己性格憂鬱，但不時產生的信念、順天應命的情緒和單純的快樂又沖淡了這種憂鬱。如果能出版一本詩集，把這些感想表達出來，或許世人會欣賞吧。他不可能廣受歡迎：這一點他很清楚。他不可能影響大眾，但或許可以吸引一小撮性情相投的人。也許，英國批評家會認為他是個塞爾提克派詩人，因為他的詩充滿了憂鬱的調調；此外，他還會把典故融入其中。他開始想像批評家會如何評論他的詩作：「錢德勒先生才情出眾，筆調輕快優雅。」……「詩篇彌漫著惆悵的哀思。」……「塞爾提克情調。」可惜自己的名字不那麼愛爾蘭化。或許在姓前面加上母親的姓會好一些：湯瑪斯・馬隆・錢德勒，或者乾脆用T・梅隆・錢德勒，這樣就更像了。他要跟加拉赫談談這事。

他想得出神，走過了頭，不得不折回來。快到考萊斯酒店時，先前那種忐忑不安的情緒又漸漸開始左右他，他猶豫不決地在門前徘徊，最後推門走了進去。

酒吧裡華燈閃爍，人聲鼎沸，叫他不禁在門廊處遲疑了好一會兒。他環顧四周，只見紅紅綠綠的酒杯交相輝映，看得他眼花撩亂。他覺得酒吧裡擠滿了人，而且這些人都在用好奇的眼光打量著自己。他迅速向左右掃視了一番（微微皺起眉頭，好讓自己的造訪顯得莊重一些），但當視線略微清晰之後，才發現根本沒人轉過頭來看他。這時，他看見了伊格納提厄斯・加拉赫，一點也沒錯，他正背靠著吧臺，兩腿大張地站著。

「哈囉，湯米，老朋友，你來啦！來點什麼？你想喝什麼？我在喝威士忌：這裡的貨色比海外的強多了！加不加蘇打水？鋰鹽礦泉水呢？不要礦泉水嗎？我也不要。兌了就變味了。……嗨，吧臺，幫個忙，來兩小杯麥芽威士忌……哦，自從上次見面之後，你混得怎麼樣？天吶，我們這麼快就都老啦！你看我見老了吧——呃，什麼？頭頂有點灰白，頭髮也稀稀疏疏了——是吧？」

伊格納提厄斯·加拉赫摘下帽子，露出個大腦袋，頭髮剪得很短。他濃眉大眼，臉色蒼白，鬍子刮得乾乾淨淨。藍灰色的眼睛為他那並不健康的蒼白的臉色增添了些許光彩，鮮豔的橙色領帶襯得他目光炯炯有神。他的五官很不協調，嘴唇顯得扁長歪斜，沒有一絲血色。他低下頭，用兩根手指憐惜地撫摸著頭頂上稀稀疏疏的頭髮。小錢德勒不以為然地搖搖頭。伊格納提厄斯·加拉赫把帽子戴了回去。

「辦報這行簡直把人搞垮了，」他說，「總是匆匆忙忙，東奔西跑，到處找稿子，有時還一無所獲，而且總得在新聞裡加點新花樣。我說，他媽的，還要花幾天去處理校對和印刷。我跟你講啊，這次回故鄉來真是太開心了。放幾天假，實在是大有好處。一踏上親愛的都柏林這片髒兮兮的土地，我就覺得痛快多了。這是你的酒，湯米。加水嗎？夠了就說一聲。」

小錢德勒讓他在威士忌裡加了很多水。

「老弟，你真不行，」伊格納提厄斯·加拉赫說，「我喝純的，一滴水也不摻。」

「我平時很少喝酒，」小錢德勒謙虛地說，「碰到老朋友時，頂多也只喝上半杯：也就那麼多。」

「啊，那好，」伊格納提厄斯·加拉赫興高采烈地說，「為我們倆、為過去的日子、為老交情，乾杯！」

兩人舉杯共飲。

「今天我碰到幾個老朋友，」伊格納提厄斯·加拉赫說，「奧哈拉看起來不太好。他現在在做什麼？」

「什麼也沒做，」小錢德勒說，「很潦倒。」

「聽說霍根撈到一個肥缺，對吧？」

「對，他在土地委員會工作。」

「有天晚上，我在倫敦遇到他，看起來蠻闊氣的……可憐的奧哈拉！我想，是酒喝太多了吧？」

「還有別的事。」小錢德勒簡短地回答。

伊格納提厄斯·加拉赫笑起來。

「湯米，」他說，「我發現你一點都沒變，還像原來那樣一本正經的。想當年，星期天早晨，我常常頭痛得厲害，舌苔又厚又膩，你總會教訓我一頓。你可得去闖闖，見見世面吶。該不會你哪裡也沒去過，沒去旅行過吧？」

「我去過曼島。」小錢德勒說。

伊格納提厄斯·加拉赫哈哈大笑。

「曼島！」他說，「要去倫敦或者巴黎。最好去巴黎。會讓你大開眼界的。」

「你去過巴黎？」

「算是去過吧！我在那裡晃過。」

「真像人家說的那麼漂亮嗎？」小錢德勒問。

他啜了一口酒，而伊格納提厄斯·加拉赫則豪爽地一飲而盡。

「漂亮？」伊格納提厄斯·加拉赫一面琢磨著這個詞，一面回味著酒香，「沒有那麼漂亮，你懂嘛。哦，當然漂亮了……不過，最妙的是巴黎的生活；那才是重點。要說娛樂、熱鬧和刺激，沒一個城市比得上巴黎。」

小錢德勒喝完了威士忌，費了一番周折才引起侍者的注意。他又要了一小杯威士忌。

「我去過紅磨坊，」伊格納提厄斯·加拉赫在侍者過來撤酒杯時說道，「還去過所有的波希米亞咖啡館。真不錯！不過不適合你這樣的正人君子，湯米。」

小錢德勒沒說話，直到侍者又送了兩杯酒來，他才輕輕碰了碰朋友的酒杯，回敬先前的祝酒。

他漸漸覺得有些失望。加拉赫的口音和腔調讓他感到不快。他朋友身上有些粗俗之氣，而他以前竟未發覺。

不過，也許那完全是因為他生活在倫敦的緣故，新聞界忙忙碌碌、鉤心鬥角，必然會變的。在這種新的華而不實的行事作風之下，昔日的個人魅力仍未消失。畢竟，加拉赫是見過世面的過來人。小錢德勒羨慕地看著他的朋友。

「巴黎真是一片歡樂，」伊格納提厄斯．加拉赫說，「他們的信念就是享受生活——你不覺得這很對嗎？要想真正享受人生，就得去巴黎。跟你說，他們對那裡的愛爾蘭人非常熱情。他們一聽我是從愛爾蘭來的，老弟，高興得簡直要把我吃了。」

小錢德勒連著喝了四五口酒。

「告訴我，」他問道，「巴黎是不是真的……像傳聞說的那樣傷風敗俗？」

伊格納提厄斯．加拉赫抬起右臂，揮了一大圈，表示範圍很廣。

「每個地方都傷風敗俗，」他說，「當然，在巴黎你確實可以尋歡作樂。譬如，你可以去看看學生的舞會。那些交際花放浪形骸的時候，那個模樣，真是夠瞧的。我想，你知道她們是什麼樣的人吧！」

「我聽說過。」小錢德勒答道。

伊格納提厄斯．加拉赫一口喝光了威士忌，隨即搖搖頭。

「啊，」他說，「隨便你怎麼說。反正不管論品味、論時髦，天底下的女人都比不上巴黎的女人。」

「這麼說來，巴黎的確是個傷風敗俗的城市了？」小錢德勒怯生生地堅持道，「我的意思是，和倫敦或都柏林相比的話。」

「倫敦！」伊格納提厄斯．加拉赫說，「半斤八兩。你問問霍根，老弟。在倫敦的時候，我帶他見識了一番。他會讓你大開眼界的……我說，湯米，別把威士忌兌成甜酒，快喝，再來一杯。」

「不行，真的不……」

「嚇，爽快些，再來一杯要不了你的命。喝什麼？要不還是剛才那種吧？」

「那……好吧。」

「弗朗索瓦，照原樣再來一杯……抽菸嗎，湯米？」

伊格納提厄斯．加拉赫掏出雪茄盒。哥兒倆點上雪茄，默默地抽起來，等著侍者把酒送來。

「告訴你我的看法吧，」伊格納提厄斯．加拉赫在繚繞的煙霧中露出臉來說，「這是個無奇不有的世界。就說說傷風敗俗！我的確聽說過一些事──我說什麼來著？──我的確知道幾樁……傷風敗俗的事……」

伊格納提厄斯．加拉赫若有所思地吸著雪茄，過了一會兒，他用史學家式的沉靜口吻向朋友描述了國外腐化成風的情形。他對許多首都的罪惡做了提綱挈領的評述，言下之意認為柏林稱得上首屈一指。有些事他不敢保證真實無誤（他是聽朋友說的），但有些事確是親身經歷。他講起來絲毫不留情面，不管其中人物的地位多麼顯赫。他透露了歐洲大陸上某些宗教團體的祕聞，細說了盛行於上流社會的卑劣行徑，最後還繪聲繪色地講述了一位英國公爵夫人的風流韻事——他知道確有其事。小錢德勒聽了不禁愕然。

「啊，不過，」伊格納提厄斯・加拉赫說，「我們這裡是因循守舊的都柏林，那種事自然是聞所未聞的。」

「你見多識廣，」小錢德勒說，「一定覺得這裡很悶吧？」

「唔，」伊格納提厄斯・加拉赫答道，「回到這裡倒可以放鬆一下，你懂吧。像人家說的那樣，這裡畢竟是故鄉嘛，對不對？人總會覺得故土難離。這是人之常情。……跟我說說你的事吧。霍根告訴我，你已經……嘗到了婚姻生活的幸福滋味。兩年前結的婚，是嗎？」

小錢德勒紅著臉笑了笑。

「是的，」他說，「我去年五月結的婚，剛好一年了。」

「我想，現在向你道喜，還不算太晚吧，」伊格納提厄斯・加拉赫說，「當時我不知道你的地址，不然早就跟你道喜了。」

他說完伸出手，小錢德勒和他握了握手。

「好，湯米，」他說，「老朋友，我祝你和你那位萬事如意，大富大貴，長命百歲，除非我斃了你。這是一個真心的朋友、一個老朋友的祝福。你懂嗎？」

「我懂。」小錢德勒說。

「有孩子了嗎？」伊格納提厄斯・加拉赫問。

小錢德勒又臉紅了。

「有一個了。」他說。

「兒子還是女兒？」

「男孩。」

伊格納提厄斯．加拉赫在朋友背上用力拍了一下。

「太好了！」他說，「真有你的，湯米。」

小錢德勒赧然一笑，迷茫地盯著酒杯，三顆猶帶稚嫩的白門牙咬住下唇。

「你回去之前，」他說，「希望能夠找個晚上來我家小聚一番。我太太見到你肯定很高興。我們可以聽聽音樂，還可以……」

「多謝了，老朋友，」伊格納提厄斯．加拉赫說，「真遺憾，我們倆沒能早點見面。不過，我明天晚上就得走了。」

「那麼，也許今晚……」

「抱歉得很，老朋友。你看，這裡還有個朋友在等我，也是個聰明的小子。我們約好了，有個小小的牌局。不然的話……」

「哦，這樣看來……」

「可是，誰知道呢？」伊格納提厄斯．加拉赫很體貼地說，「既然今年開了頭，說不定明年我還會回來玩幾天。那時我們再把酒言歡，也不遲呀。」

「那好，」小錢德勒說，「等你下次回來，我們一定找個晚上好好聚一聚。就這麼說定了，好不好？」

「一言為定，」伊格納提厄斯．加拉赫說，「要是我明年來的話，絕不食言。」

「那就再喝一杯，」小錢德勒說，「就算敲定了。」

伊格納提厄斯．加拉赫掏出一塊大金錶看了看。

「這可是最後一杯呦，」他說，「你知道，我還有份稿子要校。」

「哦，那當然，到此為止。」小錢德勒說。

「很好，那麼，」伊格納提厄斯．加拉赫說，「我們就再喝一杯，算是『餞行酒』[2]吧——我想，用這句俗話說一小杯威士忌滿合適的吧。」

小錢德勒叫了酒。剛才臉上泛起的紅暈顏色變得更深了。平常一件小事都會讓他臉紅，這下他更是覺得渾身發熱，精神亢奮。三小杯威士忌下肚，酒勁已經上了頭，加拉赫的雪茄口味濃郁，也使他頭暈目眩，因為他一向體質纖弱，不嗜菸酒。但闊別八年後與加拉赫重逢，和他在燈紅酒綠、熱鬧嘈雜的考萊斯酒店裡對飲，聽他講故事，在短暫的歡聚中分享加拉赫走南

2 原文為愛爾蘭語「deoc an doruis」，直譯為「在門口飲酒」。

闖北、得意非凡的生活，凡此種種，如同奇遇，擾亂了他敏感的天性。他深切地感受到，自己和朋友的生活已然不可同日而語，覺得世道太不公平。論出身和教養，加拉赫都不如他。他深信，只要遇到機會，他一定能大展宏圖，比朋友已經取得或將來可能取得的成就要大得多，比在報紙上華而不實地舞文弄墨要高得多。是什麼阻礙了他呢？是他那可悲的怯懦！他渴望能夠洗刷汙名，證明自己的男子漢氣概。他看穿了加拉赫為什麼謝絕他的邀請。說到底，加拉赫只是藉友誼之名施恩於他，就像他衣錦還鄉，只是對愛爾蘭的屈尊下顧罷了。

侍者端來了他們要的酒。小錢德勒把一杯推到朋友面前，豪爽地端起另一杯。

「誰知道呢，」他和朋友碰杯，說道，「明年你回來，說不定我就能榮幸地祝賀伊格納提厄斯·加拉赫先生和夫人幸福長壽了。」

加拉赫喝著酒，瞇起一隻眼，意味深長地湊在杯緣。喝完後，他用力咂了咂嘴，放下杯子說道：

「這個嘛，老弟，你根本不必擔心。我得先盡情享受一番，體驗一下生活，遊歷一下世界，然後再把那麻袋套到頭上——如果我願意套上的話。」

「總有一天你會套上的。」小錢德勒平靜地說。

伊格納提厄斯·加拉赫整理了一下他的橙色領帶，瞪著藍灰色的眼睛，直勾勾地盯著朋友。

「你真這樣想嗎？」他問。

「你會把麻袋套到頭上的，」小錢德勒堅定地重複道，「和所有人一樣，只要你找到了心儀的女孩。」

他微微加強了語氣，意識到自己洩露了內心的情緒；但是，儘管臉上緋紅，他並沒有回避朋友凝視的目光。伊格納提厄斯．加拉赫看了他一會兒，說道：

「假如有一天我真套上了，你可以用最後一塊錢打賭，我絕不會花前月下、神魂顛倒。我的意思是，為了錢才結婚。她必須在銀行有大筆存款，否則就不是我的菜。」

小錢德勒搖搖頭。

「嚇，你這個人！」伊格納提厄斯．加拉赫激動地說，「連這都不明白嗎？只要我說句話，明天立馬就可以人財兩得了。你不信？哈，我敢保證。幾百個——我說什麼來著？——幾千個有錢的德國小姐、猶太女郎，錢多得都發臭了，只要我吭一聲，她們就心花怒放，巴不得……等著瞧吧，老弟。看看我打這副牌是不是老手。告訴你，我做什麼像什麼。你就等著瞧吧。」

他舉起杯子，一飲而盡，放聲大笑。隨後，若有所思地望著前方，改以心平氣和的語氣說道：

「不過，我才不急吶。讓她們等吧。我可不想把自己拴到一個女人身上，你懂的。」

他用嘴做了個嘗嘗滋味的樣子，又扮了個鬼臉。

「我想那肯定就發霉啦。」他說。

小錢德勒抱著孩子，坐在客廳旁邊的房間裡。為了節省開支，他們沒雇傭人，不過每天早晚，安妮的妹妹莫尼卡都會來一個小時左右，幫著料理家務。此刻，莫尼卡早就回家去了。現在差一刻九點。小錢德勒回家遲了，錯過了喝茶的時間，而且還忘了幫安妮從比尤利咖啡屋買包咖啡回來。難怪她要生氣，對他愛理不理。她說沒茶喝也過得下去，可是，當街角那家商店快要打烊時，她又決定走一趟，去買四分之一磅茶葉和兩磅糖。她俐落地把熟睡的孩子塞到他懷裡，叮囑說：

「抱好。別弄醒他。」

桌子上擺著一盞白瓷罩小檯燈，燈光照亮了牛角相框裡的照片。那是安妮的照片。小錢德勒看著照片，目光落在了安妮緊閉的薄嘴唇上。她穿著淡藍色夏裝上衣，那是某個星期六他買來送給她的禮物。他花了十先令十一便士；為了這件衣服可謂煞費躊躇，痛苦不堪。那天他真是飽受煎熬，先是在商店門口一直等到人都走空了才進去，然後站到櫃檯前，裝得輕鬆自如，看著售貨小姐把女裝上衣接二連三地堆在他面前，接著到櫃檯付款，卻忘了拿找回的零錢，又被收款員叫回去，最後總算跨出了店門，為了掩飾自己羞紅的臉，還得佯裝檢查包裝是不是包牢了。他把衣服拿回家，安妮高興地直吻他，說衣服又漂亮又時髦；可是一聽到價錢，她就把衣服往桌子上一扔，罵道：竟敢要十先令十一便士，簡直是坑人。起初她執意要退掉，但試穿後又很喜歡，覺得袖子的樣式尤其別致，於是又吻他，說他心裡有她，真是很體貼。

唔！……

他冷冷地注視著照片上的那雙眼睛，它們也冷冷地注視著他。照片裡的眼睛當然很漂亮，臉也很好看。他卻感覺到了卑瑣的氣息。為什麼神情如此木然，要裝出貴婦的架子呢？沉靜的眼神讓他惱火。那雙眼睛好像在拒斥他、蔑視他：沒有激情，沒有歡愉。他想起了加拉赫提到的有錢的猶太女郎。他幻想著那些東方女人黑黝黝的眸子，飽含激情，充滿了勾魂攝魄的渴望！……他當初怎麼娶了照片上的這雙眼睛呢？

他被自己的問題困住了，神情不安地環視了一下房間。他發現，美觀的家具也有了些卑瑣的氣息。家具是他分期付款買的，卻是安妮挑選的，他再次想起了她。和她一樣，家具也是又莊重又漂亮。他心頭隱隱湧起了對當下生活的厭惡。他就不能逃離這個小房子嗎？像加拉赫那樣大膽地生活是否為時已晚？他還能去倫敦嗎？家具的錢還沒還清。如果真能寫本書，想辦法出版，也許可以打開一條路。

他面前的桌子上放著一本拜倫詩集。

他用左手小心翼翼地打開，生怕把孩子吵醒，開始讀第一首詩：

風聲停歇，暮色寂然，
樹叢間，無微風吹拂，
我歸來，徘徊在我的瑪格麗特墓前，
把鮮花撒遍心愛的泥土。

他停下來，感到詩的節奏在四下迴蕩。多麼憂鬱的詩啊！他是否也能用這樣的筆調書寫出靈魂的憂鬱？他想要描寫的東西實在太多了，比如幾個小時前在格拉頓橋上的感悟。倘若他能再回到那樣的情緒之中……

孩子醒了，開始啼哭。他趕緊丟下書，想讓孩子安靜下來，但他還是哭個不停。他把孩子抱在懷裡，搖來搖去，可是慟哭聲越來越刺耳。他一面哄呀搖呀，一面把眼睛移到第二詩節上：

她的軀體安息在狹小的墓穴裡，
那軀體一度是……

沒有用。他念不下去了。什麼也做不成。孩子嚎啕大哭，震得他耳膜疼。真沒辦法，沒辦法！他已經成了生活的囚徒。他氣急敗壞，雙臂抖個不停，突然低下頭，湊近孩子的臉，大喝一聲：

「別哭了！」

孩子瞬間呆住了，嚇得抽搐了一下，又開始嚎啕大哭。他從椅子上跳起來，抱著孩子，急匆匆地在屋裡走來走去。孩子可憐巴巴地抽泣著，一口氣噎住了，過了四五秒鐘才再次哭出聲來。哭聲在房間薄薄的牆壁間迴響。他千方百計地安撫孩子，但孩子反而渾身抽搐，哭得更厲害了。他望著孩子顫抖緊縮的小臉，跟著慌了起來。他仔細數著，孩子連續抽泣了七聲都沒有換氣，他嚇得把孩子緊緊摟在懷裡。萬一要是死了！……

「砰」的一聲門開了，一個少婦衝進來，氣喘吁吁的。

「怎麼啦？怎麼啦？」她嚷道。

孩子聽見媽媽的聲音，突然嗚嗚地哭起來。

「沒什麼，安妮……沒什麼……他只是哭了……」

她把袋子扔到地上，一把從他懷裡奪過孩子。

「你把他怎麼了？」她瞪著他，厲聲質問。

小錢德勒面對她那咄咄逼人的目光愣了一會兒，當看到那雙眼睛中的恨意時，心一下子抽緊了。他結結巴巴地說：

「沒什麼……他……他哭起來了……我沒辦法……我什麼也沒做……怎麼了？」

她毫不理睬，只管把孩子緊緊摟在懷裡，在房間裡踱來踱去，喃喃地念叨著：

「我的乖兒子！我的小寶貝！是不是嚇到了，小乖乖？……不哭了，乖寶寶！不哭了！……小羊兒咩咩！媽媽最親的小小羊兒！……不哭了！」

小錢德勒覺得臉上火辣辣的，羞愧得無地自容，只得避開燈光，站到陰影裡。他聽著孩子的抽泣聲越來越小；悔恨的淚水不禁奪眶而出。

如出一轍

鈴聲大作，派克小姐走過去拿起聽筒，一個帶著北愛爾蘭尖利腔調的狂怒聲在聽筒裡吼道：

「叫法林頓過來！」

派克小姐回到打字機旁，對一個正在伏案抄寫的男人說：

「阿萊恩先生叫你到樓上去。」

「見他的鬼！」那男人低聲嘟囔了一句，把椅子向後挪了挪，站起身來。他站直後顯得高大魁梧。他的臉耷拉著，面色暗沉，泛著紫紅，眉毛和鬍子的顏色卻很淺，眼睛微凸，眼白渾濁不清。他掀開櫃檯板，從顧客身邊走過去，拖著沉重的腳步出了辦公室。

他步履沉重地走到第二個樓梯平臺上，那裡的一扇門上嵌著塊黃銅牌子，上面刻著「阿萊恩先生」幾個字。他停下腳步，因為爬樓梯和煩躁而氣喘吁吁。他敲了敲門，一個尖厲的聲音喊道：

「進來！」

那男人剛走進辦公室，阿萊恩先生就從一堆文件中抬起頭來。他身材瘦小，戴著金絲眼鏡，臉刮得乾乾淨淨，粉色的禿頭看起來像個擱在文件堆上的大雞蛋。阿萊恩先生當即質問道：

「法林頓？你在搞什麼？為什麼總得讓我責怪你？我問你，鮑德利和柯萬兩家訂的合約怎麼還沒抄好？我交代過你，四點之前必須完成。」

「可是，謝利先生說，先生——」

「什麼『謝利先生說，先生……』，照著我的吩咐去辦，別管什麼『謝利先生說，先生』。你倒總有各種藉口偷懶不工作。我可告訴你，如果今晚之前不把合約抄好，我就把這事報到克羅斯比先生那裡去……你聽清楚了沒有？」

「聽清楚了，先生。」

「聽清楚了嗎？……呃，還有件小事！跟你說話簡直就是對牛彈琴。好好記著，吃午飯的時間是半個小時，不是一個半小時。我倒真想知道，你一頓飯要吃幾道菜……記住我的話了嗎？」

「記住了，先生。」

阿萊恩先生又把頭埋到文件堆裡去了。那男人目不轉睛地盯著這顆掌管著克羅斯比和阿萊恩公司事務的光頭，判斷它禁不起打擊。突然，一陣怒火攫住了他的喉嚨，但又轉瞬即逝，只留下一陣強烈的乾渴的感覺。他很熟悉這種感覺，看來今晚非得痛飲一番不可了。這個月已經過去了一半，如果能把合約及時趕出來，也許阿萊恩先生會開張條子，讓出納員給他預支工資。他一動也不動地站著，凝視著那顆懸在文件堆上的腦袋。忽然，阿萊恩先生開始在文件堆裡亂翻，找什麼東西。接著，彷彿驚覺法林頓還站在那裡，他猛地抬起頭來說：

「噯？你打算在這裡站一整天嗎？說實在的，法林頓，你可真優閒啊！」

「我在等著看……」

「好了，你不用等了。到樓下做你的事去。」

那男人步履沉重地朝門口走去，剛跨出門，又聽到阿萊恩先生在背後喊，要是今晚還沒把合約抄好，這事就要由克羅斯比先生來處理了。

他回到樓下自己的辦公桌旁，數了數要抄的合約紙。他拿起筆，蘸了蘸墨水，無精打采地盯著先前抄寫的最後幾個字：「在任何情況下，伯納德·鮑德利均不得……」夜幕降臨，幾分鐘後該點煤氣燈了：那時他就能抄寫了。現在他覺得必須先解解喉嚨的乾渴才行。於是他從桌邊站起身，像往常那樣掀開櫃檯板，走出辦公室。他出去時，主任懷疑地望著他。

「沒事，謝利先生。」那男人指指要去的地方說。

主任朝帽架瞥了一眼，看到帽子全在，便沒說什麼。那男人一走到樓梯口，就從口袋裡掏出一頂牧羊人戴的那種方格呢便帽，戴到頭上，飛也似的衝下搖搖欲墜的樓梯。他出了臨街的大門，沿著人行道內側偷偷摸摸地走到街角，然後一個箭步躥進了門廊。現在他終於安安穩穩地坐在奧尼爾酒館昏暗的雅座裡了，他滿臉通紅，臉色像暗紅色的葡萄酒或紅肉，他把臉緊貼著面向酒吧櫃檯的小窗，招呼道：

「喂，派特，幫個忙，來杯黑啤酒。」

掌櫃的給他端來一杯純的波特酒[1]。法林頓一飲而盡，又要了粒葛縷籽[2]。他把一個便士放到櫃檯上，任由掌櫃的在黑暗中亂摸，自己則像方才進來時那樣，悄悄溜出了酒館。

黑暗伴隨著濃霧，漸漸湮沒二月的黃昏，尤斯泰斯街上的路燈已經點亮。法林頓沿著一棟棟房屋回到事務所門口，盤算著自己能否按時抄完合約。走上樓梯，一股溫溼濃郁的香水味撲鼻而來：顯然，他去奧尼爾酒館時，德拉庫爾小姐已經來了。他摘下帽子，塞回口袋，裝出若無其事的樣子走進辦公室。

「阿萊恩先生一直在找你，」主任厲聲道，「你去哪裡了？」

那男人向站在櫃檯旁的兩個顧客瞟了一眼，好像暗示有他們在場不便回答。主任覺得反正是兩位男顧客，沒什麼關係，便冷笑了一聲。

「你這些鬼把戲，我全知道，」他說，「一天去五次可有點……算了，我看你最好小心點，趕快找出德拉庫爾小姐檔案裡的信件副本，給阿萊恩先生送去。」

那男人在眾目睽睽之下受到訓斥，加上快步跑上樓，剛才又喝了杯急酒，一時之間頭昏腦脹，直到坐回桌旁找信件時才意識到，五點半之前根本抄不完那份合約。溼寒的黑夜即將來臨，他多想坐在酒吧裡，在明亮的煤氣燈下，在觥籌交錯之中，和朋友開懷暢飲。他找出德拉庫爾小姐檔案裡的信件，走出辦公室，心裡盼著阿萊恩先生看不出缺了最近的兩封信。

溫溼濃郁的香水味一路飄到阿萊恩先生的辦公室。德拉庫爾小姐已人到中年，長得像猶太人。據說，阿萊恩先生愛上了她或是她的錢。她常來辦公室，並且一來就待好久。此刻她正坐在他的辦公桌旁，渾身散發著香氣，一邊擺弄著傘柄，一邊微微點頭，帽子上的大黑羽毛顫個不停。阿萊恩先生已經把椅子轉過來面對著她，悠然自得地架起了二郎腿。那男人把信件放到辦公桌上，必恭必敬地鞠了一躬，可是阿萊恩先生和德拉庫爾小姐根本沒理會。阿萊恩先生拿手指在信件上輕輕敲了敲，然後彈了下手指，彷彿在說：「好了好了，你可以走了。」

那人回到樓下辦公室，坐到自己桌前，全神貫注地盯著那個還沒寫完的句子：「在任何情況下，伯納德·鮑德利均不得……」，他覺得最後三個詞的第一個字母都是「B」[3]，真是非常奇怪。主任開始催促派克小姐，說她信打得太慢，八成趕不上郵寄了。那男人傾聽了一會兒打字機的嗒嗒聲，才開始埋頭抄寫。但他腦子迷迷糊糊，心早飛到燈光閃耀、杯盤叮噹的酒館裡去了。這樣的夜晚真該喝一通熱乎乎的潘趣酒[4]啊！他拚命地抄，但等到鐘敲了五下，還是

1 波特酒是一種使用焙烤麥芽釀製的黑啤酒，由於在碼頭搬運工（porter）間盛行，故稱「波特」（Porter）。

2 葛縷籽是一種可作香料的菜籽，用於增加香味或減輕酒味。這裡指後一種用處。

3 這裡的三個詞原文是「Bernard Bodley be...」。

4 一種酒精度較低的飲料酒，口味酸甜。

有十四頁沒抄好。該死！怎麼也趕不完了。他真想破口大罵，恨不得用拳頭狠狠地砸點什麼。盛怒之餘，又把「伯納德．鮑德利」寫成了「伯納德．伯納德」，結果只得重抄一張。

他覺得渾身是勁，單槍匹馬就可以把整個辦公室搗毀，又感到身體蠢蠢欲動，想衝出去痛痛快快喝個爛醉。他一生中受到的所有羞辱都令他怒火中燒……能不能私下找出納員預支點錢呢？不行，出納員沒用，一點用也沒有：絕對不肯預支……他知道到哪裡去會那幫弟兄：利奧納德、奧哈洛倫和諾賽．弗林。他情緒激動，似乎非得恣意發洩一番不可。

他想得出了神，別人叫了他兩遍才回過神來。阿萊恩先生和德拉庫爾小姐站在櫃檯外，員工預感到要出事，都轉過頭來。那男人從桌邊站起身。阿萊恩先生唾沫四濺地罵開了，說缺了兩封信。那男人矢口否認，說他對此一無所知，說自己完全是如實照抄的。罵聲不絕於耳，極為刻薄，不留情面，那男人幾乎隱忍不住，恨不得一拳砸爛眼前這矮子的腦袋。

「我完全不知道您說的那兩封信。」他愣頭愣腦地說。

「你——不——知道。當然，你什麼都不知道，」阿萊恩先生說，「告訴我，」他瞟了一眼身邊的女士，像是先徵求她同意似的補充道，「你是不是把我當傻瓜了？你是不是以為我是個實實在在的傻瓜？」

那男人的目光從那位女士的臉上掃到這個雞蛋似的小腦袋上，然後又掃了回去；接著，在他意識到自己說了什麼之前，一個絕妙的回答已經脫口而出：

「先生，」他說，「我覺得您不該問我這麼個顯而易見的問題吧。」所有員工都屏住了呼吸，一時間鴉雀無聲。每個人都大吃一驚（包括說這句俏皮話的人和他身邊的人），而矮胖但和藹可親的德拉庫爾小姐卻咧著嘴笑開了。阿萊恩先生臉脹得通紅，像朵野玫瑰；嘴不停地抽搐，怒不可遏。他握緊拳頭，在那男人面前不停地揮動，最後看起來竟像是機器的把手在震動：

「你這個放肆的流氓！你這個無禮的惡棍！我這就給你點顏色看！等著瞧吧！你這麼放肆，必須向我道歉，不然立馬給我滾蛋！告訴你，要嘛滾蛋，要嘛向我道歉！」

他站在辦公室對面的走廊裡，等著看出納員會不會單獨出來。員工陸續走了，最後出納員和主任一起踏出門來。他和主任在一起，跟他說什麼也沒用。那男人覺得自己倒楣透頂。因為剛才的無禮，他不得不低聲下氣地向阿萊恩先生道歉，可是他知道，這樣一來，整個辦公室就會變成馬蜂窩，讓他刺痛難耐。他記得阿萊恩先生曾經為了把自己的侄子安插進來，耍盡手段逼得小皮克捲舖蓋走人。他感到怒不可遏，口乾舌燥，想找人出氣，既恨自己，又恨所有人。阿萊恩先生不會給他片刻安寧的；他今後的生活將如地獄一般。這次，他可是實實在在地當了回大傻瓜。為什麼就管不住自己的舌頭呢？不過話又說回來，他和上司從一開始就合不來，自從那天阿萊恩先生聽到他模仿他的北愛爾蘭口音與希金斯和派克小姐取樂，他們之間就產生了隔閡。他本想著要向希金斯借點錢，但希金斯自己也窮得要命。一個人要養兩個家，當然沒有辦法……

他覺得他那龐大的身軀又在渴望著酒館的慰藉。夜霧寒涼，他琢磨著也許可以到奧尼爾酒館向派特借點錢。不過最多只能借到一先令，根本不管用。可是他總得到哪裡去弄些錢才行：那杯黑啤酒已經花掉了他最後一塊錢，要是再耽擱一下，哪裡也別想弄到錢了。他用手指擺弄著錶鏈，忽然想起艦隊街上的特里．凱利當鋪。就這麼辦！怎麼沒早點想到呢？

他快步穿過聖殿酒吧區[5]狹窄的小巷，口中喃喃自語：讓他們都見鬼去吧，今晚可得痛痛快快地玩一玩。特里．凱利當鋪的職員估價說「五先令！」，但他堅持要六先令；最後對方還真如數給了六先令。他開開心心地走出當鋪，把銅幣疊成一個小小的圓柱，捏在拇指和四根手指之間。他走到威斯特摩蘭街，人行道上擠滿了剛下班的青年男女，衣衫襤褸的報童跑來跑去，叫賣著晚報。法林頓穿過熙熙攘攘的人群，得意洋洋地觀看著鬧市的景象，趾高氣揚地盯著下班的小姐。他腦海裡迴蕩著有軌電車的叮噹聲和無軌電車的嗖嗖聲，鼻子已經聞到了潘趣酒繚繞的香氣。他邊走邊尋思該如何向弟兄講述這場風波的來龍去脈：

「喏，我就是這樣看著他的——冷冷地，你們知道吧，接著又看看她，然後，又回過來盯著他——不慌不忙的，懂吧。『我覺得您不該問我這麼個顯而易見的問題吧。』我就是這麼說的。」

諾賽．弗林坐在大衛．勃恩酒館他常坐的那個角落裡，聽完這個故事後，敬了法林頓半杯，說這是他聽過最精彩的故事了。法林頓回敬了他一杯。過不多久，奧哈洛倫和帕迪．利奧納德也來了，於是法林頓又把故事講了一遍。奧哈洛倫請大家喝了一輪溫熱的威士忌，然後講起他在佛恩斯街卡倫事務所頂撞主任的事；不過，他的反駁有點像田園詩中牧童隨口說出的粗俗話，所以不得不承認，他的辯駁之詞沒有法林頓的那麼高明。聽到這番讚揚，法林頓便催促弟兄乾掉杯中的酒，他要再請一輪。

點酒的空檔，突然闖進一個人來，竟是希金斯！當然，他必須加入酒局。大夥讓他把那齣戲按他看到的再講一遍。他看著眼前熱乎乎的五小杯威士忌興奮不已，於是就興致勃勃地講起來。他學著阿萊恩先生在法林頓面前揮舞拳頭的醜態，逗得大家捧腹大笑。接著，他又模仿法林頓的腔調說：「小傢伙，拚命打！」法林頓醉眼朦朧地乜著大家，臉上笑嘻嘻的，不時用下唇舔掉掛在鬍鬚上的酒滴。

喝完了這輪酒，大家靜了下來。奧哈洛倫還有錢，但另外兩個人好像已經身無分文了；一夥人只好意猶未盡地離開酒館。在公爵街拐角，希金斯和諾賽．弗林朝左走了，剩下的三個人又折回城裡。細雨霏霏，飄落在寒冷的街道上，走到港務局時，法林頓提議去蘇格蘭酒吧。

5　聖殿酒吧區位於利菲河南岸，餐廳、咖啡館、酒吧林立，是都柏林文化藝術薈萃之地。

酒吧裡座無虛席，觥籌交錯，人聲鼎沸。三個人從門口兜售火柴的小販身邊擠過去，在櫃檯旁的角落裡占了個地盤，又開始互相說故事。利奧納德給大家介紹了個叫韋瑟斯的年輕人，他在提沃利劇院表演雜技，是個流浪藝人。法林頓請大家點酒。韋瑟斯說他要一小杯加阿波利納里斯礦泉水[6]的愛爾蘭威士忌。法林頓是個酒裡行家，深諳此道，便問大家是否也照樣來一杯；另外兩個人卻跟酒保說要喝熱的。大家一通天花亂墜。奧哈洛倫請大家喝了一輪，法林頓又請大家都喝了一輪，韋瑟斯假裝抗議說，愛爾蘭人的好客之情真讓人受不了。他答應帶他們去後臺，把他們介紹給那些漂亮小姐。奧哈洛倫說他和利奧納德是要去的，但法林頓不會去，因為他已經結婚了；法林頓拿那雙渾濁的醉眼斜睨著同伴，表示他對他們的取笑心知肚明。韋瑟斯也自掏腰包做了做樣子，請大家喝了一小杯藥酒，答應等下到普爾貝格街的穆雷根酒吧跟大家會合。

蘇格蘭酒吧打烊後，他們又轉到穆雷根酒吧，坐在後面的大廳裡。奧哈洛倫請大家喝了一小杯熱乎乎的特製酒[7]。他們都感到醉意漸濃。法林頓又點了一輪，正好韋瑟斯來了。這回他只喝了杯苦味啤酒，法林頓不禁大大地鬆了口氣。錢快花光了，但還夠喝幾輪。

這時，門外走進兩個戴大簷帽的女孩和一個穿花格子西裝的年輕人，在附近的桌邊入座。韋瑟斯跟他們打了個招呼，轉身告訴大家，他們是從提沃利劇院來的。法林頓的眼睛不時瞟著其中一個女孩。那女孩長得確實別有風韻。一條孔雀藍的長絲巾繞著帽子披垂下來，在頦下綰成一個大蝴蝶結；明黃色的手套一直戴到肘部。法林頓傾慕地盯著她那不時優雅擺動的豐腴手臂；過了一會兒，她回眸顧盼，一雙深褐色的大眼睛勾得他心裡發癢。那輾轉凝眸的神色迷得他神魂顛倒。她瞟了他一兩眼，那夥人要離開的時候，她的身子輕輕碰了碰他的椅子，只聽她用倫敦口音說道，「哦，對不起！」他目送著她離開，巴望她能夠回頭看他一眼，但他的期望落空了。他痛恨自己沒錢，更痛恨自己請人喝了那麼多酒，尤其是請韋瑟斯喝加阿波利納里斯礦泉水的威士忌。天底下他最痛恨的就是蹭酒喝的人。他惱怒至極，連朋友在聊什麼也都沒聽到。

帕迪・利奧納德叫了他一聲，他才發現大家在談論臂力。韋瑟斯正在炫耀他的肱二頭肌，還大吹大擂，另外兩個人便慫恿法林頓，讓他維護一下民族尊嚴。於是法林頓也毫不示弱地擼起袖子，亮出肱二頭肌給大家看。大夥兒看來看去，比來比去，最後一致同意讓他倆比試一下臂力。杯盤撤掉，兩人將臂肘撐在桌上，緊緊握住了手。帕迪・利奧納德喊了聲「開始！」，兩隻手腕便較起勁來，都想把對方的手壓倒在桌子上。法林頓一臉嚴肅，決心要贏。

較量開始了。約莫過了三十秒，韋瑟斯慢慢把對方的手腕壓到了桌子上。法林頓輸給了這

6 一種德國進口的名牌礦泉水。

7 指托迪酒（Toddy），是一種由威士忌、熱水、蜂蜜、香草、香料等混合而成的烈性酒。

個毛頭小子，羞怒難當，紫紅色的臉氣得發黑。

「你不可以用身體的重量來強壓。要守規矩。」他說。

「誰不守規矩啦？」對手說。

「那就再比。三戰兩勝。」

較量又開始了。法林頓額上青筋暴起，韋瑟斯蒼白的臉變得像一朵紅牡丹。雙方的手和手臂都在拚命使勁，抖得厲害。一番拉鋸之後，韋瑟斯又把對方的手一點點壓到了桌上。圍觀的人紛紛低聲喝彩。站在桌邊的紅髮酒保頻頻向勝利者點頭，不識相地用親暱的口吻說：

「嘿！這才叫厲害呢！」

「你懂他媽的屁！」法林頓火冒三丈，轉身對酒保吼道，「插什麼鳥嘴！」

「噓，噓！」奧哈洛倫看到法林頓橫眉豎眼的表情，趕緊打圓場道，「結帳吧，各位。再喝一小口，就該開路了！」

一個滿面怒色的人站在奧康奈爾橋頭，等著搭乘開往桑迪芒特的小型電車回家。他怒火中燒，一心想著報仇，覺得丟盡了顏面，心裡憤懣不平；他甚至毫無醉意，而口袋裡只剩下兩便士。他罵天罵地。他在辦公室裡毀了自己，當了錶，又花光了錢；現在竟然連醉意都沒有！他又開始感到口乾舌燥，很想回到熱氣騰騰、酒氣熏天的酒館裡去。他兩次敗在一個乳臭未乾的毛頭小子手下，大力士的名聲從此一落千丈。他滿腔怒火，當想到那個戴大簷帽的女人從他旁邊擦身而過，還說了聲「對不起」時，簡直氣得發昏。

他在謝爾本路下了車，沿著軍營圍牆投下的陰影，拖著龐大的身軀向前走去。他不願意回家。他從邊門進了屋，發現廚房裡空空蕩蕩，爐火都快熄滅了。他對著樓上吼道：

「愛達！愛達！」

他太太身材矮小，臉型尖削。丈夫清醒時，她便吆五喝六；要是丈夫喝得爛醉，她就忍氣吞聲。他們有五個孩子。一個小男孩從樓上跑下來。

「是誰？」那男人在黑暗中張望著問。

「是我，爸爸。」

「你是誰？查理嗎？」

「不是，爸爸。我是湯姆。」

「你媽呢？」

「到教堂去了。」

「我就知道……她沒想著給我留點吃的？」

「留了，爸。我——」

「點上燈。烏漆墨黑的，到底在幹什麼？其他人都睡了嗎？」

孩子點燈時，他重重地癱坐到椅子上。他學著兒子單調的語氣，像是在喃喃自語：「到教堂去了！竟然到教堂去了！」燈亮了，他猛地一拳砸到桌子上，怒吼道：

「晚飯吃什麼？」

「我這就去……做，爸。」小男孩說。

那男人暴跳起來，用手指著爐火嚷道：

「在這火上做嗎？你讓火滅了！上帝啊，我得好好教教你，看你還敢再把火弄滅！」

他一步跨到門口，抄起一根靠在門後面的拐棍。

「我得好好教教你，看你還敢再把火弄滅！」他邊說邊擼起袖子，好使手臂動起來更有力。

小男孩哭喊起來：「啊！爸爸！」他邊哭邊繞著桌子躲避，那男人在後面緊追，終於揪住了他的外衣。小男孩驚慌四顧，發現無路可逃，便撲通一聲跪倒在地上。

「哼，看你下次還敢把火弄滅！」那男人邊說邊用力拿拐棍打他，「打死你這個小混蛋！」拐棍打傷了孩子的大腿，痛得他發出了淒厲的哀嚎。他緊握著雙手，高高地舉起來，聲音嚇得發抖。

「啊！爸爸！」

他哭喊著哀求：

「別打我了，爸爸！我……我為你祈禱，念『萬福馬利亞』……我為你祈禱，念『萬福馬利亞』，爸爸，你要是不打我……我就念『萬福馬利亞』……」

泥土

女總管已經准了她的假，答應等女工用完茶點她就可以離開，瑪麗亞便急切地期盼著傍晚的外出。廚房收拾得一塵不染：廚師說那幾口大銅鍋都可以當鏡子照了。爐火熊熊，靠牆的一張桌子上放著四個大大的葡萄乾麵包[1]。麵包從表面看來並沒有切開；但若走近細瞧，就會發現早已被均勻地切成又長又厚的麵包片，只等著用茶點時端出去，分給大家。這都是瑪麗亞親手切的。

瑪麗亞的個子真是非常嬌小，但鼻子很長，下巴也很長。她說話略帶鼻音，總是輕聲細語：「是的，親愛的！」或者「不，親愛的！」女工為了爭盆子鬥起嘴來，總是把她請去當和事佬，而她也總能平息爭端。有天，女總管對她說：

「瑪麗亞，你可真是個名副其實的和事佬！」

副總管和兩個管理階層的女士都聽到了這番稱讚。而且金傑・穆尼也老是說，要不是看在瑪麗亞的面子上，她才不會跟那個管熨斗的啞巴善罷甘休呢。每個人都很喜歡瑪麗亞。

女工在六點鐘吃茶點，這樣，不到七點，瑪麗亞就可以離開了。從鮑爾斯橋到納爾遜紀念塔要二十分鐘；從納爾遜紀念塔到德魯姆康得拉又是二十分鐘；再用二十分鐘買東西。她八點之前應該能夠趕到那裡。她拿出鑲銀扣的錢包，又念了一遍上面的字：「來自貝爾法斯特的禮物」。她特別喜歡這個錢包，因為這是五年前喬和艾爾菲在聖靈降臨節翌日[2]去貝爾法斯特旅行時給她買的。錢包裡有兩枚五先令的硬幣和幾個銅板。付過車錢後，她還會剩五先令。孩子齊聲歡歌，他們將度過一個多麼美好的夜晚呀！她只希望喬不要醉醺醺地回來。他喝了酒就像換了個人似的。

喬常想讓她搬過去跟他們同住；但她總覺得自己會妨礙他們（儘管喬的妻子一向待她很好），而且她也過慣了洗衣房的生活。喬是個好人。他和艾爾菲都是她一手帶大的，喬常常說：

「媽媽是媽媽，但瑪麗亞是我名副其實的媽媽。」

分家之後，兩個孩子給她在「暗夜明燈都柏林」洗衣房[3]尋了份差事，她自己也喜歡這個

1 葡萄乾麵包（barmbrack）是愛爾蘭人在萬聖節的應景食品，裡面通常會藏有戒指和乾果。拿到戒指的預示著會第一個結婚，拿到乾果的預示著會和有錢的鰥夫或寡婦結婚，但如果乾果是中空的，則預示著終生不婚。
2 聖靈降臨節（Whit-Sunday）是復活節後的第七個星期日，翌日（Whit-Monday）通常放假。
3 「暗夜明燈都柏林」（Dublin by Lamplight）洗衣房是一家新教徒開辦的洗衣機構，專門收容「墮落女子」。因為流浪、當眾酗酒、賣淫等原因被判刑的女子，如果到這類機構工作，可縮短刑期。

工作。過去她對新教徒頗有成見，但現在她覺得他們都是很善良的人，雖然有點不苟言笑，不過很好相處。後來她在暖房裡養了些植物，以蒔花弄草為樂。她種了可愛的蕨類植物和球蘭，不論誰來探望，總要到暖房裡剪一兩枝給來人帶去。但有一樣東西她不喜歡，就是貼在牆上的那些新教傳單；不過女總管是極好相處的人，很有教養。

廚師告訴她，一切都準備就緒，她就走進女工吃茶點的房間，拉響了大鐘。幾分鐘後，女工在圍裙上擦著冒熱氣的雙手，三三兩兩地走進來，又把襯衫袖子捋下來，遮住紅通通、冒熱氣的手臂。她們圍坐在桌邊，面前是大杯的熱茶，廚師和啞巴已經提前把大錫罐裡兌了牛奶和糖的熱茶倒進了杯裡。瑪麗亞負責分麵包，保證每個女工可以分到四片。用餐期間，一片喧嘩嬉鬧。莉齊．弗萊明說瑪麗亞一定會拿到戒指，儘管多年來弗萊明一直在萬聖節前夕講這句話，瑪麗亞還是不得不笑著說，她不想要戒指，也不想要男人。她笑的時候，灰綠色的眼睛流露出失望而羞怯的神情，鼻尖幾乎碰到了下巴尖。金傑．穆尼舉杯提議，為瑪麗亞的健康乾杯，於是所有女工都把杯子在桌上碰得叮噹亂響。她又說，可惜今天喝的不是黑啤酒。瑪麗亞聽了又笑起來，直笑到鼻尖幾乎碰到了下巴尖，嬌小的身子也像要散架了似的。她知道，穆尼的看法無疑只是個普通女人的看法，但完全是出於好意。

不過，當女工吃過茶點，廚師和啞巴開始收拾茶具時，瑪麗亞真是高興極了！她回到自己小小的臥室，想起明天早上要望彌撒，便把鬧鐘的指針從七點撥到六點，然後脫掉工作服和家常靴子，把最好的裙子拿出來放在床上，又把一雙小巧的外出穿的靴子放到床腳，還換了一件襯衫。她站在鏡子前，回想起自己年紀還輕時，怎樣為了星期天早晨望彌撒而精心打扮。懷著微妙的心情，她欣賞著自己纖細的身材。她是經常修飾儀容的，所以儘管歲月流逝，她發現自己嬌小的身軀依然窈窕健美。

出門時正在下雨，街上溼漉漉、亮晶晶的，她慶幸自己穿了那件棕色的舊雨衣。電車裡擠滿了人，她只好坐到最後排的小凳子上，面對著所有乘客，腳尖勉強能碰到車廂底板。她心裡盤算著等下要做的事，覺得能夠自食其力，口袋裡放著自己的錢，真是不錯。她希望今晚大家玩得愉快。她對此深信不疑，但又忍不住去想，艾爾菲和喬互不理睬，實在可惜。如今他倆經常鬧翻，孩提時卻是最要好的。不過，生活就是如此。

她在納爾遜紀念塔下了電車，急急忙忙地在人群中擇路穿行。她走進唐尼斯糕餅店，但店裡也滿是顧客，等了好久才輪到她。她買了十多種便宜的綜合糕點，終於拎著一大袋東西走出店門。然後，她思忖著還要買些什麼：她想買真正上好的東西。喬家肯定有不少蘋果和乾果。她想了半天還是打不定主意，能想到的只有蛋糕。她決定買些葡萄乾蛋糕，但唐尼斯店裡的葡萄乾蛋糕表層的杏仁霜不夠多，於是便轉到亨利街上的另一家糕餅店。她在那裡精挑細選，久久拿不定主意，櫃檯後面的那個時髦小姐顯然有點不耐煩了，問她是不是想買結婚蛋糕。瑪麗亞羞紅了臉，只好朝她微微一笑；但那位小姐誤以為真，最後切了一大塊葡萄乾蛋糕，包好後對她說：

「兩先令四便士。」

在去德魯姆康得拉的電車上她以為一定得站一路，因為那些年輕人好像都沒注意到她，但一位年長的紳士卻給她讓了座。他身材魁梧，戴一頂棕色的禮帽；四方臉，面色紅潤，鬍子灰白。瑪麗亞覺得他像個上校，心裡思忖著，比起那些眼睛只管瞪著前方的年輕人，這位紳士是多麼彬彬有禮啊。紳士開始跟她攀談，聊起了萬聖節前夕和多雨的天氣。他說，他猜想那袋子裡必定裝滿了給孩子的好東西，又說小孩就該吃好玩好。瑪麗亞拘謹地點點頭，輕聲表示贊同。他對她真是很好，她在運河橋下車時，向他躬身致謝，他也躬身還禮，還舉起帽子親切地對她微笑；她垂著小腦袋在雨中沿臺階向上走，一路思量著，紳士即便喝了杯酒略帶醉意，也是一望而知的。

她一進喬家，大家就歡呼起來：「啊，瑪麗亞來啦！」喬已經下班回家，孩子都穿著節日盛裝。兩個鄰居家的大女孩也在這裡，大夥正在玩遊戲。瑪麗亞把那袋糕點交給最大的孩子艾爾菲去分，唐納莉太太直說瑪麗亞太客氣了，還帶這麼一大包糕點來，又催著孩子道謝：

「謝謝瑪麗亞！」

瑪麗亞說她還給當爸爸媽媽的帶了樣特別的東西，他們一定會喜歡，說著便開始找那塊葡萄乾蛋糕。她先是在唐尼斯糕餅店的袋子裡找，然後又在雨衣口袋裡找，接著又到衣帽架那裡去找，但哪裡都沒找到。於是她問幾個孩子是不是誰把它吃了——當然，是無意中拿錯了——孩子都說沒有，而且，從那些小臉蛋上的表情來看，假如硬要說他們偷吃，他們寧可連分到的蛋糕也不要了。每個人都出點子，設法解開這個謎。唐納莉太太說顯然是瑪麗亞把它落在車上了。瑪麗亞回憶起，遇到那位留著灰白鬍鬚的紳士時，自己如何惶惑，便感到又羞又惱又沮喪，不禁滿臉通紅。想到自己不僅沒能給大家帶來小小的驚喜，反而白花了兩先令四便士，她差點當場大哭。

喬安慰她說不要緊，又拉她坐到爐邊。喬對她很好，跟她講辦公室裡發生的種種事情，還把他頂撞經理所說的一句俏皮話翻來覆去地說給她聽。瑪麗亞不明白這句俏皮話為什麼會讓喬大笑不已，但她說那經理一定是個專橫傲慢、不好相處的人。喬說，只要摸透了他的脾氣，也不那麼難相處，不去招惹他的話，他還是不錯的。唐納莉太太彈琴伴奏，孩子又唱又跳。後來，鄰居家的兩個女孩開始分核桃，但誰也找不到核桃夾子。喬幾乎發起火來，問他們沒有核桃夾子要瑪麗亞怎麼弄開核桃。但瑪麗亞說她不愛吃核桃，別為她費心。喬問她要不要來瓶黑啤酒，唐納莉太太也說，如果她喜歡喝紅葡萄酒的話，家裡也有。瑪麗亞說，最好不要為她張羅，但喬決意這麼做。

瑪麗亞只好隨他去。他們坐在爐邊暢談往事，瑪麗亞想為艾爾菲說句好話。喬卻嚷道，要是他再跟弟弟說一句話，就遭天打雷劈，不得好死。瑪麗亞只好抱歉地說她不該提起這事。

唐納莉太太對丈夫說，他這樣講自己的骨肉同胞真是丟臉。但喬說艾爾菲根本不是他弟弟，還差點為此和妻子吵起來。不過，喬說，今晚非比尋常，他可不願發脾氣，隨後又讓妻子開了幾瓶黑啤酒。鄰居家的兩個女孩安排了幾樣萬聖節前夕玩的遊戲，很快氣氛又歡快起來。看到孩子那麼開心，喬夫妻倆也興致勃勃，瑪麗亞心裡樂滋滋的。鄰居家的女孩在桌上擺了幾個碟子，然後把孩子的眼睛蒙起來，領到桌邊。一個小傢伙拿到了祈禱書，另外三個摸到了水；鄰居家的一個女孩拿到戒指時，唐納莉太太對羞紅了臉的女孩搖搖手指，彷彿在說：「啊，我全知道啦！」接著，他們嚷著要瑪麗亞蒙上眼睛，把她領到桌邊[4]，看她會摸到什麼；他們用布條遮住她的眼睛時，瑪麗亞禁不住哈哈大笑，鼻尖幾乎碰到了下巴尖。

孩子嬉笑打趣著把她領到桌邊，她照他們的吩咐舉起手，在空中亂摸一陣，然後放下來，落到其中一個碟子上。她的手觸到了一團軟綿綿、溼漉漉的東西[5]，她心裡納悶，為什麼沒有人講話，也沒有人幫她取下布條。頃刻之間聲息全無，幾秒鐘後，響起了一片窸窸窣窣的腳步聲和竊竊私語聲。有人在說花園什麼的，最後唐納莉太太厲聲呵斥鄰居家的一個女孩，叫她趕緊把那東西扔出去，說這可不是鬧著玩的。瑪麗亞知道上回不算，她必須重摸一次：這回她摸到了祈禱書。

隨後，唐納莉太太為孩子彈奏了〈麥克勞德小姐的紡紗車〉這支曲子，喬勸瑪麗亞喝了杯葡萄酒。很快氣氛又歡快起來。唐納莉太太說瑪麗亞不到年底就會進修道院的，因為她摸到了祈禱書。這一晚，瑪麗亞覺得喬對她格外好，他不斷回憶往事，談笑風生。她說大家對她實在是太好了。

最後，孩子累得打瞌睡了，喬問瑪麗亞她回去之前是否願意唱支小曲，唱首老歌給大家聽。唐納莉太太也說，「唱吧，一定要唱一首，瑪麗亞！」

瑪麗亞只好起身，站到鋼琴旁。唐納莉太太叫孩子別作聲，乖乖聽瑪麗亞唱歌。接著，她彈起前奏，說道：「瑪麗亞，開始！」瑪麗亞脹紅了臉，開始用纖細顫抖的聲音唱起來。她唱的是〈我夢見自己住在……〉，到第二節時，她又唱了一遍：

我夢見自己住在大理石殿堂
家臣奴僕侍立兩旁
在這眾人聚集的廳堂
我是他們的驕傲和希望
我的財富多得數不清

4 這是愛爾蘭萬聖節的習俗。摸到祈禱書，代表會到修道院；摸到水，代表會漂洋過海，移民海外；摸到戒指，代表會很快結婚；摸到錢幣，代表會發財；摸到泥土，表示一年內會死掉。

5 即泥土，預示著不祥之兆、死亡。

我可以誇耀高貴的門庭

但我最高興的還是夢想

你對我的愛一如既往

誰也沒有指出她唱錯了。她唱完後，喬大為感動。他說，不管別人怎麼想，他都覺得今不如昔，任何音樂都不及可憐的老巴爾夫的曲子。他熱淚盈眶，淚眼朦朧，根本看不見自己要找的東西，最後只得求妻子告訴他，開瓶器放在哪裡。

一樁慘案

詹姆斯・杜菲先生住在查珀爾利佐德，因為他希望住得離他所屬的城市越遠越好，也因為他覺得都柏林的其他郊區都很庸俗、現代、做作。他住在一棟幽暗的老房子裡，從窗口向外望，可以看到那個廢棄的酒廠，也可以看到那條淺河[1]的上游地帶——都柏林正是依河而建。房間裡沒鋪地毯，四壁高牆，連一幅畫也沒掛。房間裡每件家具都是他親自買的：一個黑色鐵床架，一個鐵製臉盆架，四把藤椅，一個衣架，一個煤斗，一道壁爐圍欄和生火的鐵具，還有一個方桌，上面放著個附抽屜的斜面寫字架。凹室裡用白木隔板搭了個書架。床上鋪著白色的床單，床腳擺著一塊黑紅相間的小地毯。臉盆架上方掛著一面帶柄的小鏡子，蓋著白色燈罩的檯燈是白天放在壁爐架上的唯一裝飾品。白木書架上的圖書按體積大小自下而上依次排列。最底層的一端放著一套華茲華斯全集，最高層的一端放著一本用筆記本的硬布封面裝訂起來的

1 指利菲河，流經查珀爾利佐德時河道變淺。

《梅努斯教義問答手冊》。書桌上總是擺著寫作用的文具。書桌裡放著一部豪普特曼的《邁克爾·克拉默》的翻譯手稿，劇本的舞臺指導說明是用紫色墨水寫成的，還有一疊紙用銅質別針夾在一起。他常在紙片上抄錄一些句子，有次心有所諷，竟然把「膽汁藥丸」廣告的大字標題貼到了第一頁上。一打開書桌蓋，便有淡淡的香氣飄出來——新杉木桿鉛筆的香氣，或是膠水的香氣，抑或是擱在那裡忘記吃的熟透的蘋果的香氣。

杜菲先生厭惡一切顯示著物質上或精神上失序的東西。中世紀的大夫恐怕會斷定他是個憂鬱型的人。他的臉是都柏林街道的那種棕色，顯現出一副飽經世事的樣子。他的腦袋又長又大，留著一頭乾枯的黑髮，黃褐色的小鬍子幾乎蓋不住那張缺乏友善表情的嘴巴。顴骨也讓他的臉看起來很嚴厲；可是雙眼中卻沒有嚴厲之色，那雙眼睛在黃褐色的眉毛下觀察著世界，使人覺得他是個隨時歡迎別人改過自新而又常常大失所望的人。他跟自己的身體也保持著距離，總是以懷疑的眼光從側面觀察自己的行為舉止。他有一個怪癖，就是用寫自傳般的方式來檢視自我，因此時常在腦子裡用第三人稱、過去式構想一個關於自己的短句。他對乞丐從不施捨，走路時步履穩健，手裡拿著一根結實的榛木手杖。

多年來，他一直在巴格特街一家私人銀行當出納員。每天早晨，他從查珀爾利佐德搭電車來上班，中午去丹·伯克餐館吃午餐——喝一瓶淡啤酒，吃一小盤葛粉餅乾。他四點鐘下班，之後去喬治街一家餐館吃晚餐。在那裡，他可以遠離都柏林那些紈絝子弟，而且價錢也公道實在。晚上，他要嘛坐在房東太太的鋼琴前，要嘛就在城郊四處閒逛。他喜歡莫札特，因此有時也會去聽一場歌劇或者音樂會：這是他生活中僅有的消遣了。

他沒有友伴也沒有知己，既沒有參加教會，也沒有宗教信仰。他獨來獨往，過著自己的精神生活，只在耶誕節去看看親戚，在他們去世後到墓地送葬。他肯盡這兩項社交上的義務，僅是為了不傷禮俗、不失體面，除此之外，對支配公民生活的一切傳統習慣，一概不作任何讓步。他也曾幻想，在某些情況下，會去搶劫自己上班的那家銀行，不過，鑒於這些情況從未發生，日子也就這麼平鋪直敘地展開著——就像一個無驚無險的故事。

一天晚上，他在圓形劇場看戲，碰巧坐在兩位女士旁邊。劇場裡觀眾稀少，冷冷清清，淒慘地預示著演出的失敗。坐在他旁邊的女士朝空蕩蕩的劇場環顧了一兩次，喟然歎道：

「今晚劇院真冷清，太遺憾了！對著空無一人的座位唱歌，真是難為他們了。」

他認為對方是有意和他攀談。令他驚訝的是，她似乎一點都不尷尬。在他們交談過程中，他試圖把她的形象銘記在心。當他得知坐在她旁邊的女孩是她女兒時，就斷定她只比自己小一歲左右。她的臉從前一定很俏麗，現在也仍然透著靈氣。這是一張五官分明的鵝蛋臉。眼瞳深藍，目光堅定。看人的時候，眼睛先是流露出挑釁的味道，但隨著瞳孔漸漸隱入虹膜又顯得有些迷離惶惑，瞬間表現出一種極為敏感的氣質。不過，瞳孔很快又恢復了鎮定，這種半遮半掩的天性重新被審慎所控制，那件勾勒出豐滿胸部曲線的羔羊皮外套更是明確地顯露出挑釁的意味。

幾個星期後，在厄爾斯福特斜坡街舉行的一次音樂會上，他再次遇到了她，趁她女兒不注意，他伺機親近她。有一兩次，她委婉地提到自己的丈夫，但語氣中並沒有警告的意味。她的稱呼是辛尼科太太。她丈夫的高祖父來自里窩那[2]。她丈夫是個商船船長，往來於都柏林與荷蘭之間；他們有一個孩子。

第三次與她巧遇時，他鼓足勇氣約她見面。她如約而來。這開啟了兩人日後頻繁的約會；他們總是在傍晚見面，找最僻靜的地方一起散步。然而，杜菲先生討厭不夠正大光明的行為，偷偷摸摸地約會讓他心裡很不是滋味，於是就堅持讓她邀請自己到家裡會面。辛尼科船長以為這是因他女兒之故，所以竭誠歡迎他來訪。辛尼科船長在自己尋歡作樂的放蕩生活中早已把妻子拋諸腦後，因此根本沒有疑心竟還有人會對她產生興趣。由於她丈夫常常出航，女兒又在外面教音樂課，杜菲先生有很多機會享受和辛尼科太太相會的快樂時光。兩人以前都不曾有過這樣的冒險體驗，因此也沒有意識到如此有何不妥。他的思想逐漸和她的思想糾纏在一起。他借書給她看，向她介紹一些觀點，和她分享自己的知性生活。她傾聽並接受他所說的一切。

有時，為了回應他的理論，她也會舉自己生活中的實例來印證。她還以近乎母親般的關懷，促使他毫無保留地展露本性：她成了他的傾訴對象。他告訴她，有一陣子他參加過愛爾蘭社會主義黨的集會，二十幾個表情凝重的工人在閣樓上點著昏黃的油燈開會，他覺得自己在這群人中顯得格格不入。那個黨後來分裂成三派，每一派都有自己的領袖和開會的閣樓，這樣一來，他就不再去參加這種集會了。他說，工人討論時不敢大膽發表意見，對工資問題又過分熱心。他覺得那些工人都是面目醜陋的現實主義者，他們憎恨精確性，因為精確性是閒暇的產物，而閒暇又是他們求而不得的。他對她說，再等幾百年，都柏林都不可能爆發社會革命。

她問他為何不把自己的想法寫出來。他用不屑一顧的口氣反問她，為什麼要寫出來，難道要和那些不能連續思考六十秒、專講漂亮話的空談家一較高下嗎？為什麼要讓自己變成愚鈍的中產階級批評的對象？他們可是聽由警察裁定道德標準，任由劇場經理主宰藝術優劣的啊。

他經常造訪她在都柏林郊外的小別墅，與她共度良宵。漸漸地，隨著思想越來越深地糾纏在一起，他們開始談論一些切身的話題。有她陪伴，他就像異域的植物一樣，感受著沃土的滋養。有好多次，她故意不開燈，讓夜色籠罩在身上。幽暗素淨的房間、與世隔絕的環境、餘音繞梁的音樂，把他們緊緊地結合在一起。這種結合使他內心得到了昇華，磨平了他性格的稜角，讓他的精神生活充盈著感情。有時候，他驚覺自己在傾聽自己的聲音。他相信，在她心目中，他的形象會變得如天使一般崇高。他把伴侶熱情的天性越來越多地附著到自己身上，這時，他聽到了一個奇怪而又冷靜的聲音，他辨別出這就是自己的聲音，這聲音告訴他，必須保持靈魂那無可救藥的孤獨。只聽它說：我們絕不能把自己奉獻出去，我們是屬於自己的。一天

2 里窩那（Leghorn）為義大利西岸港口城市。

晚上，辛尼科太太顯現出一種異乎尋常的興奮情緒，居然滿含愛意地抓起他的手，緊緊地貼到她臉上。他內心深處的聲音最終平息了下來。

杜菲先生驚訝不已。她誤解了他說的話，他的幻想就這樣破滅了。整整一個星期他都沒去看她，後來寫了封信約她見面。他不願最後一次談話被先前尷尬的情感坦露所困擾，所以就約她在公園門口附近的一家小蛋糕店裡碰面。時值深秋，他們不顧寒意，在公園的小徑上來來回回走了近三個小時。他倆達成共識，從此不再來往：他說，人與人的結合，最終都會以悲傷收場。出了公園，他們一路無話，默默走到電車站；這時她開始渾身發抖，他唯恐她再次崩潰，就趕緊道別，離她而去。幾天之後，他收到一個包裹，裡面是他的書和樂譜。

四年過去了。杜菲先生恢復了他平靜的生活。他房間的擺設依然反映著他內心井井有條的秩序。樓下房間的樂譜架上堆滿了新樂譜，書架上立著兩本尼采的書：《查拉圖斯特拉如是說》和《歡悅的智慧》。他很少在書桌的那疊紙上寫字。與辛尼科太太分手兩個月後，他寫了幾句話，其中一句是：男人與男人之間不可能有愛情，因為他們不可能性交；男人與女人之間不可能有友誼，因為他們一定會性交。他沒再去聽音樂會，怕萬一碰到她。他父親去世了；銀行裡比他年紀還小的同事也退休了。但他還是每天早晨搭電車進城，傍晚到喬治街適度進餐，把讀晚報當作飯後甜點，然後從城裡步行回家。

一天傍晚，他剛要把一小塊鹹牛肉和捲心菜送到嘴裡，手卻突然停住了。當時他正把晚報斜靠在玻璃瓶上邊吃邊讀，目光停留在其中一篇報導上。他將鹹牛肉和捲心菜放回盤子裡，把那篇報導仔細讀了一遍。接著他喝了一杯水，把盤子推到一邊，將報紙對折，兩手捧著，把那篇報導翻來覆去地讀了又讀。捲心菜在盤子裡漸漸冷掉，凝結了一層白色的油脂。女侍者走過來問他是不是今晚的菜做得不合口味。他說做得很好，又勉強吃了幾口。然後付了帳，走了出去。

他在十一月的蒼茫暮色中快步前行，結實的榛木手杖有節奏地敲擊著地面，淡黃色的《郵報》從他雙排扣緊身大衣的側袋裡露出一角來。在公園門口到查珀爾利佐德那條人跡稀少的路上，他放慢了腳步。手杖敲擊地面的聲音減弱了，他的呼吸變得紊亂，近乎歎息，凝結在冬日的空氣中。一到家，他立刻奔向樓上的臥室，從口袋裡掏出報紙，藉著窗口微弱的光線，又把那篇報導讀了一遍。他翕動雙唇，默然無聲，就像神父讀彌撒序誦前的默禱那樣。報導的內容是：

一婦人於希尼廣場身亡
一樁慘案

今天，副驗屍官（代替無法到場的勒夫雷特先生）在都柏林市立醫院對艾米莉．辛尼科太太的遺體加以驗屍。死者現年四十三歲，昨晚於希尼廣場車站遇禍身亡。證據顯示，死者在企圖跨越鐵軌時，被由國王鎮十點鐘開出的慢車迎面撞倒，頭部和身體右側受傷，不治而亡。

火車司機詹姆斯．藍儂稱自己在鐵路公司已經工作了十五年。待助理值班員的哨聲響起，他才開動火車，一兩秒鐘後聽見叫喊聲，又立馬剎車。當時車速很慢。

車站搬運工鄧恩說，火車開動時，他看見一位女士意欲跨越鐵軌。他邊跑邊朝她呼喊，但沒等跑過去，她就碰到了火車頭前的緩衝器，跌倒在地。

陪審員：「你看見那位女士倒地了嗎？」

證人：「是的。」

克洛利警官宣誓作證說，他到達現場時，看見死者躺在月臺上，顯然已經死亡。他叫人把屍體抬到候車室，等待救護車到來。

編號為五十七的警察證實了克洛利警官的說法。

都柏林市立醫院外科助理住院醫師哈爾平說，死者胸下有兩根肋骨骨折，右肩嚴重挫傷。跌倒時，顱部右側受傷。對於常人來說，這種傷勢並不足以致死。所以他認為，死亡原因可能是休克和心臟驟停。

H．B．派特森．芬利先生代表鐵路公司對這起意外事件深表遺憾。公司一直採取一切可能的預防措施，包括在各個車站張貼通告、在平交路口安裝專利彈簧門，要行人在橫越鐵路時，必須走天橋。死者看來習慣在深夜從一個月臺跨越鐵軌到另一個月臺，而且結合這起事故的其他情況來看，他認為鐵路公司無需擔責。

家住希尼廣場利奧維爾的辛尼科船長，即死者的丈夫，也出面作證。他說死者是他妻子。事故發生時他不在都柏林，當天上午才從鹿特丹趕回來。他們結婚已有二十二年，生活幸福美滿，大約兩年以前，他妻子開始染上酗酒的惡習。

瑪麗·辛尼科小姐說，最近她母親常常深夜出去買酒。她作證說，她時常規勸母親，還勸她加入戒酒協會。事故發生時她不在家，一個小時後才趕回。

陪審團根據醫學證據作出了判決，宣布藍儂無罪。

副驗屍官說這著實是一樁慘案，並對辛尼科船長和他女兒表示深切同情。他敦促鐵路公司採取有力措施，避免日後發生類似事故。所有相關人員皆無需擔責。

杜菲先生讀完報導，抬頭凝望著窗外慘澹的夜景。河水在空蕩蕩的釀酒廠旁靜靜地流淌，魯坎路上偶爾有燈光從屋子裡射出來。竟是這樣的結局！有關她死亡的報導使他感到厭惡，想起曾經對她傾訴那些自己視為神聖的事情，更使他感到厭惡。記者的陳詞濫調、空洞的憐憫之情和謹慎的措詞掩蓋了一個平凡庸俗的死亡事件的細節，他感到陣陣噁心。她不但貶低了自己，也貶低了他。她犯了醜陋的罪行，他覺得既可悲又可恥。這樣的人居然是自己的精神伴侶！他想起曾經見過的那些可憐蟲，走起路來跌跌撞撞，提著瓶瓶罐罐眼巴巴地等著酒保倒酒。公正的上帝呀，竟是這樣的結局！顯而易見，她沒有活下去的能力，缺乏堅定的意志，淪為惡習的犧牲品，成了人類文明培育起來的廢物。她竟然墮落到這種地步！他對她的感受有沒有可能只是自欺欺人？他回憶起那天晚上她情不自禁的情形，並以前所未有的嚴苛態度重新審視了一番。他現在一點都不覺得此前的做法有什麼不妥。

燈光逐漸隱沒，記憶開始浮現，他想起了她觸摸他手的情景。剛才使他噁心的那種震驚又開始刺激他的神經。他匆匆穿上大衣，戴上帽子，向外走去。一出門，冷空氣便迎面襲來，鑽進了袖口。他來到查珀爾利佐德橋邊的酒館，進去要了杯熱乎乎的潘趣酒。

老闆點頭哈腰地給他上了酒，但沒敢和他說話。店裡有五六個工人，正在談論某位紳士在基爾代爾郡的房產值多少錢。他們不時端起一品脫容量的大玻璃杯喝上一口，再抽口菸，還把痰吐到地上，再拿厚重的靴子在地上掃些木屑把痰蓋起來。杜菲先生坐在凳子上朝他們看，卻又視而不見，聽而不聞。過了一會兒，他們走了，他又要了杯潘趣酒。這杯酒他喝了很長時間。酒館裡非常清靜。老闆懶洋洋地靠在櫃檯上邊讀《先驅報》邊打哈欠。不時聽見電車在店外清冷的路上颼颼地駛過。

他坐在那裡，回味著與她在一起的那段日子，兩個不同的形象在他腦海裡交替浮現。這時，他才意識到她已經死了，已經離開人世，變成了回憶。

他開始感到不安。他捫心自問，當時是否還有別的選擇。他既不能和她把這齣自欺欺人的喜劇繼續演下去，也不能和她公開生活在一起。他當時的做法再合適不過了。這怎麼能怪他呢？現在她去世了，他才明白她曾經夜復一夜地獨守空房是多麼孤寂。他也會孤寂地生活下去，直到也死去，離開人世，變成回憶——如果還有人記得他的話。

離開酒館時已經九點多了。夜色清冷陰鬱。他就著最近的門進了公園，在光禿禿的樹下緩步而行。他穿過荒涼的小徑，四年前他們曾在這裡走過。黑暗中，彷彿她就在身邊。他不時感覺到她的聲音好像縈繞在耳際，又覺得她在觸摸他的手。他駐足傾聽。為什麼要斷她的生路？為什麼要置她於死地？他覺得自己的德性已經破碎不堪。

走到馬格辛山頂時，他停了下來，順著河流向都柏林眺望，城裡的燈火在寒夜裡燃燒，散發著熱情的紅光。他向山坡下望去，山腳下公園圍牆的陰暗處，一些躺著的人影隱約可見。那些用金錢買來的偷偷摸摸的性愛，使他心裡充滿了絕望。他反思著自己循規蹈矩的生活方式，覺得自己被放逐在生活盛筵之外。有一個人似乎曾經愛過他，他卻斷送了她的生命和幸福：他給她扣上了寡廉鮮恥的帽子，使她羞愧而死。他知道，那些躺在圍牆邊的人影正注視著他，盼著他趕緊滾蛋。沒有人需要他；他已經被放逐在生活盛筵之外。他把目光轉向那條灰濛濛的波光粼粼的河流，河水蜿蜒著向都柏林流去。河對岸，一列貨車也蜿蜒著駛出國王橋車站，像一隻頭頂冒火的蠕蟲，頑強而吃力地在黑暗裡蜿蜒前行。貨車慢慢地消失不見了；但他耳邊依然縈繞著火車頭那吃力的低鳴聲，不斷重複著她名字的每個音節。

他掉頭順著原路往回走，火車頭的節奏聲還在耳朵裡轟鳴。他開始懷疑回憶裡的一切是否真實。他在樹下停住腳步，等到耳畔的節奏聲消失。黑暗中，他感覺不到她在身邊，也聽不見她的聲音。他側耳傾聽了幾分鐘，什麼也沒聽到：夜幕之下一片寂靜。他又聽：仍然是一片寂靜。他覺得自己真的是孤身一人了。

委員會辦公室裡的常春藤日[1]

老傑克用硬紙板把煤渣耙在一起，小心地撒在爐子裡燒得發白的煤堆上。他薄薄地撒了一層，隨後，臉便隱入黑暗之中，但等他開始扇火時，蹲伏的身影就映到了對面的牆上，漸漸拉長，臉也慢慢出現在光亮之中。這是一張老人的臉，瘦骨嶙峋，鬍子拉碴。一雙溼膩膩的藍眼睛對著爐火不停地眨巴，嘴唇不時張開，口水流出來，閉上時總會木然地嚼幾下。煤渣點著後，他把硬紙板靠在牆上，舒了口氣，說道：

「這下好多了，奧康納先生。」

奧康納先生年紀不大，頭髮灰白，滿臉的雀斑和粉刺很是影響容貌。他剛把菸葉捲成菸

1 常春藤日（Ivy Day）為每年的十月六日，是愛爾蘭民族獨立運動領導人帕內爾逝世紀念日。這一天，帕內爾的追隨者會在衣領上佩戴一片常春藤葉，以表追思，因為這種常青的葉子象徵著永恆的生命。委員會辦公室是指愛爾蘭土地同盟委員會辦公室，帕內爾曾任該同盟主席。同時，也影射了倫敦的英國議會十五號委員會辦公室，一八九〇年十二月六日，正是在這間辦公室裡，帕內爾被剝奪了愛爾蘭議會黨（Irish Parliamentary Party）的領導地位。

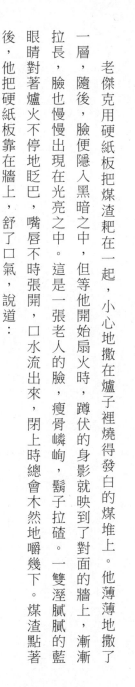

捲，聽到老傑克說話，便若有所思地停下來。爾後，他又若有所思地捲起菸來，沉思了一會兒，才用舌頭把捲菸紙舔溼。

「蒂爾尼先生說過什麼時候回來嗎？」他用沙啞的假聲問道。

「沒說。」

奧康納先生把菸捲叼在嘴上，開始在口袋裡摸索，卻只掏出一疊薄紙板做的卡片。

「我去幫你拿盒火柴。」老頭子說。

「別麻煩了，這個就可以。」奧康納先生說。

他挑出一張卡片，讀了讀上面印的字：

市政選舉

皇家交易所選區

茲於皇家交易所選區即將舉行選舉之際，濟貧法監察員理查．J．蒂爾尼先生懇請閣下鼎力相助，惠賜一票。

奧康納先生受雇擔任蒂爾尼的競選總幹事，負責在該選區部分地段遊說拉票，但因為外頭風雨交加，他的靴子進水溼透了，所以就在威克洛街的委員會辦公室裡跟看門人老傑克一起烤火，消磨了大半天。當下正是晝短夜長的時節，天色已晚，他們一直坐在爐邊。這天是十月六日，外面淒風苦雨，寒意逼人。

奧康納先生從卡片上撕下一小條，引著火點了菸。火苗照亮了他別在外套領口上的那片綠油油的常春藤葉。老頭子注視著他，隨後又拿起硬紙板，邊看他抽菸邊慢慢地扇火。

「哎，真是的！」老頭子開口說，「教育孩子可真難吶，不知道有什麼法子。誰會想到他現在竟然變成了這樣！我送他到基督教兄弟會學校去念書，能做的都做了，他卻只學會了喝喝喝。我本來還尋思著他在那裡能多少學點體面吶。」

他無精打采地把硬紙板放了回去。

「可惜我老了，不然非得把他這毛病改過來不可。但凡能擒得住他，我一定抄起棍子抽他的背，以前就這樣揍過好多次吶。可是他媽媽，你知道，老是護犢子，慣得他無法無天……」

「那就把孩子慣壞了。」奧康納先生說。

「可不是嘛，」老頭子說，「而且還不得好報，只會讓他更放肆。一看見我喝點酒，他就對我大呼小叫的。兒子對老爸這樣說話，這什麼情況啊！」

「他多大了？」奧康納先生問。

「十九了。」老頭子答道。

「怎麼不給他找點事做？」

「怎麼沒找？自從那個醉醺醺的廢物離開學校，我哪天沒為他操心？『我養不起你了，』我跟他說，『你得找個工作養活自己。』嘿，誰能想到，找了工作反而更糟，把賺的那幾塊錢喝了個精光！」

奧康納先生搖了搖頭，深表同情。老頭子沒再說話，直勾勾地盯著爐火。這時有人推開房門，嚷道：

「喂！這是共濟會在開會吶？」

「誰呀？」老頭子問。

「烏漆墨黑的，你們幹什麼呢？」一個聲音問。

「是你嗎，海恩斯？」奧康納先生問。

「是呀。你們烏漆墨黑地幹什麼呢？」海恩斯邊說邊朝爐邊的光亮處走過來。

他年紀不大，瘦瘦高高的，留著淺褐色的八字鬍。帽簷上懸著小雨珠，搖搖欲墜，夾克領子立著。

「嗨，麥特，」他朝奧康納先生說，「情況怎麼樣？」

奧康納先生搖搖頭。老頭子離開爐火，跌跌撞撞地在屋裡摸索了一陣，拿來兩支有臺座的蠟燭，湊著爐火點著了，放到桌子上。空蕩蕩的房間亮了起來，爐火黯然失色。牆壁上光禿禿的，只掛了一張競選海報。房間中央有一張小桌子，上面堆著些文件。

海恩斯先生靠著爐架，問道：

「他給你錢了嗎？」

「還沒有，」奧康納先生回答說，「上帝保佑，今晚可別叫我們喝西北風。」

海恩斯先生大笑起來。

「嘿，他會給的，別擔心。」他說。

「如果他想勝選的話，最好放聰明點。」奧康納先生說。

「傑克，你怎麼想？」海恩斯先生用揶揄的語氣朝老頭子問道。

老頭子回到爐邊的座位上，說道：

「他手頭有就不會不給。不像那個吉普賽人[2]。」

「哪個吉普賽人？」海恩斯先生問。

「科爾根唄！」老頭子輕蔑地說。

「因為科爾根是工人，你就這樣說嗎？一個善良本分的泥瓦匠和一個酒館老闆到底有什麼不一樣，呃？工人不也和別人一樣，有權在政府行政部門工作嗎，呃？比起那些見到有權勢的

2 愛爾蘭人對吉普賽人素無好感，對他們一貧如洗、居無定所的生活方式嗤之以鼻，認為他們奸邪狡詐、盜竊成性。

人就卑躬屈膝的親英分子，工人不是更有資格嗎？是不是，麥特？」海恩斯先生轉向奧康納先生問道。

「是，你說得不錯。」奧康納先生說。

「他是個樸實本分的人，不搞兩面派，不耍滑頭。他是代表工人階級參加競選的，而你幫他拉票的那個傢伙只是一心想撈個肥缺。」

「當然，工人階級也應該有人代表。」老頭子說。

「工人受盡欺侮，」海恩斯先生說，「卻賺不到什麼錢。但每樣東西都是他們生產的。工人不會為自己的兒子、侄子、表兄弟撈肥缺。工人不會為了討好一個日爾曼血統的國王[3]就糟蹋都柏林的名聲。」

「這怎麼說？」老頭子問。

「你沒聽說愛德華七世明年來時他們要致歡迎辭嗎？我們幹嘛要給外國國王磕頭呢？」

「我們那位是不會投贊成票的，」奧康納先生說，「他是作為民族黨候選人參選的。」

「真的不會嗎？」海恩斯先生反問道，「等著瞧吧，看他會不會。我可算看透他了。『老滑頭蒂爾尼』是白叫的嗎？」

「上帝啊！你說得也許沒錯，喬，」奧康納先生說，「不過，我只希望他能把票子帶來。」

三個人都不吭聲了。老人又開始耙煤渣。海恩斯先生摘下帽子，甩了甩，接著把外套的領子翻下來，這時，領子上露出了一片常春藤葉。

「要是這個人[4]還活著，」他指了指葉子說，「我們根本就不會談什麼歡迎辭。」

「這倒是真的。」奧康納先生說。

「啊哈，願上帝保佑他們！」老頭子說，「那時畢竟還有些活力。」

房間裡又安靜下來。這時，一個小個子匆匆忙忙地推門進來，他抽著鼻子，耳朵凍得通紅。一進門，就三步併作兩步地走到爐邊，不停地搓著手，好像要搓出火星來似的。

「沒錢啦，各位！」他開口道。

「坐這裡，亨奇先生。」老頭子邊說邊把自己的椅子讓了出來。

「哎，傑克，你坐，你坐。」亨奇先生說。

他朝海恩斯先生微微點了點頭，坐到了老頭子讓出的椅子上。

「你到奧吉爾街活動了嗎？」他問奧康納先生。

---

3 英國自喬治一世（George I，一七一四年）以後，一直由德裔漢諾威王朝統治，故有此說。此處指愛德華七世（Edward VII），他於一九〇三年駕臨都柏林。結合上下文，可知小說設定的時間是一九〇二年十月六日。

4 指帕內爾。帕內爾作為愛爾蘭民族獨立運動的領袖，威信甚高。然而，一八九〇年，因為與奧謝夫人的私情，遭到了英國統治團體和天主教會的大肆抨擊，黨內信徒也紛紛背離，最終被革去愛爾蘭議會黨主席職務，不久因身心交瘁去世。

「活動了。」奧康納先生說著，開始摸口袋找記事本。

「有沒有拜訪格萊姆斯？」

「去過了。」

「怎麼樣？他什麼立場？」

「他沒表態。他說：『我不會告訴任何人我要投給誰。』不過我覺得他應該沒問題。」

「為什麼？」

「他問我提名人都有誰，我跟他講了，還提到伯克神父的大名，所以我想沒問題。」

亨奇先生又開始抽鼻子，就著火拚命地搓手。然後他說：

「看在上帝的面上，傑克，幫我弄點煤來吧。一定還有剩下的，呃？」

老頭子走了出去。

「我看沒戲唱，」亨奇先生搖著頭說，「我跟擦鞋那小子[5]要錢了，可是他說：『噯，別急嘛，亨奇先生，只要事情進展順利，我絕不會虧待你的，放心好了。』真是個卑鄙吝嗇的小人！呵，他不是這號人才怪呢！」

「我說什麼來著，麥特？」海恩斯說，「老滑頭蒂爾尼。」

「他真是要多滑頭有多滑頭，」亨奇先生說，「他那雙豬一樣的小眼睛可不是白長的。該死的混蛋！他幹嘛不像個男子漢那樣爽快地掏腰包，非要胡謅什麼『噯，別急嘛，亨奇先生，我得先跟范寧先生商量一下……我已經花不少錢了！』卑鄙該死的小畜生！難不成他忘了他老爸是什麼貨色——那個乾癟的小老頭子在瑪麗巷開過舊衣店呢。」

「真的嗎？」奧康納先生問。

「上帝呀，當然是真的，」亨奇先生說，「你沒聽說過？星期天上午，酒館沒開門，男人常到那裡買背心、褲子什麼的——熱情周到嘛！老滑頭蒂爾尼的小老爹總是耍花招在角落裡偷偷摸摸藏個小黑瓶子[6]。你懂了吧？就是這麼回事。他就是在那個窩裡生出來的。」

老頭子拿了些煤塊進來，東一塊西一塊地放到爐子裡。

「他嘴上說得倒是好聽，」奧康納先生說，「但要是一毛不拔，怎麼指望我們給他出力呢？」

「我也沒辦法，」亨奇先生說，「我回到家，一定能看見法警在大廳裡等著我吶。」

海恩斯先生哈哈大笑，肩膀一動，把身子從爐架邊挪開，準備走了。

「等愛迪[7]陛下來了就萬事大吉了，」他說，「喂，各位，我走了。回頭見。再見，再見。」

他慢慢走出去。亨奇先生和老頭子都沒吭聲，但門要關上的時候，一直鬱鬱寡歡盯著爐火的奧康納先生忽然喊道：

5 指蒂爾尼。蔑稱，諷刺他卑躬屈膝，像跪著給人擦鞋的人。
6 指他私下售酒。當時，按規定，酒館星期天上午不可開門營業。
7 愛德華的暱稱。

「再見，喬。」

亨奇先生等了一會兒，然後朝門口點了點頭。

「告訴我，」他隔著爐火問道，「什麼風把我們這位朋友吹來了？他來幹嘛？」

「咳，可憐的喬！」奧康納說著把菸蒂扔進火裡，「他跟我們一樣，也是手頭緊吶。」

亨奇先生用力抽抽鼻子，朝爐裡吐了幾太口痰，差點把火撲滅了；火苗發出嘶嘶的響聲，像在抗議似的。

「我們倆私底下談談，不瞞你說，」他開口道，「我覺得他是那一邊的人。要是你還不明白，我就直說吧：他是科爾根派來的奸細。你也可以打到那邊去嘛，看看他們搞些什麼名堂。他們不會懷疑你的。明白吧？」

「哎，可憐的喬可是個正派人。」奧康納先生說。

「他老爹倒是個德高望重的人，」亨奇先生也承認，「可憐的老拉里．海恩斯！他生前做了不少好事！但恐怕我們這位朋友連十九開的成色都達不到[8]。他媽的，我能理解手頭緊是什麼滋味，但不能理解一個人靠騙吃騙喝過活。他就不能有點男子漢的氣概嗎？」

「他來的時候，我可沒熱情歡迎他呦，」老頭子說，「他在自己那邊賣力就行了，可別到這兒來探頭探腦的。」

「我也說不清，」奧康納先生掏出捲菸紙和菸葉，猶疑地回應道，「我覺得喬．海恩斯是個正派人。人也聰明，文筆很流暢。你還記得他寫的那篇……？」

「要是問我的看法，我得說有些山裡人和芬尼亞分子[9]是聰明過了頭，」亨奇先生說，「你想知道我對這些小丑的真實想法嗎？不瞞你說，我認為他們有一半是城堡[10]收買的奸細。」

「這就不知道了。」老頭子說。

「呵，我敢說這是事實，」亨奇先生說，「他們是城堡雇用的走狗……我不是說海恩斯……不，他媽的，我想他比那種人高明一些……有個長著鬥雞眼的小貴族——你知道我講的這位愛國志士是誰吧？」

奧康納先生點點頭。

「如果你願意，大可以稱他是西爾少校[11]的嫡系子孫！啊，滿腔熱血的愛國志士！但眼下，這傢伙為了幾個錢就把國家賣了——呵——還雙膝一屈，跪倒在地，感謝萬能的基督讓他有個

8 開（K）是金含量單位。十九開金含金量相對較低，這裡是諷刺海恩斯不夠好。

9 「山裡人」（hillsiders）和「芬尼亞分子」（fenians）均指芬尼亞社成員。芬尼亞社又稱愛爾蘭共和兄弟會（the Irish Republican Brotherhood），於一八五八年成立，是一個愛爾蘭民族主義團體，致力於用暴力手段推翻英國統治。「芬尼亞」這一名稱起源於愛爾蘭傳說中的勇士團體芬尼安（Fianna）及其傑出的領袖芬恩・麥克庫爾（Finn MacCool）。英國報紙把芬尼亞社成員刻畫成在山裡東躲西藏的漫畫人物形象，故稱他們「山裡人」。在本篇中，從亨奇這句話可以看出海恩斯是該社成員。

10 城堡，指都柏林堡（Dublin Castle），在一九二二年英國人撤離之前，一直是不列顛在都柏林及整個愛爾蘭的統治中心。這裡採用轉喻手法，指代英國政府。

國家可賣吶。」

這時，有人敲門。

「進來！」亨奇先生說。

門口出現了一個人，看起來像個窮神父或是窮演員。一身黑衣，緊緊裹著他那五短身材。破舊的雙排扣長禮服大衣有幾粒扣子沒扣，閃映著燭光，領子立起來，遮住脖子，看不出是神父法衣的衣領還是普通人的衣領。頭上戴著頂圓形黑色硬氊帽，臉上掛著亮閃閃的水珠，看起來像塊溼膩膩、黃油油的乳酪，只有兩頰凍得通紅。他突然張開大嘴，流露出失望的神情，同時那雙明亮的藍眼睛又瞪得老大，表達驚喜之意。

「啊，科恩神父！」亨奇先生從椅子上一躍而起，「是您嗎？快請進！」

「哦，不，不，不！」科恩神父連連說道，噘著嘴，像是對小孩說話似的。

「進來坐坐吧？」

「不，不，不！」科恩神父說，語氣謹慎、綿柔、謙和，「不打擾各位！我只是想找范寧先生……」

「他在黑鷹酒館，」亨奇先生說，「您真的不進來坐一會兒嗎？」

「不了，不了，謝謝。只是一點公務罷了，」科恩神父說，「多謝！多謝！」

他說著便退出門外，亨奇先生連忙抓起一支燭臺，走到門口給他照著下樓。

「哦，不用，不用，給您添麻煩了！」

「不麻煩，樓梯這裡太黑了。」

「不要緊，不要緊，我看得清……多謝！多謝！」

「走穩了吧？」

「穩得很，謝謝……謝謝。」

亨奇先生擎著燭臺回來，放到桌上，又坐回爐邊。房間裡一陣沉寂。

「告訴我，約翰。」奧康納先生說著，又拿出一張薄紙板做的卡片來點菸。

「呃？」

「他到底是幹什麼的？」

「問我個簡單點的問題吧。」亨奇先生說。

「我覺得他和范寧好像打得火熱。他們常在卡瓦納酒館一起喝酒。他究竟是不是神父？」

「呃，我想是吧……我認為他就是所謂的黑羊[12]。感謝上帝，好在這樣的人不多！不過也有幾個……他也挺倒楣的……」

11 西爾少校（Major Sirr），指亨利・查理斯・西爾（Henry Charles Sirr，一七六四—一八四一）。此人生於都柏林，曾在英國軍隊中擔任少校，以啟用密探著稱，在一七九八年愛爾蘭起義期間，大肆搜捕起義領導人。

12 黑羊指不守清規故而不能主持彌撒、聆聽懺悔的神職人員，他們「徘徊」在神職和俗世之間，身分模糊。

「那他靠什麼過活?」奧康納先生問。

「這就是另外一個祕密了。」

「他隸屬於某個教堂、教會、機構,還是……?」

「都不是,」亨奇先生回答,「我想他是自己單打獨鬥……請上帝寬恕我,」他又說了一句,「我覺得他是個愛喝黑啤酒的酒鬼。」

「說到酒,能不能弄點來喝?」奧康納先生問。

「我也渴得慌。」老人說。

「我跟擦鞋那小子講過三次了,」亨奇先生說,「讓他派人送打黑啤酒上來。剛才我又跟他說了,但他只穿著襯衫,靠在櫃檯上,正和奧爾德曼.考利咬耳朵呢。」

「你幹嘛不提醒他?」奧康納先生說。

「咳,他跟奧爾德曼.考利說話,我怎麼好打岔呢?只好等著他,直到他瞥見我,這才問:『我跟你提過的那件小事……』他馬上說,『絕對沒問題,亨先生。』看著吧,那小矮子肯定把這事忘得一乾二淨了!」

「看來那幾個傢伙在搞什麼勾當,」奧康納先生若有所思地說,「昨天我看見他們三個在薩福克街角上嘰嘰喳喳談個不停呢。」

「我猜得出他們的鬼花樣,」亨奇先生說,「這年頭要是想當上市長,就得在市議員大人身上多花銀子，孝敬夠了，他們就叫你當上市長啦！上帝呀！我也得鄭重考慮一下當個市議員什麼的。你們覺得怎麼樣？我能勝任嗎？」

奧康納先生哈哈大笑。

「說到花銀子孝敬……」

「坐車駛出市府大廈，」亨奇先生說，「排場十足，八面威風，傑克戴著撲了粉的假髮隨侍在後──怎麼樣？」

「約翰，提拔我當你的私人祕書吧！」

「沒問題。科恩神父做我的私人神父。到時我們兄弟幾個好好聚一聚。」

「說真的，亨奇先生，」老人開口說，「你一定比那些人有派頭。有一天我跟老基根閒聊，就是市府那個門房。我問他：『派特，你喜歡你們的新主子嗎？看來現在難得請客了，呃？』『請個屁客！』他說，『他聞聞抹布上的油渣味就夠了！』你們猜猜看，他還跟我講什麼了？對天發誓，我簡直不敢相信自己的耳朵。」

「講什麼了？」亨奇先生和奧康納先生齊聲問道。

「他告訴我：『堂堂一個都柏林市長老爺，派人買一磅排骨當晚飯，你以為如何？闊氣吧？』我說，『闊氣！闊氣！』他說，『買一磅排骨送到市府裡。』『真闊氣！』我說，『如今當官的成了什麼樣呦！』」

正說著，有人敲門，一個男孩探進頭來。

「什麼事？」老頭子問。

「黑鷹酒館的。」男孩一邊說一邊側身進來，把籃子放到地上，裡面的瓶子發出碰撞聲。

老人幫男孩把瓶子從籃子裡拿出來，擺到桌上，點了點數。男孩把空籃挎到手臂上，問道：

「有瓶子嗎？」

「什麼瓶子？」老人反問。

「等我們喝完了再說好嗎？」亨奇先生說。

「老闆叫我把空瓶子帶回去。」

「明天再來吧。」老人說。

「喂，小子！」亨奇先生說，「麻煩你到奧法雷爾店裡給我們借個開瓶器——就說亨奇先生要用。告訴他一下就還。把籃子先放這裡。」

男孩走了出去，亨奇先生興奮地搓起手來，說道：

「呵，說真的，他還沒那麼壞嘛。不管怎樣，說話至少算數。」

「這裡沒有玻璃杯呀。」老人說。

「嘿，別擔心，傑克，」亨奇先生說，「從前那麼多好漢都是直接對著瓶口喝的。」

「不管怎麼說，總比沒酒好。」奧康納先生說。

「他還算不上壞蛋，」亨奇先生說，「只是欠了范寧很多錢。他雖然為人小裡小氣的，你們明白吧，心地倒還不錯。」

男孩借來了開瓶器。老頭子開了三瓶酒，把開瓶器遞還給男孩，這時亨奇先生開口說：

「小子，要不要來一口？」

「如果您不介意的話，先生。」男孩說。

老人不情不願地又開了一瓶，遞給男孩。

「你多大歲數了？」他問。

「十七。」男孩回答。

見老人沒說話，男孩就拿起酒瓶，對著亨奇先生說：「致以我最崇高的敬意，先生。」說完將酒一飲而盡，把空瓶放回桌上，用袖子抹抹嘴，拿起開瓶器，側身走出門外，嘴裡嘟嘟噥噥，像是在道謝。

「這就是酗酒的開始。」老頭子說。

「由小到大，積久成習。」亨奇先生道。

老人將兩瓶打開的酒分給同伴，自己也拿了一瓶。大家對著瓶口喝起來，喝完後順手將酒瓶放在爐臺上，心滿意足地舒了口氣。

過了一會兒，亨奇先生開口道：「哈，我今天進行得滿順利的。」

「是嗎，約翰？」

「是呀。我和克羅夫頓在道森街給他拉到一兩張有把握的選票。你知道吧，我們私底下說，克羅夫頓（當然，他是個規矩人）根本他媽的不會拉票，他一個字也說不出來。我在那裡滔滔不絕，他只會站一邊呆看。」

這時，房間裡走進兩個人。一個是大胖子，一身藍嗶嘰衣服，好像隨時會從他那歪歪斜斜的身體上滑落下來。大臉盤，神情就像一頭小牛，瞪著一雙藍色的眼睛，留著灰白的八字鬍。另一個人年輕得多，身板單薄，面容瘦削，鬍子刮得乾乾淨淨，穿一件疊領外套，領子很高，頭戴寬邊圓頂禮帽。

「你好啊，克羅夫頓！」亨奇先生朝那個胖子說，「說鬼鬼到……」

「哪裡來的酒？」年輕人問，「是不是母牛生小牛了？[13]」

「呵，當然啦，萊昂斯第一眼盯住的一定是酒！」奧康納先生笑著說。

「你們這些傢伙就這麼拉票啊，」萊昂斯先生說，「克羅夫頓和我可是在外面頂風冒雨，凍得發僵，到處拉票吶！」

「怎麼了，去你的吧，」亨奇先生說，「我在五分鐘內拉到的選票，可比你倆一個星期拉到的都多吶！」

「再開兩瓶黑啤酒，傑克。」奧康納先生說。

「怎麼開呀？」老頭子說，「開瓶器已經被拿走了。」

「看我的，看我的！」亨奇先生倏地站起來說，「有個小竅門，你們見過嗎？」

他從桌上抓起兩瓶酒，走到爐邊，把酒瓶放到爐架上。然後在爐邊坐下，拿起自己那瓶喝了一口。萊昂斯先生坐在桌沿上，把帽子往後腦勺一推，懸著兩條腿，蕩來蕩去。

「哪瓶是我的？」他問。

「這瓶，兄弟。」亨奇先生說。

克羅夫頓先生坐在箱子上，眼睛盯著爐架上的另一瓶酒，一言不發。原因有二：第一，顯然他無話可說；第二，他認為這夥人都比不上他。他曾為保守黨人威爾金斯遊說拉票，後來保守黨退出競選，權衡之後，轉而選擇支持民族黨和他們的候選人時，他就又受雇於蒂爾尼先生，為他效勞了。

幾分鐘後，只聽「噗」的一聲（彷彿滿懷歉意），萊昂斯先生那瓶酒的軟木塞迸了出去。萊昂斯先生從桌沿上跳下來，走到爐邊，拿起酒瓶又坐了回去。

「克羅夫頓，剛才我跟他們講，」亨奇先生說，「今天我們拉到不少選票呢。」

「都拉到誰了？」萊昂斯先生問。

13 母牛生小牛時就有奶水了。此處的隱含意義為：是不是蒂爾尼那個老滑頭終於掏腰包請客了？

「嗯，帕克斯一票，阿特金森兩票，還有道森街的沃德一票。這個老傢伙不錯，標準的老公子哥兒，老保守派！他問我：『你們的候選人不是民族黨人嗎？』我回答說：『他是個正派人，只要對國家有利，他都贊成，而且還是個納稅大戶。』我又說：『他在城裡有多處房產，還有三家公司，降低稅率不是對他自己也有好處嗎？他可是個受人尊敬的傑出公民吶，』我接著說，『還是濟貧法監察員，不隸屬於任何黨派，管它是好黨派、壞黨派，還是中立黨派呢。』對他們就得這麼講。」

「那麼，給國王致歡迎辭的事又怎麼說呢？」萊昂斯先生喝了口酒，咂著嘴問道。

「聽我說，」亨奇先生道，「就像我對老沃德說的那樣，我們國家缺少的是資本。國王御駕光臨，意味著有錢流進來。這對都柏林市民大有好處。看看碼頭附近那些工廠，一片蕭條！只要原有的工業運轉起來，麵粉廠啦、造船廠啦、其他廠子啦，就等著賺錢吧。我們缺少的正是資本。」

「可是，話說回來，約翰，」奧康納先生說，「我們為什麼要歡迎英國國王呢？難道帕內爾不是……」

「帕內爾嘛，」亨奇先生說，「已經死了。喏，我是這麼看的：那傢伙被他老娘擋著，直到頭髮花白才登上王位[14]。他是個見過世面的人，對我們很有好感。要是問我的看法，我得說他是好人，非常正派，沒什麼亂七八糟的負面新聞。他只不過對自己說：『老太太從來沒見過那些愛爾蘭野人[15]。上帝啊，我可要親自去一趟，看看他們是什麼樣子。』他到這裡來是友好訪問，我們忍心侮辱他嗎？呃？是不是這個理，克羅夫頓？」

克羅夫頓先生點了點頭。

「可是說到底，」萊昂斯先生爭辯說，「愛德華陛下的私生活，你懂嘛，並不太……」

「過去的事就讓它過去吧，」亨奇先生說，「我就很佩服他。他只不過和你我一樣，都是愛胡鬧的普通人。他喜歡喝烈酒，也許還有點放蕩，是個運動好手。媽的，難道我們愛爾蘭人就不能公正一點？」

「話是不錯，」萊昂斯先生說，「可是看看帕內爾的下場吧。」

「上帝呀，」亨奇先生說，「這兩件事能相提並論嗎？」

「我的意思是，」萊昂斯先生說，「我們有自己的理想。為什麼要歡迎那樣一個人呢？就說帕內爾吧，他幹出那種事，你認為還有資格領導我們嗎？同樣的道理，我們為什麼還要歡迎愛德華七世？」

「今天是帕內爾的紀念日，」奧康納先生說，「我們就別挑事了。他已經死了，我們都對

14「那傢伙」指愛德華七世，「他老娘」指維多莉亞女王。維多莉亞女王在位長達六十四年（一八三七—一九〇一），女王駕崩後，其子愛德華即位，時年六十歲。

15 這裡資訊不實。其實維多莉亞女王四次駕臨愛爾蘭，分別是一八四九年、一八五三年、一八六一年、一九〇〇年。

他保持敬意吧——保守派也尊重他。」他轉向克羅夫頓補充說。

「噗！」克羅夫頓先生那瓶酒的瓶塞直到這時才迸出來。克羅夫頓先生從他的箱子上站起身，走到爐邊拿起酒瓶，又轉回來，用低沉的聲音說道：

「在議院裡，我們這邊的人也尊重他，因為他是個君子。」

「說得沒錯，克羅夫頓！」亨奇先生激動地說，「他是唯一能管好那群亂七八糟傢伙的人。『趴下，你們這幫狗崽子！趴下，你們這些野狗！』他就是這麼對付他們的。進來，喬！進來！」他瞥見海恩斯先生在門口，便叫道。

海恩斯先生慢慢走進來。

「再開一瓶黑啤酒，傑克，」亨奇先生說，「哎，我忘了沒有開瓶器啦！來，給我一瓶，我擱到爐邊。」

老人遞給他一瓶，他放到爐架上。

「坐吧，喬，」奧康納先生說，「我們正說到『領袖』[16]呢。」

「是啊，是啊！」亨奇先生說。

海恩斯先生在桌邊挨著萊昂斯先生坐下，沒說話。

「不管怎樣，他們當中到底有一個人，」亨奇先生說，「沒有背棄他。上帝作證，我得給你講句公道話，喬！你沒有背棄他，上帝作證，你一直忠心耿耿地跟著他，真是條漢子！」

「噯，喬，」奧康納先生突然說，「把你寫的那篇東西念給我們聽聽——還記得嗎？有沒有帶在身上？」

「啊，好啊！」亨奇先生附和道，「給我們念念。你聽過嗎，克羅夫頓？現在聽聽吧，寫得妙極了！」

「來吧，」奧康納先生催促道，「開始吧，喬。」

海恩斯先生似乎一時沒記起他們講的那篇東西，想了一會兒才說道：

「哦，是那篇吧……說實在的，現在早就過時了！」

「念來聽聽吧，朋友！」奧康納先生說。

「噓，噓，」亨奇先生說，「開始吧，喬！」

海恩斯先生遲疑了一會兒，然後在一片肅靜中，摘下帽子放在桌上，站起身來。他似乎正在心裡默念著那篇作品，過了好一會兒，才開口道：

帕內爾之死

一八九一年十月六日

16 指帕內爾。

他清了清嗓子，開始朗誦：

他去世了。我們的無冕之王去世了。
啊，愛琳[17]，悲傷地哀悼吧
他長眠地下，一幫窮凶極惡的
現代偽君子葬送了他。

他把怯懦鬼拉出泥沼賜予榮光
那幫狗卻反咬一口撲殺恩人；
從此愛琳的希望和愛琳的夢想
都隨著無冕之王的葬火歸入埃塵。

無論在宮殿、棚屋還是茅舍
愛爾蘭的心無處不在
黯然神傷——因為他離去了

而他本可以重塑她的命運。

他本可以使他的愛琳盛名昭彰，
使那綠色的旗幟高傲地飄揚，
使她的政治家、詩人和英豪
傲立於萬國之林，光芒萬丈。

他夢想（唉，可惜只是夢想！）
自由：但在他奮力
追逐那女神之際，背叛
使他和他熱愛的自由分離。

無恥啊！怯懦卑鄙的黑手
擊倒了高貴的主人，或用親吻

17「愛琳」（Erin）為愛爾蘭古稱。

將他出賣給阿諛諂媚的神父
那群烏合之眾——絕非他的友朋。

願萬劫不復的羞恥吞噬
那些人殘存的印記，他們妄圖
玷汙那個崇高的名字
而他一身傲骨，視他們如糞土。

他倒下了，如同那些偉人，
直到最後一程，仍然勇敢尊貴，
而今死神使他和先輩重聚
與愛琳古代的英雄並肩媲美。

爭鬥的喧囂無法驚擾他的安眠！
他安息了：不再遭受人間的苦難
再也沒有雄心壯志激勵他

去攀登光輝的峰巔。

他們稱心如意了：他們葬送了他。
但是愛琳，記著，他的英魂
會像鳳凰那樣浴火重生
在曙光破曉的璀璨之晨，

到那天，自由之光普照
到那天，愛琳舉杯歡慶
迎接喜樂，也寄上一片悲情
——沉痛哀悼帕內爾的英靈。

海恩斯先生重新坐回桌沿上。他朗誦完畢，房間裡一片沉寂，緊接著爆發出熱烈的掌聲：甚至連萊昂斯先生也拍手叫好。掌聲持續了一會兒，爾後靜下來，大家都默默不語，對著瓶口喝起酒來。

「噗！」海恩斯先生那瓶酒的瓶塞迸了出來，但他仍然坐在桌沿上，光著腦袋，滿臉通紅，好像沒聽見酒瓶發出了邀請似的。

「真不簡單，喬！」奧康納先生邊說邊掏出捲菸紙和菸袋來掩飾自己激動的情緒。

「你覺得怎麼樣，克羅夫頓？」亨奇先生大聲問道，「寫得不賴吧？嗯？」克羅夫頓先生說確實是首好詩。

母親

近一個月以來，為了籌備一系列音樂會，愛爾蘭共和國勝利協會的助理祕書霍洛漢先生一直在都柏林東奔西走，手上和口袋裡滿是髒兮兮的紙片。他有一條腿是瘸的，所以朋友都叫他跳蟲霍洛漢。他經常上下奔波，在街角一站就是個把鐘頭，與人商談，爭論不休，還做筆記；可是最後，大小事宜還是仰仗卡尼太太辦妥的。

德芙琳小姐是因為賭氣才成了卡尼太太。

她曾在一家高等教會學校受教育，學會了法語和音樂。由於天性冷漠固執，在學校裡也沒交到什麼朋友。到了談婚論嫁的年紀，她就按照長輩的安排，到很多人家裡去做客，她的演奏技藝和高雅儀態頗受眾人仰慕。藝術修養把她禁錮在冰冷的禁區內，等待某個求婚者勇敢地破門而入，把她引向光輝燦爛的生活。不過，因為遇到的年輕人盡是些平庸之輩，所以她也無意鼓勵他們，背地裡卻大吃土耳其軟糖來撫慰自己的浪漫欲望。然而，青春將逝，朋友開始說三道四，為了堵住那些蜚短流長的嘴，她嫁給了奧蒙德碼頭的製靴商卡尼先生。

他比她年長許多，蓄著褐色的大鬍子，少言寡語，說起話來正經八百。結婚一年之後，卡尼太太就領悟到，這種男人比浪漫的小夥子靠得住，當然她也絕不會放棄那些浪漫的念頭。他冷靜、節儉、虔誠；每月第一個星期五都去聖壇做禮拜，往往一個人去，偶爾也攜她前往。她對宗教的信仰也未曾稍減，對他而言是個好妻子。在比較生疏的人家參加聚會時，只要她稍微揚揚眉梢，他就會起身告辭；如果他咳嗽得厲害，她就用鴨絨被蓋住他的腳，再為他調一杯濃郁的蘭姆潘趣酒。而他也是個模範父親，每星期都向保險公司交一小筆錢，保證兩個女兒在二十四歲的時候，每人能領到一百英鎊的嫁妝。他把大女兒凱薩琳送到一所很好的教會學校去學法語和音樂，後來又供她到皇家音樂學院深造。每逢七月，卡尼太太總要找機會對朋友說：

「我那好先生準備帶我們去礁岩島玩幾週呢。」

如果不是去礁岩島，就是去霍斯或格雷斯通[1]。

在愛爾蘭文藝復興運動顯出聲勢之際，卡尼太太決定好好拿女兒的名字[2]做做文章，於是請了一位教愛爾蘭語的老師來家裡授課。凱薩琳和妹妹把愛爾蘭風景明信片寄給朋友，朋友也回寄不同的愛爾蘭風景明信片給她們。在某些意義特殊的星期天，卡尼先生會和家人一起去臨時教堂做禮拜，彌撒之後，一小群人便圍聚在教堂街街口。他們都是卡尼家的朋友——音樂上的同好，或是民族主義運動的同路人；他們說長道短，閒話之後握手告別。看著這麼多手交來插去，大家哈哈大笑，用愛爾蘭語互道再見。很快，凱薩琳．卡尼小姐的芳名便開始經常掛在大家嘴邊了。大家誇她有音樂天賦，是個好女孩，而且還是語言運動[3]的支持者。卡尼太太聽了心裡樂滋滋的。所以，當霍洛漢先生有天登門拜訪，告訴她協會準備在古典音樂廳舉辦四場系列大型音樂會，並邀請她女兒為音樂會伴奏時，她一點都不覺得驚訝。她引他到客廳，請他坐下，隨即端上玻璃酒瓶和銀質餅乾桶。她一心一意地和他磋商這件事的詳盡細節，又是建議又是勸阻，最後總算簽訂了合約。合約寫明凱薩琳為四場大型音樂會伴奏，酬勞是八個畿尼。

霍洛漢先生對於廣告措詞和節目安排這類微妙的問題不太在行，卡尼太太就給他出主意。她精通此道，知道哪些演員的名字該用大寫，哪些只需排小號鉛字。她還知道第一男低音不願緊排在米德先生的滑稽表演後出場亮相。為了不斷吸引觀眾，她將沒把握的節目安插在那些比較受歡迎的傳統節目之間。霍洛漢先生每天都來徵詢她的高見。她總是友好地為他出謀畫策——確切來說，是相當親切。她常把酒瓶推到他面前說：

「請，您自己來吧，霍洛漢先生！」

---

1 礁岩島（Skerries）、霍斯（Howth）和格雷斯通（Greystones）都是都柏林附近著名海濱度假勝地。

2 凱薩琳與葉慈名劇《胡里漢之女凱薩琳》（*Cathleen Ni Houlihan*）的女主角同名。該劇講述了一位名叫「胡里漢之女凱薩琳」的老婦人用話語打動即將成婚的邁克，促使他放棄家庭幸福與物質享受，轉而追隨自己，獻身愛爾蘭獨立事業的故事。凱薩琳即是愛爾蘭的象徵。

3 指由愛爾蘭民族主義領導人道格拉斯·海德（Douglas Hyde）發起的愛爾蘭語復興運動。一八九三年，海德成立蓋爾語聯盟（the Gaelic League），主張去英國化，號召愛爾蘭人學習蓋爾語並以此作為國家語言。

他斟酒時她又說：

「別擔心！喝就是了！」

一切都進行得很順利。卡尼太太從布朗·湯瑪斯商店採購了些漂亮的粉紅色軟緞，鑲在凱薩琳連衣裙的前襟上。這委實破費了不少，但有時必須下點本錢。她買了十二張最後一場音樂會的門票，每張兩先令，贈送給一些朋友，否則他們不一定會光臨捧場。她樣樣想得周全，多虧了她，該辦的全都辦妥了。

音樂會定在星期三、四、五、六舉行。星期三晚上，卡尼太太偕女兒來到古典音樂廳，現場情況令她頗為不悅。幾個年輕人外衣上別著錚亮的藍徽章，懶洋洋地站在前廳裡，沒有一個人穿晚禮服。她帶著女兒從他們身邊走過，從門口朝大廳裡瞥了一眼，才明白招待人員為什麼都這麼懶散。起先她還以為搞錯了時間，然而定睛一看，沒錯，確實已經七點四十分了。

在舞臺後面的化妝室裡，她被引見給協會祕書費茲派翠克先生。她嫣然一笑，和他握了握手。他個頭矮小，臉色蒼白，面無表情。她注意到，他把棕色的軟帽隨意歪戴在頭上，語氣單調呆板[4]。他手裡拿著節目單，一邊和她談話，一邊把節目單的一頭嚼成溼乎乎的一團。他似乎對這種令人失望的情形不以為意。霍洛漢先生每隔幾分鐘就到化妝室來一次，通報門票的銷售情況。演員圍在一起說著話，神色緊張，不時照一下鏡子，玩弄著手裡的樂譜，一下捲起來，一下打開。將近八點半時，大廳裡那幾個零星的觀眾開始催促開演。費茲派翠克先生走進來，環顧室內，茫然地微笑著說：

「好了，各位女士、各位先生，我想還是馬上開演吧。」

卡尼太太聽他說話尾音平板，就賞了他一個大白眼，隨即用鼓勵的口吻對女兒說：

「準備好了嗎，親愛的？」

她找了個機會，把霍洛漢先生叫到一邊，問他究竟是怎麼回事。霍洛漢先生也搞不清楚。他說委員會安排四場音樂會是個錯誤：四場實在太多了。

「還有這些演員！」卡尼太太說，「當然他們都盡了最大努力，但水準實在不怎麼樣。」

霍洛漢先生承認這些演員水準欠佳，又說委員會決定前三場演出隨他們自由發揮，要把最精彩的節目留到星期六晚上。卡尼太太沒再說什麼，但隨著平庸的節目一個接一個上演，臺下原本就稀落的觀眾陸續離場，她開始後悔為這樣蹩腳的音樂會破費。一種不可名狀的氣氛使她感到不悅，費茲派翠克先生茫然的微笑也讓她大為惱火。不過，她什麼也沒說，只是靜等著看音樂會如何收場。不到十點鐘，音樂會就草草結束了，觀眾匆匆離場趕回家去。

星期四晚上的音樂會觀眾較多，但卡尼太太很快發現，他們都是持贈票入場的。這些人舉止隨便，彷彿在觀看一場非正式的彩排。費茲派翠克先生似乎頗為自得，根本沒察覺到卡尼太

---

4 費茲派翠克先生的口音暗示他來自下層社會。

太正忿忿地留意著他的一舉一動。他守在布幕旁，不時探出腦袋，和樓廳角落裡的兩個朋友相視而笑。當天晚上，卡尼太太得知，星期五的音樂會將要取消，委員會決定使出渾身解數，保證星期六晚上能夠座無虛席。一聽到這個消息，她就馬上去找霍洛漢先生。她見他正一瘸一拐地匆匆走出來，端著一杯檸檬汁送給一位年輕女士，就一把抓住他，問他是不是確有此事。沒錯，確有此事。

「不過，合約依然有效，理所應當嘛，」她說，「合約上寫的是四場。」

霍洛漢先生顯得步履匆匆，請她另找費茲派翠克先生商談。卡尼太太開始隱隱覺得不安。她把費茲派翠克先生從幕後叫到一旁，告訴他她女兒簽了四場音樂會的合約，因此，按照合約條款，不論協會是否舉辦四場音樂會，她女兒都應該得到既定的報酬。費茲派翠克先生一時弄不清楚事情的癥結所在，面對難題好像束手無策，便說會把這事提交到委員會討論。卡尼太太開始面露慍色，極力按捺住怒氣才沒有質問出：

「請問到底誰是『委員回』[5]？」

她知道這樣問有失淑女風度，所以沒有作聲。

星期五一大早，許多小男孩就被派往都柏林各主要大街散發一捆捆傳單。所有晚報都專門刊出了吹捧的文章，提醒音樂愛好者不要錯過第二天的精彩晚會。卡尼太太略微寬心了些，但覺得最好還是把心中的疑慮對丈夫講講。他仔細聽完後提出，星期六晚上他倆還是一起去為好。她同意了。她敬重丈夫，覺得他就像郵政總局那樣，龐大、可靠、穩固；儘管知道他才情有限，但依然珍重他作為男性的抽象價值。她很高興他主動提出陪她同去，同時心裡也在盤算著自己的計畫。

盛大的音樂會之夜到了。離開演還有三刻鐘，卡尼太太就偕丈夫及女兒來到古典音樂廳。可是天公不作美，當晚偏偏下起雨來。卡尼太太把女兒的衣服和樂譜託給丈夫照看，旋即在音樂廳裡四處搜尋霍洛漢先生和費茲派翠克先生，但哪一個也沒找到。她向服務人員詢問，音樂廳裡是否有委員會成員在場，幾經周折，服務人員才找來一個矮小的名叫貝爾娜小姐的女人。卡尼太太向她解釋說，她想見見協會祕書，正的副的都行。貝爾娜小姐說他們馬上就到，還問她有什麼可以效勞。卡尼太太審視著這張極力表現出誠懇和關切的老氣橫秋的臉，回答道：

「不用了，謝謝！」

小個子女人說希望音樂會能叫座。她望著窗外的雨，溼漉漉的街道淒清陰鬱，抹去了她扭曲的臉上那誠懇、關切的神情。爾後，她微微歎了口氣說：

「唉，真是的！我們已經盡了最大的努力，天曉得嘍。」

卡尼太太只得踅回化妝室。

5 原文為「Cometty」，此處卡尼太太在模仿費茲派翠克先生「committee」的發音，暗含挖苦之意。

演員陸續到來。男低音和第二男高音已經到了。男低音杜根先生是個瘦削的年輕人，留著稀疏的黑色八字鬍。他父親是城裡一家事務所的門房，小時候，他常在回聲繚繞的大廳裡拉著長腔唱低音。雖然出身低微，但他奮進向上，最終躋身一流演員行列，還參加過大型歌劇的演出。有一夜，一個歌劇演員病了，他就代替那位演員在皇后大劇院上演的《瑪麗塔娜》裡扮演國王[6]。他聲音洪亮，感情充沛，受到了頂層樓座觀眾的熱烈歡迎；遺憾的是，他粗心大意地用戴手套的手抹了一兩次鼻子，破壞了給觀眾留下的好印象。他為人謙遜，少言寡語。說「您」的時候，聲音輕得幾乎聽不見；為了保護嗓子，從不喝比牛奶烈的東西。第二男高音貝爾先生是個滿頭金髮的小個子，每年都參加音樂節[7]比賽，在參賽的第四年獲得了銅牌。他的同行們使他惶恐不安，嫉妒萬分，但他又擺出熱情友善的姿態來掩飾這種不安的嫉妒心理。他樂於讓人知道，參加音樂會演出對他來說多麼痛苦。因此，他一見到杜根先生，便走上前去問道：

「您也來吃苦頭嗎？」

「是啊。」杜根先生說。

貝爾先生對著這位共患難的兄弟笑了笑，伸出手來說：

「握個手吧！」

卡尼太太從這兩個年輕人身邊走過，到布幕邊去察看場內的動靜。座位很快就坐滿了，大廳裡流轉著愉悅的喧鬧聲。她走回來和丈夫竊竊私語。他們的談話顯然跟凱薩琳有關，因為兩人時不時地瞟她一眼。凱薩琳此時正站著和同為民族主義者的女低音希利小姐聊天。一個臉色蒼白的陌生女士獨自走進房間，女士犀利的目光都追隨著那瘦削身體上褪了色的藍色衣裙。有人說她是女高音格林夫人。

「不知道他們從什麼地方把她挖出來的，」凱薩琳對希利小姐說，「我真的沒聽說過她。」

希利小姐只得微笑不語。這時，霍洛漢先生正好一瘸一拐地走進化妝室，兩位小姐便向他打聽那位陌生女士。霍洛漢先生說她是從倫敦來的格林夫人。格林夫人站在房間一角，手裡拿著捲樂譜，僵硬地放在胸前，目光惶惑游移。燈影遮住了她褪色的衣裙，但也無情地凸顯了她鎖骨後的小凹坑。大廳裡的喧鬧聲更大了。第一男高音和男中音雙雙來到。兩人都衣冠楚楚，身材壯碩，志得意滿，給房間裡帶來了一襲貴氣。

卡尼太太領著女兒走上前去，親切地和他們攀談，想套套交情。雖然她極力想表現得殷勤一點，但眼睛卻追隨著霍洛漢先生一瘸一拐的腳步來回移動。一逮到機會，她便藉故告辭，緊跟在他後面走了出去。

6《瑪麗塔娜》（*Maritana*）是愛爾蘭作曲家威廉・文森特・華萊士（William Vincent Wallace，一八一二—一八六五）的代表作，劇中國王角色即由男低音演員扮演。

7 原文為Feis Ceoil，愛爾蘭語，意為「音樂節」（Festival of Music），始於一八九七年，是為推廣愛爾蘭音樂而舉辦的一年一度的音樂比賽。一九〇四年五月，喬伊斯在音樂節比賽中獲得了銅獎。

「霍洛漢先生，我想跟您說幾句話。」她開口道。

他們走到走廊一處比較僻靜的地方。卡尼太太問他，她女兒什麼時候才能領到酬勞。霍洛漢先生說這事由費茲派翠克先生負責。卡尼太太說她根本不認識什麼費茲派翠克先生。她女兒簽了八幾尼的合約，就應該如數拿到手。霍洛漢先生說他不管這事。

「您怎麼不管這事？」卡尼太太反駁道，「難道不是您親自把合約交給她的？無論如何，如果不是您的事，那就是我的事，我非得管到底不可。」

「您最好去找費茲派翠克先生談。」霍洛漢先生漠然地說。

「我根本不認識什麼費茲派翠克先生，」卡尼太太重申說，「我訂了合約，就一定要照合約辦事。」

她回到化妝室，雙頰微微泛紅。房間裡氣氛活躍。兩個身穿戶外服的男士正圍在爐邊，和希利小姐、男中音熱絡地閒聊著。他們一個是《自由人報》的記者，一個是奧曼登・伯克先生。記者先生得去市府大廈報導一位美國牧師的演講，所以特意來打招呼，說不能留下來聽音樂會了。他囑咐他們把報導送到《自由人報》辦公室，他會安排發表。他頭髮灰白，巧言令色，舉止謹慎。手裡的雪茄已經熄滅，菸香繚繞。他原本一刻都不想多待，因為音樂會和演員都讓他感到厭煩，但眼下他還是斜靠爐架上不走。希利小姐站在他面前，又說又笑。他久經世故，當然猜得出她的殷勤周到別有用意；但他人老心未老，也想好好把握這個時機。她膚色鮮豔，周身散發著溫潤的香氣，撩撥著他的感官。他欣喜地意識到，眼前這緩緩起伏的酥胸是為他而起伏，這歡笑、幽香和含情的秋波也是獻給他的贈禮。他一直待到不能再停留，才依依不捨地向她告別。

「奧曼登．伯克會寫報導的，」他向霍洛漢先生解釋說，「我負責發表。」

「勞您大駕了，亨德里克先生，」霍洛漢先生說，「我知道您會發表的。臨走之前要不要喝點什麼？」

「好啊！」亨德里克先生應道。

兩人穿過幾條彎曲的過道，沿黑洞洞的樓梯拾級而上，走進一個僻靜的房間，一個服務生正在裡面為幾位先生開酒瓶。奧曼登．伯克先生也在其中，他已經憑直覺摸索來了。他是個和藹的老人，站著休息時常倚著一把大綢傘，撐住壯碩的身軀。他那風格浮誇的帶有西部味道的名字是道德上的保護傘，正是靠著這把傘，他平衡了許多微妙的財務問題，還廣受尊敬。

就在霍洛漢先生招待《自由人報》記者時，卡尼太太正氣急敗壞地跟丈夫說個不停，嚇得他直叫她壓低嗓門。化妝室裡其他人的談話漸漸變得拘謹起來。貝爾先生第一個上場，他拿著樂譜準備就緒，伴奏卻毫無動靜。顯然是出了什麼岔子。卡尼先生撫弄著鬍鬚直視前方，卡尼太太則壓低聲音，附在凱薩琳耳邊交代事情。大廳裡傳來催促開演的拍手聲和跺腳聲。第一男高音、男中音和希利小姐站在一起，靜靜地旁觀，貝爾先生卻異常忐忑，唯恐觀眾以為他遲到了。

霍洛漢先生和奧曼登．伯克先生來到化妝室。霍洛漢先生立刻察覺出大家沉默不語的原因。他走到卡尼太太面前，鄭重其事地跟她談判。兩人交涉時，場裡的鼓噪聲更大了。霍洛漢先生情緒激動，面紅耳赤。他喋喋不休，但卡尼太太只是簡單地插上一兩句：

「她絕不上場，除非先拿到八幾尼。」

霍洛漢先生心急如焚地指指大廳，觀眾正在那裡拍手跺腳。他向卡尼先生和凱薩琳求助。但卡尼先生繼續撫弄著鬍鬚，凱薩琳則低著頭，擺弄著新鞋的鞋尖：表明這並非她的過錯。卡尼太太再三重申：

「不給錢，她絕不上場。」

一陣唇槍舌劍的短暫交鋒之後，霍洛漢先生瘸著腿匆匆走了出去。房間裡一片沉默。當這種壓抑的沉默變得讓人感到憋悶時，希利小姐向男中音開口道：

「這星期您見過派特．坎貝爾太太嗎？」

男中音說沒見過，但聽說她最近很好。交談戛然而止。第一男高音低頭數起垂到腰部的金鏈的扣環，嘴角掛著笑意，隨便哼著調子，想試試鼻腔共鳴的效果。大家都時不時朝卡尼太太瞄上一眼。

場內的嘈雜聲甚囂塵上，一片喧嘩，費茲派翠克先生快步衝進房間，後面跟著氣喘吁吁的霍洛漢先生。大廳裡的拍手聲和跺腳聲越來越大，其間還不時穿插著口哨聲。費茲派翠克先生手裡拿著幾張鈔票，數出四張塞在卡尼太太手裡，並說剩下的一半在幕間休息時給她。卡尼太太說道：

「還少四先令。」

無奈凱薩琳已提起裙子說：「開始吧，貝爾先生。」第一個上場的貝爾先生此時正緊張得像一株顫抖的白楊。歌手和伴奏攜手出場。場裡的聒噪聲漸漸平息下來，幾秒鐘後，琴聲響了起來。

音樂會前半場的節目，除了格林夫人的表演外，都非常成功。這位可憐的夫人用一種斷斷續續的顫音演唱《基拉爾尼》，沿用矯揉造作的老式吐字發聲法，還自以為可以為演唱增添幾分高雅氣息。她活像從古劇場衣櫃裡走出的僵屍，坐在廉價票區的觀眾不時發出噓聲，嘲笑她那尖利的哭調。還好，第一男高音和女低音的表演博得了滿堂彩。對凱薩琳彈奏的幾支愛爾蘭曲子，觀眾也報以熱烈的掌聲。上半場最後一個節目由一個做業餘戲劇演出的年輕女士表演，她朗誦了一首鼓舞人心的愛國詩歌，理所當然地博得了觀眾的掌聲。上半場結束後，觀眾心滿意足地出去休息。

這時，化妝室裡亂成了一團。霍洛漢先生、費茲派翠克先生、貝爾娜小姐、兩個服務人員、男中音、男低音和奧曼登・伯克先生聚在房間一角。奧曼登・伯克先生說這是他見過最丟人現眼的醜事。他還說，從此之後，凱薩琳・卡尼小姐的音樂生涯在都柏林就算斷送了。有人問男中音他對卡尼太太的行為有什麼看法，但他不願表態。他已經拿到了演出酬勞，自然不想得罪人。但他也說卡尼太太或許應當替演員想一想。服務人員和兩位祕書在激烈地爭論幕間休息時該如何是好。

「我贊成貝爾娜小姐的意見，」奧曼登・伯克先生說，「一毛錢也不給她。」

卡尼太太和她丈夫、貝爾先生、希利小姐以及朗誦愛國詩的那位年輕女士聚在房間的另一角。卡尼太太說委員會實在是欺人太甚。她義無反顧，出錢出力，最後換來的竟是這樣忘恩負義的回報。

他們以為對付的只是個小女子，所以就為所欲為。但她要讓他們明白他們錯了。她要是個男人，他們絕不敢如此妄為。但她無論如何都要確保女兒拿到應有的酬勞：她才不會任人擺布。如果他們膽敢少給她一分錢，她就要把都柏林鬧個滿城風雨。當然，她為連累了演員感到抱歉，但她還有什麼辦法呢？她向第二男高音訴說冤屈，他說她確實受了委屈。接著她又向希利小姐吐苦水。希利小姐的心是向著另一派的，卻又不好意思這樣做，因為她是凱薩琳的摯友，卡尼一家經常請她去做客。

上半場一結束，費茲派翠克先生和霍洛漢先生便來到卡尼太太面前，告訴她另外四個畿尼將在下週二委員會會議後支付，並說如果她女兒不為下半場演出伴奏，委員會就將視其為毀約，分文不付。

「我從沒見過什麼委員會，」卡尼太太忿然道，「我女兒簽了合約，就得拿到四鎊八先令，否則絕不上場。」

「沒想到您是這樣的人，卡尼太太，」霍洛漢先生說，「我做夢也沒想到您會這樣對我們。」

「你們又是怎樣對我的？」卡尼太太回敬道。

她滿臉怒容，彷彿隨時要動手打人。

「我只是在爭取自己的權益而已。」她說。

「您總該有些起碼的修養吧？」霍洛漢先生說。

「我該有，真的嗎？……在我問什麼時候我女兒可以拿到酬勞時，可沒得到什麼有禮的答覆吶。」

她把頭一甩，學著他的腔調用傲慢的口氣說：

「您得跟祕書去談。我不管這事。我是個大人物，沒時間管這種瑣事。」

「我還以為您是有教養的夫人呢。」霍洛漢先生說完，憤然離去。

這麼一來，卡尼太太就成了眾矢之的：大家都支持委員會的做法。她站在門口，氣得臉色發青，雙手揮來揮去，對著丈夫和女兒辯解。她一直等到下半場開演，幻想著祕書會來找她。然而，希利小姐已經善意地答應為一兩個節目伴奏。男中音和伴奏者上臺時，卡尼太太只好讓路。她木然地站了一會兒，活像一尊憤怒的石像。第一個音符響起，她一把抓起女兒的斗篷，向丈夫吩咐道：

「叫輛車來！」

他轉身就走了。卡尼太太替女兒罩上斗篷，隨即跟了出去。穿過門廊時，她停下來，怒目圓睜，狠狠盯著霍洛漢先生的臉。

「我跟你還沒完。」她說。

「但我跟你已經完了。」霍洛漢先生回敬道。

凱薩琳溫順地尾隨母親離去。霍洛漢先生開始在房間裡走來走去，想使自己冷靜下來，此時他怒火中燒，渾身發燙。

「真是位好夫人！」他感歎道，「呵，真是位好夫人吶！」

「幹得好，霍洛漢！」奧曼登・伯克先生倚著傘贊許道。

十 聖恩

兩位碰巧在洗手間的男士試圖把他扶起來：但他實在無法動彈。他從樓梯上摔下來，蜷成一團，匍匐在地。他們總算幫他翻過身來。他是臉朝下撲到地上的，衣服沾滿了地板上的汙穢，帽子滾到了幾碼遠的地方，雙目緊閉，呼哧呼哧喘著大氣，一縷鮮血從嘴角流下來。

這兩位男士和一個酒保合力把他抬上樓，讓他躺到酒吧的地板上。不到兩分鐘，就有一群人圍住他看。酒吧經理問大家他是誰、跟誰一起來的。沒人知道他是誰，一個酒保說他曾為這位先生上過一小杯蘭姆酒。

「他是一個人嗎？」經理問。

「不，先生。有兩位先生和他在一起。」

「那兩個人呢？」

誰都不知道；這時有人提醒說：「讓他透透氣，他暈過去了。」

圍觀的這圈人紛紛讓開，但隨即又聚攏過來。那人頭邊有一攤黑血，凝固在方格地板上。

經理見他臉色慘白，嚇得要命，趕緊派人去叫警察。

有人幫他解開領扣，鬆開領帶。他睜了睜眼，歎了口氣，又閉上眼。把他抬上樓的一位男士手裡拿著頂壓扁的絲質禮帽。經理反覆詢問，誰認識這個受傷的人，誰知道他朋友去哪裡了。這時，酒吧的門開了，一個身材魁梧的警察走進來。在小巷裡一路跟著他的那群人擠在門外，爭相透過玻璃窗格向裡張望。

經理立刻說明自己瞭解到的情況。警察靜靜地聽著。他是個年輕人，鬍髮濃密，面無表情。他慢慢地左右轉著頭，看看經理，又瞧瞧躺在地上的人，好像怕被騙似的。爾後，他摘下手套，從腰間掏出一個小本子，舔了舔鉛筆頭，準備記錄。他操著鄉下口音，懷疑地問道：

「這個人是誰？叫什麼名字？住址？」

一個身穿騎行服的年輕人擠過圍觀的人群，迅速跪到傷者身邊，叫人拿水來。警察也蹲下來幫忙。年輕人把傷者嘴角的血跡揩去，叫人拿白蘭地來。警察以命令的口吻再次吩咐，酒保趕緊端來一杯酒。年輕人把白蘭地硬灌進那人的喉嚨裡。很快，他就睜開眼睛，看了看四周。他看著周圍一張張面孔，明白過來，便掙扎著想站起來。

「現在好些了吧？」穿騎行服的年輕人問。

「唁，沒什麼。」傷者邊說邊設法站起來。

大家把他扶起來。經理說該去醫院檢查一下，幾個看熱鬧的人也跟著出主意。有人把壓扁的絲質禮帽給他戴到頭上。警察問：

「你住哪裡？」

那人沒答話，只是自顧自撚著鬍鬚。他並沒把這無妄之災當回事。這算不了什麼，他說，只不過是個小小的意外罷了。他說起話來含糊不清。

「你住哪裡？」警察又問。

那人沒答腔，只是一味讓人給他叫輛計程車。周圍的人七嘴八舌，爭論著要不要叫車。這時，一位身穿黃色長外套的先生從酒吧另一頭走過來，他皮膚白皙，身材頎長，行動俐落，一見到這情形便喊道：

「嗨，湯姆，老兄！出什麼事了？」

「莫四，莫什事。」[1]那人回答說。

新來的人打量著眼前這個可憐的傢伙，轉身對警察說：

「沒事了，警官。我送他回家。」

警察碰了碰頭盔，敬了個禮答道：

「好的，鮑爾先生。」

1 此句應為「沒事，沒什麼事。」說話者因為舌頭受傷，故口齒不清。

「來，湯姆，」鮑爾先生邊說邊挽住朋友的手臂，「看來沒骨折。怎樣？能走路嗎？」

穿騎行服的年輕人攙住那人的另一條手臂，人群向兩邊分開。

「你怎麼搞得這麼狼狽？」鮑爾先生問。

「這位先生從樓梯上摔下來了。」年輕人說。

「先生，分藏感系。」[2]傷者說。

「不用客氣。」

「我們不能喝點……？」

「現在不行。現在不行。」

三人離開酒吧，看熱鬧的人也紛紛走出門外，隱沒於小巷之中。經理把警察帶到樓梯口，察看事故現場。兩人一致認為，那位先生肯定是一腳踩空了，失足摔下來的。顧客紛紛回到吧臺邊，一個酒保開始清理地板上的血跡。

三人來到格拉夫頓街，鮑爾先生吹口哨叫了輛雙輪馬車。受傷的那位再次表示感謝，竭力想說得清楚些：

「先生，分藏感系。我們後呼喲區。偶加克南。」[3]

一番驚嚇和隱約的痛楚使他清醒了不少。

「別客氣。」年輕人說。

他們握手道別。克南先生被扶上馬車。趁鮑爾先生告訴車夫怎麼走時，他再次向年輕人表示感謝，說這次沒能一起喝一杯真是遺憾。

「下回吧。」年輕人說。

馬車向威斯特摩蘭街駛去。經過港務局時，樓上的大鐘正指向九點半。一陣凜冽的東風從河口迎面吹來。克南先生冷得縮成一團。朋友問他意外是怎麼發生的。

「我拔呢所護，呃，」他回答說，「偶澀頭傷著了。」[4]

「讓我看看。」

鮑爾先生在車裡探過身來，朝克南先生嘴裡張望，但看不真切。他劃亮火柴，用手罩住擋著風，再次往裡細看，克南先生則順從地張著嘴。馬車顛簸，火柴在張開的嘴邊來回晃動。只見下邊牙齒和牙齦間凝結著不少血塊，舌頭好像被咬掉了一小塊。風吹滅了火柴。

「情況很糟。」鮑爾先生說。

「莫四，莫什事。」克南先生說，他閉上嘴，隨手翻起髒兮兮的外套的領子，圍住脖子。

克南先生是個老派的旅行推銷員，深以自己的職業為榮。在城裡走動時，大家總看見他

---

2 此句應為「先生，非常感謝。」

3 此句應為「先生，非常感謝。我們後會有期。我叫克南。」

4 此句應為「我不能說話，我舌頭傷著了。」

戴著體面的絲質禮帽，穿一雙高統鬆緊靴。他說，只要這兩樣穿戴得體，就永遠合乎體面的標準。他繼承了自己崇拜的祖師爺——拿破崙一般偉大的布萊克懷特[5]的衣缽，並時常懷念這位傳說中的人物，講述其偉績，效仿其舉止。但現代商業的經營方式讓他毫無用武之地，只落得在克羅街上占了一間小辦公室，窗簾上寫著商號的名稱和地址——倫敦，中東區。在這間小辦公室的壁爐架上，擺著一排鉛灰色的小茶葉罐，窗前的桌子上放著四五個瓷碗，裡面常常盛著半碗黑色的茶水。克南先生用這些瓷碗來品茶。他先喝上一大口，含在嘴裡，讓茶葉滋潤味蕾，然後吐到壁爐裡。接下來再回味一番，細細評判優劣。

鮑爾先生要年輕得多，他在都柏林堡皇家愛爾蘭警察局工作。他官運亨通，步步高升，他朋友的情形卻每況愈下。不過，克南先生縱然在走下坡路，但在飛黃騰達時結交的一些朋友如今仍然敬重他是號人物，這讓他感到些許安慰。鮑爾先生就是這種莫逆之交。他那些謎一樣的人情債成了圈子裡的談資；他是個溫文爾雅的年輕人。

馬車在格拉斯尼溫路一幢小房子前停住，克南先生被攙扶進屋裡。妻子照料他上床休息，鮑爾先生則坐在樓下廚房裡和孩子聊天，問他們上什麼學校，念什麼書。孩子——兩個女孩和一個男孩——知道父親動彈不得，母親又不在場，便跟他胡鬧起來。他們舉止放肆，言語粗魯，讓他感到很驚訝，不禁若有所思地皺起了眉頭。過了一會兒，克南太太走進廚房，大聲嚷道：

「弄成這副樣子！哼，總有一天他會喝掉老命的，肯定會的！打從禮拜五起，他就一直喝得爛醉！」

鮑爾先生小心翼翼地向她解釋此事與他無關，他只是碰巧在出事現場。克南太太想起往常和丈夫爭吵時鮑爾先生總是善意地勸解，還多次借給他們一些數目不大但雪中送炭的款子，於是就說：

「哦，您不必向我解釋，鮑爾先生。我知道您是他的朋友，不像和他鬼混的那幫傢伙。只要他口袋裡有錢，可以丟下老婆、孩子到外面去胡鬧，他們就跟他親近。真是些狐朋狗友！我真想知道，今晚誰跟他一起？」

鮑爾先生搖了搖頭，沒說話。

「真不好意思，」她接著說，「家裡沒什麼可以招待您。不過，您稍等一下，我叫孩子到街角的弗加第雜貨店去買些回來。」

鮑爾先生站起身。

「我們一直在等他帶錢回來。他好像完全忘了還有個家。」

「啊，聽我說，克南太太，」鮑爾先生說，「我們會勸他改過自新的。我去找馬丁聊聊。

5 此人可能是喬伊斯的杜撰。

他一定有辦法。我們會找個晚上過來和他好好談談。」

她把他送到門口。車夫正在人行道上踱來踱去，跺著腳，揮舞著手臂，好讓自己暖和一點。

「謝謝您把他送回家，您真是個好心人。」她說。

「別客氣。」鮑爾先生道。

他上了馬車。車子走的時候，他愉快地舉起帽子向她致意。

「我們會讓他改過自新的，」他說，「晚安，克南太太。」

克南太太困惑地望著馬車遠去，直到它從視線裡消失。然後她收回目光，走進屋裡，掏空了丈夫的口袋。

她是個勤快而實際的中年婦女。不久前，剛剛慶祝過銀婚紀念日，在鮑爾先生的伴奏下，她和丈夫跳起華爾滋，重溫了往日情意。克南先生追求她的時候，她覺得他是個風流瀟灑的人物：直至今天，每當聽說有人舉行婚禮，她仍會急匆匆趕到教堂門口，看著新人的儷影，滿心愉悅地回想起當年她從桑迪芒特的海星教堂款步而出，倚靠在一個春風滿面、尊貴體面的男人的臂彎裡。他衣冠楚楚，身穿禮服大衣，配上淡紫色長褲，優雅地將一頂絲質禮帽端放在另一隻手臂上。三個星期過後，她就開始覺得做妻子的日子枯燥乏味，後來，到了感到無法忍受時，卻已經為人母了。但做母親，她倒沒遇到什麼難以克服的困難。二十五年來，她一直精明地替丈夫操持著這個家。兩個大兒子獨立了。一個在格拉斯哥一家布店裡工作，另一個在貝爾法斯特一個茶商手下做事。他們都是好孩子，經常寫信，有時還寄錢回家。其他幾個孩子還在上學。

第二天，克南先生往辦公室發了封信請假，以便臥床養病。她給他做了牛肉茶，又狠狠地數落了他一頓。對於丈夫酗酒的惡習，她已經習以為常。他一躺倒，她便盡職盡責地照顧他，敦促他吃早餐。比他糟的丈夫多得是！自打孩子長大後，他就再也沒動過粗；而且她知道，即使為了一個很小的訂單，他也會從頭至尾，來回走遍整條湯瑪斯街。

隔了兩夜，朋友來看他。她把他們領到樓上臥室，搬過椅子讓客人坐到爐邊，房間裡瀰漫著病人身上特有的氣味。克南先生的舌頭時不時地刺疼，白天他感到有些煩躁，但這時，到了晚上，卻溫文有禮多了。他靠著枕頭坐在床上，雙頰浮腫，微微泛紅，像是尚有餘溫的灰燼。他向客人道歉，說屋裡亂糟糟的；但同時又以過來人自居，自豪地看著他們。

他絲毫沒有意識到自己即將陷入朋友的圈套——在客廳裡，卡寧漢先生、麥考伊先生和鮑爾先生已經向克南太太透了底。主意是鮑爾先生出的，不過具體步驟則委託卡寧漢先生執行。克南先生出身新教徒世家，雖然結婚時改信了天主教，但二十年來從不恪守教會規矩，而且還喜歡對天主教旁敲側擊。

卡寧漢先生是處理這件事的不二人選。他是鮑爾先生的同事，年紀較大，家庭生活並不怎麼幸福。大家知道，他娶了個上不了檯面的女人，一個無可救藥的酒鬼，所以都很同情他。他曾為了她，把家裡重新布置過六次，但每次她都以他的名義把家具當光。

大家都尊敬可憐的馬丁・卡寧漢。他通情達理，頭腦聰明，頗有影響力，且天生精明，又久經世事，再加上長期接觸治安法庭案件，更顯得人情練達，由於曾一度浸潤於哲學領域，因此看起來溫文爾雅。他見多識廣，朋友對他言聽計從，並且覺得他長得酷似莎士比亞。

克南太太得知他們的祕密計畫後說：

「一切都拜託您了，卡寧漢先生。」

經歷了二十五年的婚姻生活之後，她已經沒有多少幻想了。對於她來說，信奉宗教乃是一種習慣。她感到，像她丈夫這個年紀的男人，至死都不會有多大改變。她倒不禁覺得，這次意外可以說是天意，要不是不想讓人覺得她太狠心，她早就會告訴這幾位先生，即便舌頭短了一截，克南先生也不會難受的。不過，卡寧漢先生是個能幹的人，他認為宗教就是宗教。這個計畫也許會奏效，至少沒什麼害處。她並沒有強烈的信仰。她向來相信聖心是所有天主教教義中最具實用價值的，也贊成聖禮。她的信仰囿於廚房，但迫不得已時，也相信班希[6]和聖靈。

男士開始談論起這次意外。卡寧漢先生說他遇到過類似的情形。一個七十歲的老頭子在羊癲瘋發作時咬掉了一小塊舌頭，後來竟然長好了，誰也看不出咬破的痕跡。

「嗯，我還沒到七十呢。」病人說。

「但願沒發生這場意外。」卡寧漢先生說。

「現在不痛了吧？」麥考伊先生問。

麥考伊先生曾經是位小有名氣的男高音。他太太過去是個女高音歌手，眼下卻只能教孩子彈鋼琴，收入菲薄。他的人生道路曲折坎坷，有時不得不動足腦筋，隨機應變，勉強度日。他曾在米德蘭鐵路公司上班，為《愛爾蘭時報》和《自由人報》拉過廣告，在一家煤炭公司當過靠佣金過活的推銷員，還做過私家偵探、副行政司法長官辦公廳職員。近來，他成了市驗屍官的祕書。這一新職務使他對克南先生的意外產生了職業性的興趣。

「痛？不太痛，」克南先生回答，「但覺得噁心，很想吐。」

「那是酒在作怪。」卡寧漢先生肯定地說。

「不，」克南先生說，「我想大概是在車上著了涼。有個東西老是往喉頭頂，是痰，或是……」

「黏液吧。」麥考伊先生說。

「那東西好像直從下往喉頭冒，噁心死了。」

---

6 班希（banshee），愛爾蘭宗教傳說中的女鬼，其哭聲為不祥之兆。

「對，沒錯，」麥考伊先生說，「這就是胸部有毛病。」

他帶著質疑的神情看著卡寧漢先生和鮑爾先生。卡寧漢先生很快點了點頭，而鮑爾先生則說：

「啊，好啦，結果好一切都好。」

「太感謝你了，老弟。」病人說。

鮑爾先生擺擺手。

「那兩個跟我一起的人……」

「你跟誰一起？」卡寧漢先生問。

「一個年輕人。不知道叫什麼名字。他媽的，叫什麼來著？淡黃色頭髮的小子……」

「還有誰？」

「哈福德。」

「哼。」卡寧漢先生道。

聽到卡寧漢先生哼了一聲，大家安靜下來。顯而易見，此人消息靈通，熟知內幕。剛才他這個單音節的「哼」字意味深長，含有道德評判之意。哈福德先生有時會呼朋引伴，在星期天午後出城，以便盡早趕到郊外某個酒館。在那裡，這夥人自稱是如假包換的旅行家。但他的旅伴從未忘記過他的出身。起初他只是個默默無名的小錢商，靠借小錢給工人收高利貸為生，後來，和又矮又胖的戈德堡先生共同經營利菲信貸銀行。雖然他只是按照猶太人的倫理準則行事，但他的天主教同胞因為他總是強行追討債務，當事人或其擔保人苦不堪言，都惡狠狠地罵他是個愛爾蘭猶太佬，沒文化沒教養。他那個白癡兒子正是上帝對他放高利貸惡行難以苟同的明證。然而，有時他們也會記起他的一些好處。

「我不知道他到什麼地方去了。」克南先生說。

他希望這次意外的細節就這樣永遠模糊不清。他希望朋友以為是出了什麼差錯，他和哈福德先生沒碰上頭。這幾個朋友深知哈福德先生的酒品，不過都沒吭聲。鮑爾先生又說：「結果好一切都好。」

克南先生立刻換了話題。

「那個醫科學生，真是正派的年輕人，」他說，「多虧了他……」

「哎，多虧了他，」鮑爾先生說，「否則你也許得坐七天牢，還不能交罰款了事。」

「對，對，」克南先生說，竭力回憶著，「我想起來了，當時有個警察，看起來是個正派的年輕人。究竟是怎麼回事？」

「你被控告了，湯姆。」卡寧漢先生一臉嚴肅地說。

「大陪審團還簽署了起訴書。」克南先生同樣嚴肅地說。

「我想，傑克，你塞錢給那個警察了吧？」麥考伊先生問道。

鮑爾先生不喜歡別人直呼自己的教名。他並不是不通人情，但對麥考伊先生最近到處搜羅旅行包和旅行箱，稱太太要去各地演出一事依然耿耿於懷，因為所謂的演出根本是無中生有。但與其說他痛恨這種被騙的感覺，不如說是痛恨這種不入流的花招。因此，他說話時對著克南先生講，好像那問題是他提出的。

克南先生聽後大為震怒。他非常在意自己的公民身分，希望在這個城市裡大家能相互尊重，因此痛恨那些他所謂的鄉巴佬對他的冒犯。

「這難道就是我們納稅的目的？」他質問道，「供這些無知的蠢貨吃穿……他們簡直一無是處。」

卡寧漢先生笑了。他只有在辦公時間才是政府官員。

「他們還會是什麼別的東西呢，湯姆？」他問。

他故意模仿鄉下人濃重的口音，以命令的口吻說道：

「六十五號，接住你的捲心菜！」

眾人大笑。麥考伊先生千方百計想插進來說幾句，便佯稱從沒聽說過這種事。卡寧漢先生說：

「據說——你知道嘛，大家都這麼說——這事發生在新兵站。他們把這些大塊頭的鄉巴佬——你知道，就是那種大呆瓜——集合起來受訓。警官讓他們舉著盤子靠牆站成一排。」

他用誇張的手勢比劃著。

「開飯了，你知道。警官把盛著捲心菜的一個他媽的大得出奇的盆和一把他媽的大得像鐵鍬似的勺子放到桌上。他舀上一勺捲心菜，隔著老遠就扔了過去，那些可憐蟲必須設法用盤子把菜接住：『六十五號，接住你的捲心菜。』」

眾人又捧腹大笑。但克南先生仍有些忿忿不平。他揚言要寫信給報社。

「這些怪獸來到這裡，」他說，「以為能作威作福了。我用不著告訴你，馬丁，你知道他們是什麼貨色。」

卡寧漢先生勉為其難地表示贊同。

「就像世上所有事情一樣，」他說，「有壞的也有好的。」

「啊，不錯，是有好的，我承認。」克南先生欣然道。

「最好別跟這些傢伙囉嗦，」麥考伊先生說，「這就是我的意見！」

克南太太走進屋裡，把盤子放到桌上，說道：

「大家，隨便吃點，別客氣。」

鮑爾先生代表大家起身致謝，將椅子讓給她坐。她婉謝說正在樓下熨衣服，然後跟鮑爾先生背後的卡寧漢先生互相點頭示意，正準備離開房間，丈夫叫住了她：

「親愛的，沒東西給我吃嗎？」

「哼，你呀！給你吃耳刮子！」克南太太凶巴巴地說。

她丈夫對著她的背影喊道：

「那就沒有什麼給可憐的小乖乖嘍！」

他憋著嗓子，扮了個鬼臉，大家正在分啤酒，都被逗樂了。

眾人喝過啤酒，把杯子放回桌上，沉默了一會兒。接著，卡寧漢先生轉向鮑爾先生，漫不經心地問道：

「傑克，你是說星期四晚上，是嗎？」

「星期四，沒錯。」鮑爾先生說。

「好啊！」卡寧漢先生立刻接腔道。

「我們可以在馬奧萊酒館碰頭，」麥考伊先生說，「那裡最方便。」

「可不能遲到啊，」鮑爾先生熱切地說，「不然肯定擠滿了人，門都進不了。」

「我們可以在七點半碰頭。」麥考伊先生說。

「好！」卡寧漢先生道。

「七點半，馬奧萊酒館，就這麼定了。」

接著又是一陣沉默。克南先生等著看朋友是否把他當知交。過了一會兒，他忍不住問道：

「有什麼祕密的事？」

「啊，沒什麼，」卡寧漢先生說，「只是一件小事，打算在星期四辦。」

「聽歌劇，是不是？」克南先生問。

「不，不，」卡寧漢先生閃爍其詞地說，「只是一件小的……心靈上的事。」

「哦。」克南先生說。

又是一陣沉默。隨後，鮑爾先生直截了當地說：

「老實告訴你吧，湯姆，我們準備做一次靜修。」

「對，就是這麼回事，」卡寧漢先生說，「傑克、我和麥考伊——我們都準備好好洗洗肚腸[7]啦！」

他用熱情親切的口氣說出這個隱喻，聽到自己的聲音，覺得很有勁，因而繼續說道：

「你看，我們倒不如都承認，我們是一群糟透了的惡棍，全部都是。我說，全部都是，」他轉向鮑爾先生，直截了當而又寬厚地說，「都承認吧！」

「我承認。」鮑爾先生說。

「我也承認。」麥考伊先生說。

「所以我們得一起洗洗肚腸嘍。」卡寧漢先生說。

---

7 原文為「wash the pot」，意為「洗肚腸」，此處指「洗心革面，改邪歸正」。

彷彿靈光一閃，他突然轉向病人說道：

「湯姆，你知道我剛才想到了什麼？你可以加入，我們來個四人共舞。」

「好主意，」鮑爾先生說，「我們四個一起。」

克南先生沒答腔。這個建議並沒有讓他有所觸動，但他知道，這些人正準備自命為宗教的代理人來替他分憂解難，他認為，為了尊嚴，必須表現得強硬一些。朋友談論起耶穌會，他好長時間沒說話，只是帶著一絲敵意，不動聲色地聽著。

「我對耶穌會並沒有成見，」他終於插話了，「他們是有知識的教派。我相信他們是善意的。」

「湯姆，他們可是教會裡最大的一派吶，」卡寧漢熱切地說，「教皇之下，就是耶穌會會長了。」

「沒錯，」麥考伊先生說，「如果想把事情做得盡善盡美，去找耶穌會士準沒錯。他們都是些有影響力的人物。我給你講個實際例子……」

「耶穌會士都是才德兼備的人。」鮑爾先生說。

「耶穌會嘛，」卡寧漢先生說，「的確令人驚訝。教會裡其他團體先後都經歷過重組改造，只有耶穌會從來沒有過，一直長盛不衰。」

「真的嗎？」麥考伊先生問。

「事實如此，」卡寧漢先生說，「歷史可證。」

「看看他們的教堂，」鮑爾先生說，「看看他們的會眾。」

「耶穌會迎合上流社會嘛。」麥考伊先生說。

「那當然嘍。」鮑爾先生說。

「沒錯，」克南先生說，「這就是為什麼我對他們特別有好感的原因。只是有些俗裡俗氣的神父，愚昧無知，自以為是……」

「他們都是好人，」卡寧漢先生說，「各有千秋。愛爾蘭神父在世界各地都備受尊重。」

「噯，可不是嘛。」鮑爾先生說。

「不像歐洲大陸上有些神父，」麥考伊先生說，「名不副實。」

「也許你說得對。」克南先生的口氣緩和了下來。

「當然對嘍，」卡寧漢先生說，「我闖蕩江湖多年，閱人無數，誰好誰壞，我從沒看走過眼。」

幾位先生又陸續喝起酒來。克南先生若有所思，好像在盤算什麼。他的立場鬆動了。他佩服卡寧漢先生一眼能把人看透、以貌相人的本事。他要他們說得詳細些。

「哦，你知道，只不過是靜修罷了，」卡寧漢先生說，「由珀頓神父主持。你知道，專為生意人辦的那種。」

「他不會太為難我們的，湯姆。」鮑爾先生勸解道。

「珀頓神父？珀頓神父？」病人說。

「啊，湯姆，你一定認識他，」卡寧漢先生肯定地說，「是個好人，總是開開心心的。跟我們一樣，見多識廣。」

「哦……想起來了。我大概認識他。紅光滿面，又高又壯。」

「就是他。」

「噯，馬丁，你說……他布道精彩嗎？」

「怎麼說呢……你知道，其實也不算布道，就像朋友間的談話，你知道，和講家常道理一樣。」

克南先生沉思著。麥考伊先生說：

「湯姆．伯克神父才棒呢！」

「哦，湯姆．伯克神父，」卡寧漢先生說，「那可是個天生的演說家。你聽過他布道嗎，湯姆？」

「我聽過他布道嗎?!」病人忿忿地說，「當然！我聽過……」

「不過，有人說他不太像神學家。」卡寧漢先生說。

「真的嗎？」麥考伊先生問。

「嗯，當然是真的，沒什麼不對，你懂嘛。只是有人說，他有時講得不夠正統。」

「哦！……他是個了不起的傢伙。」麥考伊先生說。

「我聽過一次，」克南先生接著說，「記不清那次他布道的主題了。克羅夫頓和我在……劇場後排，你知道……就是——」

「正廳。」卡寧漢先生說。

「對，就是後面靠近門口的地方。那天在講什麼，一時記不起來了……哦，對了，講教皇，已故的教皇。我記得很清楚。說真的，真是精彩絕倫，那口才！那嗓音！天吶，怎麼會有那麼好的嗓音！他稱教皇是『梵蒂岡的囚徒』。我記得出來時，克羅夫頓對我說——」

「但他是個『奧蘭治分子』[8]，那個克羅夫頓，不是嗎？」

「他當然是，」克南先生說，「而且他媽的還是個挺不錯的『奧蘭治分子』。我們走進莫爾街的巴特勒酒吧——說實在的，我打心眼裡感動了，天地良心——我清楚地記得他說的每一個字。『克南』，他說，『雖然我們在不同的祭壇前做禮拜，但我們的信仰是一致的。』說得真

8「奧蘭治分子」（Orangeman），即「橙帶黨」成員，指英國國教徒或在政治上親英的人。他們以北愛爾蘭阿爾斯特（Ulster）為大本營，極力維護新教權貴在愛爾蘭的利益，一八四五年後成為愛爾蘭一股頑固的保守勢力。其名取自奧蘭治的威廉（William of Orange），即威廉三世（William III，一六五〇—一七〇二，一六八九年即位），以示尊崇。威廉三世把皈依天主教的岳父詹姆斯二世從王位上趕下來，以博恩河戰役的勝利奠定了英格蘭國王和新教在愛爾蘭的統治地位。

好，真把我打動了。」

「確實說得很有道理，」鮑爾先生說，「湯姆神父布道時，常有很多新教徒擠在教堂裡聽。」

「我們之間分歧不大嘛，」麥考伊先生說，「我們都相信——」

他遲疑了一下，接著說道：

「……相信救世主。只是他們不信教皇和聖母。」

「不過，當然了，」卡寧漢先生平靜地強調說，「我們的宗教才是正統的宗教，是最古老、最原始的信仰。」

「一點不錯。」克南先生熱情地回應道。

克南太太來到臥室門口，對丈夫說：

「有客人來了！」

「誰？」

「弗加第先生。」

「哦，請進！請進！」

燈光下走進來一個人，橢圓臉，面色蒼白。淡色的八字鬍向下撇，呈拱形，和眼睛上方環形的淡色眉毛上下呼應，眼睛裡流露出驚喜的神色。弗加第先生是個小雜貨商。以前，他在城裡經營一家有執照的酒館，但因為資金不足，只能從二流的釀酒廠和製酒商那裡進貨，到頭來賠了本。後來，他在格拉斯尼溫路上開了一爿小店，沾沾自喜地以為自己的舉止風度能博得那一帶主婦的好感。他溫文爾雅，口齒清晰，會哄孩子，倒不是個沒知識的人。

弗加第先生帶來了禮物——半品脫特級威士忌。他彬彬有禮地向克南先生問候，隨即把禮物放到桌上，然後不分長幼尊卑，和大家坐在一起。克南先生心裡明白，自己在弗加第先生那裡還賒了筆小小的雜貨帳，所以對這份禮物格外領情。他說：

「我對你總是信得過的，老朋友。怎麼樣，傑克，你來開吧？」

鮑爾先生再度為大家服務。洗過酒杯，斟了五小杯威士忌。藉著酒興，談話又熱絡起來。弗加第先生坐在椅子角上，興致特別高。

「教皇利奧十三世，」卡寧漢先生說，「是時代的明燈。你們知道，他的宏願就是把羅馬天主教和希臘東正教合二為一。那是他畢生的目標。」

「常聽人說，論才智，他在歐洲是數一數二的，」鮑爾先生說，「我的意思是，除了當教皇這件事之外。」

「的確如此，」卡寧漢先生說，「即便談不上『最』有才智的，也相差無幾了。你們知道，身為教皇，他的座右銘是『Lux upon Lux』——『光上之光』。」

「不對，不對，」弗加第先生急切地說，「我想你記錯了。那句話是『Lux in Tenebris』，我想，意思是——『黑暗中的光明』。」

「哦，對了，」麥考伊先生說，「是『Tenebriae』。」

「聽我說，」卡寧漢先生肯定地說，「是『Lux upon Lux』，前任教皇庇護九世的座右銘是『Crux upon Crux』，意思是『十字架上的十字架』——這表明兩位教皇的訓諭迥然不同。」

大家都同意他的推論。卡寧漢先生接著說道：

「你們知道，利奧教皇還是個傑出的學者和詩人呢。」

「他的面相挺剛毅的。」克南先生說。

「是的，」卡寧漢先生說，「他還用拉丁文寫詩吶。」

「真的嗎？」弗加第問。

麥考伊先生心滿意足地品嘗著威士忌，帶著曖昧的意味搖搖頭，說：

「這絕不是開玩笑，我可以向你們保證。」

「我們可沒學過那一套，」鮑爾先生學著麥考伊先生的腔調說，「那時我們上的是『一週一便士』學校[9]。」

「許多人腋下夾著煤塊[10]去上『一週一便士』學校，」克南先生語重心長地說，「老式教育最好了，規規矩矩，老老實實，沒有現代那些花招……」

「對極了！」鮑爾先生說。

「沒有多餘的花樣。」弗加第先生附和道。

他說完話，便莊重地喝起酒來。

「我記得，」卡寧漢先生說，「讀過利奧教皇的一首詩，寫的是照相的發明——當然是用拉丁文寫的。」

「照相！」克南先生大為驚訝。

「是啊。」卡寧漢先生說。

他也啜了一口酒。

「嗯，你們知道，」麥考伊先生說，「想想看，你們不覺得照相是很神奇的發明嗎？」

「哦，那當然，」鮑爾先生說，「大思想家就是有眼力。」

「正如詩人所說：天才與瘋子只有一線之隔。」弗加第先生說。

克南先生似乎被弄糊塗了。他極力回想新教神學對一些棘手問題的解釋，最後對卡寧漢先生說：

「告訴我，馬丁，」他說，「有些教皇——當然不是現在這位，也不是他的前任，而是更早

---

9 「一週一便士」學校（the penny-a-week school）是指十八世紀至十九世紀上半葉盛行於愛爾蘭的一種私人設立的學校，是「野外學校」（the hedge school）的一支。其時，英國殖民政府剝奪了天主教徒的受教育權利，於是野外學校就承擔起了傳承愛爾蘭本土語言文化的使命。

10 以作學校取暖燃料。

的那些——是不是也不太……你知道的……不太夠格？」

一時間鴉雀無聲。爾後，卡寧漢先生開口道：

「哦，當然，是有幾個壞傢伙……不過，令人驚奇的是他們當中沒有一個人，不管是爛醉如泥的酒鬼，還是……徹頭徹尾的惡棍，沒有一個人在教堂布道時說錯過一句教義。你們說，這不是奇事嗎？」

「的確。」克南先生說。

「是呀，因為教皇在教堂布道時，」弗加第先生解釋說，「他是絕對正確的。」

「沒錯。」卡寧漢先生說。

「啊，我知道教皇是絕對正確的。我記得那時我還很年輕……要不就是——？」

弗加第先生打斷了話頭。他拿起酒瓶，給大家添酒。麥考伊先生看到酒分不了一圈，便推辭說他第一杯還沒喝完。其他人也禮讓了一番，終於斟了。威士忌滑進酒杯，像流淌的輕音樂，奏成了一支悅耳的插曲。

「你剛才說什麼來著，湯姆？」麥考伊先生問。

「教皇絕對正確，」卡寧漢先生說，「這是整個教會史上最偉大的一幕。」

「何以見得，馬丁？」鮑爾先生問。

卡寧漢先生豎起兩根肥短的手指。

「你們知道，在紅衣主教、大主教和主教組成的羅馬教廷樞機主教團中，只有兩個人反對教皇絕對正確的說法，其他人都表示贊同。整個主教團，除了這兩個人外，意見完全一致。但是他倆絕不同意！」

「呵！」麥考伊先生嚷道。

「兩人中一個是德國的紅衣主教，名叫杜林……或是杜沃林……或是——」

「杜沃林可不是德國人的姓，這一點準沒錯。」鮑爾先生笑著說。

「呃，這位偉大的德國紅衣主教，不管他姓什麼，反正是其中一個；另一個是約翰・麥克海爾。」

「什麼？」克南先生叫道，「是土安的約翰[11]嗎？」

「你確定嗎？」弗加第先生疑惑地問，「我還以為是某個義大利人或美國人呢。」

「就是土安的約翰，」卡寧漢先生重複道，「就是他。」

他啜了口酒，其他幾位先生也跟著喝起來。接著，他繼續說道：

「世界各地的紅衣主教、主教、大主教都到齊了。他們兩個和大家爭得面紅耳赤，直到最

11 土安（Tuam）為愛爾蘭高威郡（County Galway）一城市，約翰・麥克海爾（John Machale，一七九一—一八八一）曾於一八三五—一八七六年在此擔任大主教。

後教皇本人站起身來，宣布『教皇絕對正確』是教會的信條。話音剛落，剛才還爭論不休的約翰・麥克海爾站起來，像獅子似的吼道：『Credo！』」

「『我相信！』的意思。」弗加第先生解釋說。

「我相信！」卡寧漢先生說，「這就表明他的信仰了。只要教皇一發話，他便服從。」

「那杜沃林呢？」麥考伊先生問。

「那位德國紅衣主教可沒服從。他脫離教會了。」

卡寧漢先生這番話在聽眾心目中樹立起教會的權威形象。當他用深沉沙啞的嗓音說出「信仰」和「服從」這幾個字眼時，大家都激動不已。這時克南太太擦著手走進房間，見眾人肅靜無聲，便沒有打破沉默，只是靜靜地靠在床腳的欄杆上。

「我見過約翰・麥克海爾一次，」克南先生說，「我有生之年都忘不了那情景。」

他轉向妻子，要她證明：

「我不是常跟你談起嗎？」

克南太太點點頭。

「那是在約翰・格雷[12]爵士雕像的揭幕式上。當時，艾德蒙・德懷爾・格雷[13]正七扯八扯地致辭，這位老人也在場，怒氣沖沖的，濃眉下的兩隻眼睛直瞪著他。」

克南先生皺起眉頭，像頭發怒的公牛那樣低下腦袋，瞪著妻子。

「上帝啊！」他嚷道，表情恢復了自然，「我從沒見過人的頭上長著那樣一雙眼睛。那樣子像是在說：『好小子，你的底細我可是一清二楚！』他有一雙像鷹一樣銳利的眼睛。」

「格雷家沒一個好人。」鮑爾先生說。

大家又一次陷入沉默。這時，鮑爾先生轉向克南太太，突然興奮地說道：

「嗨，克南太太，我們要把你男人變成一個善良、聖潔、虔誠、敬畏上帝的羅馬天主教徒了。」

他把手臂揮了一大圈，意思是在座的都包括在內。

「我們大家準備一起去做靜修，懺悔我們的罪過——上帝知道我們迫切需要這樣做。」

「我可不在乎。」克南先生有點不自然地笑著說。

克南太太覺得此刻最好不要流露出喜悅的神情，於是說道：

「我對那位必須聽你懺悔的可憐神父深表同情。」

克南先生臉色一變。

12 約翰・格雷（John Gray，一八一六—一八七五），新教徒，愛爾蘭民族主義者，曾擔任過都柏林市政委員和議會議員。

13 艾德蒙・德懷爾・格雷（Edmund Dwyer Gray，一八四五—一八八八）是約翰・格雷的兒子，和父親一樣，他也熱衷政治，支持愛爾蘭自治。文中克南所記有誤，艾德蒙・德懷爾・格雷雖參加了揭幕式，但並未致辭。

「如果他不願意聽，」他生硬地說，「盡可以……去做別的事。我只想對他講一點讓我苦惱的小事。我可不是那種無惡不作的人——」

卡寧漢先生趕緊插話進來。

「我們大家都要摒棄魔鬼，」他說，「一起做個了結，可別忘了他耍的花招伎倆。」

「滾開，撒旦！」弗加第先生對著大家笑說。

鮑爾先生沒吭聲。他覺得自己作為主持人的身分完全被遮蓋了，但臉上掠過一絲笑意。

「我們只要做一件事，」卡寧漢先生說，「就是站起來，手上拿著點燃的蠟燭，重溫我們洗禮時的誓言。」

「對了，湯姆，不論做什麼，千萬別忘了拿蠟燭。」麥考伊先生提醒道。

「怎麼？」克南先生問，「非拿蠟燭不可嗎？」

「嗯，沒錯。」卡寧漢先生應道。

「呵，見鬼去吧，」克南先生頗有見地地說，「我是有底線的。我會好好地做這件事。我會參加靜修、懺悔，以及……所有那一套。但是……不拿蠟燭！不，見鬼去吧，我絕不拿蠟燭！」

他半詼諧半莊重地搖了搖頭。

「聽聽他胡說了些什麼呀！」他妻子說。

「我絕不拿蠟燭，」克南先生發覺這一招在聽眾中激起了反應，便繼續搖頭晃腦地說，

「我拒絕幻燈機[14]這樣的東西。」

大家聽了開懷大笑。

「你可真是個好教徒呀！」他妻子道。

「不要蠟燭！」克南先生執拗地重申，「死也不拿！」

加蒂納街耶穌會教堂的耳堂裡幾乎水泄不通，但還是隨時有人從側門進來，在俗家修士的引領下，踮著腳尖沿通道緩步而行，找空位坐下。男士個個衣冠楚楚，禮貌有序。教堂的燈光照在會眾的黑衣白領上，也照在點綴其間的花呢衣服上，還照亮了陰暗而斑駁的綠色大理石柱和一幅幅陰鬱的油畫。男士把膝蓋處的褲管稍稍一提，端坐在長凳上，放好帽子。爾後，人人正襟危坐，肅然凝望著遠處高懸在祭壇前的一盞紅燈。

卡寧漢先生和克南先生坐在靠近布道壇的長凳上。麥考伊先生獨自坐在他們後面一排，他背後並肩坐著鮑爾先生和弗加第先生。麥考伊先生曾想和他們坐一條長凳，但沒找到空位。這夥人以梅花形[15]坐定後，他試著說了幾句俏皮話，但沒人回應，便只好作罷。甚至他也

14 一八七九年，有傳聞稱，聖母馬利亞在馬友郡（County Mayo）顯靈。後調查，懷疑是幻燈機投射的幻影所致。

15 梅花形（quincunx）指中間一人、四角各一人的排列格局。這裡對應著耶穌被釘在十字架上的五個傷口（雙手、雙腳，和肋骨處）。

察覺到了肅穆的氛圍，開始被宗教感應了。卡寧漢先生對克南先生低聲耳語，讓他看坐在稍遠處放高利貸的哈福德先生，以及負責選舉造冊和市長選舉監督的范寧先生，他和選區新選出的議員坐在緊靠著布道壇的長凳上。他們右邊坐著擁有三家當鋪的老闆老麥克爾．格萊姆斯和丹．霍根即將到市祕書處任職的侄子。前面一點的地方坐著《自由人報》的首席記者亨德里克先生，還有克南先生的老友、可憐的奧卡洛爾先生，他一度也是商界有頭有臉的人物。克南先生認出了一些熟悉的面孔，漸漸覺得自在多了。他膝蓋上放著那頂已經被妻子修補好的帽子。有幾次，他用一隻手拉下袖口，另一隻手輕輕地、牢牢地捏著帽簷。

一個看起來很有威嚴、上身罩著白色法衣的人蹣跚著登上布道壇。會眾一陣騷動，紛紛掏出手絹，小心翼翼地跪在上面。克南先生也隨眾人跪下。神父挺直身子，在布道壇上站定，壇欄上方露出上半身，一張闊大的臉紅光滿面。

珀頓神父屈膝跪下，面向紅燈，雙手掩面開始祈禱。過了一會兒，他放下手，站起身。會眾也跟著站起來，重新坐回凳子上。克南先生把帽子照原樣放到膝上，專注地望著布道者。神父煞有介事地大力揮動著雙手，把法衣的兩隻寬袖甩到身後，目光緩緩地掃視著一排排面孔，然後說道：

今世之子，在世事之上，較比光明之子，更加聰明。我又告訴你們，要藉著那不義的錢財，結交朋友，到你們死時，他們可以接你們到永存的帳幕裡去。[16]

珀頓神父聲音洪亮、滿懷信心地講解這段經文。他說這是《聖經》裡最難恰當解釋的章節之一。對於一般信眾而言，這段經文似乎與耶穌基督在其他場合宣講的高尚道德有所抵牾。但他對會眾講，在他看來，這段經文對某些人特別有益，他們註定要在紅塵中過著凡俗的生活，但又不願庸碌無為，了此浮生。這段經文是專為生意人和專業人員撰述的。耶穌基督靈光燭照，洞悉人性，無微不至，故深知芸芸眾生並非均受天啟而過宗教生活，大多數凡夫俗子都被迫生活在俗塵之中，而且在一定程度上為了俗塵而生活：耶穌基督特意用這句話給凡人啟迪，故意將膜拜財神之徒稱為宗教生活之典範，縱然在芸芸眾生之中，此輩對宗教事務最漠然。

他對會眾講，今晚他在此布道，無意嚇唬誰，也沒有過分的企圖，只是作為一個世俗之人，和朋友隨便聊聊。他是來跟生意人交談的，所以會以談生意經的方式講話。他說，如果容許他打個比方的話，他就是他們靈魂的會計師；他希望每一位會眾都打開帳本，打開靈魂的帳本，查核收支項目是否確切地合乎良心。

16 原文出自《新約·路加福音》第十六章，第八—九節。神父以商業法則來探討性靈良心，將「到了錢財無用（fail）的時候」篡改為「到你們死（die）時」，以迎合世俗的拜金主義，並安撫生意人，讓他們心安理得地去斂財。此處喬伊斯對天主教的諷刺不言而喻。

耶穌基督並不是嚴厲的監工。祂理解我們微小的失誤，理解我們卑微沉淪本性裡的軟弱，也理解世俗生活充滿誘惑。我們可能——也經常——被誘惑：我們可能犯了過失，我們每個人確有過失。但是，他說，他對會眾只有一點要求，那就是：面對上帝時要坦誠，要勇於擔當。如果靈魂的帳目收支平衡，那就可以說：

「好了。我已核實帳目。一切無誤。」

然而，可能也會有差池，那就得坦率，像男子漢那樣承認錯誤：

「我已核實帳目。我發現這項錯了，那項也錯了。但是，仰賴天主的聖恩，我會逐一改過。我會把帳目修正過來。」

死者

看門人的女兒莉莉忙得腳都快不沾地了。她剛把一位先生領進底層辦公室後面的餐具間，幫他脫掉大衣，緊接著，大廳的門鈴又沒命地響起來，於是只得匆匆奔過空蕩蕩的過道，迎接另一位客人的到來。好在她不必去照顧女客。凱特小姐和朱麗婭小姐早就想到了這一點，已經將樓上的浴室臨時改成了女士更衣室。凱特小姐和朱麗婭小姐現在正在那裡，說說笑笑，胡亂瞎忙，還輪流走到樓梯口，從扶手處向下張望，朝莉莉大聲詢問誰來了。

莫肯家小姐舉辦的年度舞會，一向是大事。凡是認識她們的人、家族成員、家裡的老朋友、朱麗婭唱詩班的夥伴、凱特教過的一些已經長大成人的學生，甚至瑪麗．珍的一些學生，全都來參加。沒有一次不是賓主盡歡的。就大家記憶所及，多年以來，每次舞會都辦得有聲有色。凱特和朱麗婭在兄長派特去世之後，便離開了斯托尼巴特的房子，帶著唯一的侄女瑪麗．珍，搬到了阿舍爾島這幢陰暗蕭條的房子裡，她們從樓下做穀物生意的福爾漢姆先生手裡租下了上面一層。時光荏苒，到現在已經足足三十個年頭了。那時候瑪麗．珍還是個穿童裝的小女孩，現在已經是家裡的梁柱了，她在哈丁頓路的教堂裡教風琴。她從皇家音樂學院畢業，每年都在古典音樂廳樓上的樂室裡舉辦一次學生音樂會。她的許多學生都是國王鎮和達爾基一帶上等人家的子女。她兩個姑姑雖然年事已高，但也都各盡其力。朱麗婭儘管已經兩鬢斑白，仍然是「亞當和夏娃」唱詩班的首席女高音；凱特因為身體孱弱，不宜過多走動，便在後屋用那架老舊的方形鋼琴給初學者上音樂課。看門人的女兒莉莉給她們做女傭。雖然她們生活簡樸，但主張吃得要好，所以樣樣都買最好的：菱形骨沙朗牛排，三先令一磅的茶葉，上等的瓶裝黑啤酒。莉莉照吩咐辦事，極少出錯，所以和三個女主人相處得很好。她們都愛大驚小怪，但也不過如此而已。她們唯一不能容忍的就是頂嘴。

當然，在這樣一個夜晚，她們大驚小怪也情有可原。早就過了十點，但還沒見到加布里埃爾和他太太的影子。此外，她們也擔心得要死，怕弗雷迪·馬林斯喝得酩酊大醉才來。她們不想讓瑪麗·珍的學生看見他醉醺醺的樣子；他喝醉後有時很難對付。弗雷迪·馬林斯總是遲到，但她們不知道加布里埃爾被什麼事絆住了：這就是她們每隔兩分鐘便走到樓梯扶手處，問莉莉加布里埃爾或弗雷迪來了沒有的原因。

「哦，康洛伊先生，」莉莉為加布里埃爾開門時對他說，「凱特小姐和朱麗婭小姐還以為您不來了呢。晚安，康洛伊太太。」

「我猜她們就會這麼想，」加布里埃爾說，「但她們忘了，要命的是我太太要花上整整三個小時梳妝打扮才能出門。」

他站在門墊上，蹭著套鞋上的殘雪，這時莉莉把他太太引到樓梯口，喊了一聲：

「凱特小姐，康洛伊太太來了。」

凱特和朱麗婭立刻蹣跚著從昏暗的樓梯上走下來。她們先後吻了吻加布里埃爾的太太，說她一定給活活凍壞了，接著又問加布里埃爾是否跟她一道來了。

「我跟郵差一樣準時，凱特阿姨！你們先上去。我隨後就來。」加布里埃爾在暗處大聲說。

三個女人說笑著往樓上的女士更衣室走去，他則繼續用力蹭著腳。薄薄的一層雪像披肩似的蓋住他大衣的肩頭，套鞋頭上的雪像防護鞋頭似的；他咯吱咯吱地解開被雪凍硬的粗呢大衣的鈕扣，一股戶外帶來的清冷的香氣從衣縫和皺褶裡逸出來。

「又下雪了嗎，康洛伊先生？」莉莉問。

她領他來到餐具間，幫他把大衣脫下來。加布里埃爾聽到她用三個音節來念自己的姓氏[1]，不禁莞爾，就瞥了她一眼。她身量苗條，尚未長足，膚色白皙，頭髮是那種乾草似的淡黃色。餐具間的煤氣燈照在她臉上，顯得臉色更加蒼白。他是看著她長大的，那時她常坐在樓梯最下面的臺階上，抱著個破布娃娃玩。

1 莉莉受教育程度不高，可能把 Conroy 念成了 Conneroy。

「是呀，莉莉，」他答道，「我看得下一夜呢。」

他抬頭望望餐具間的天花板，樓上腳步的踢踏和拖曳震得天花板直搖晃；他聽了會兒鋼琴聲，又瞧了瞧那女孩，見她正在架子那頭細心地把他的大衣疊好。

「告訴我，莉莉，」他親切地問道，「你還上學嗎？」

「哦，不上了，先生，」她回答說，「從今年開始就不上了。」

「哦，那麼，」加布里埃爾樂呵呵地說，「我猜，最近選個好日子，你和你那個年輕人就得請我們喝喜酒吧？」

女孩回頭瞧了他一眼，痛苦地說道：

「現當下，男人只會花言巧語，千方百計占人便宜。」

加布里埃爾臉紅了，彷彿覺得自己做了錯事，不敢再看她，只得自顧自地蹬掉套鞋，死命用圍巾撣他的漆皮鞋。

他是個壯碩的年輕人。兩頰的緋紅一直向上蔓延，在額頭處化作幾片不成形狀的淡淡紅暈；白淨的臉上架著一副金絲眼鏡，錚亮的鏡架和光潔的鏡片亮光閃閃，遮住了那雙敏感不安的眼睛。頭髮烏黑油亮，從中間分開，掠到耳際，在帽子壓痕處微微捲起。

他擦亮皮鞋，站起身來，往下拉了拉背心，使它在他壯碩的身體上顯得更服帖。然後他從口袋裡迅速掏出一枚硬幣。

「哦，莉莉，」他說著，把硬幣塞進她手裡，「過耶誕節了，對吧？這是……一點小意思……」

他快步朝門口走去。

「啊，不，先生！」女孩大聲說道，追了上來，「真的，先生，我不能收。」

「過耶誕節嘛！過耶誕節嘛！」加布里埃爾邊說邊幾乎小跑著走向樓梯口，揮手讓她把錢收下。

女孩見他已走上樓梯，只好在他身後喊道：

「那麼，謝謝您了，先生！」

他在客廳門外聽著裙子的摩擦聲和腳步的踢踏聲，等著華爾滋舞結束。那女孩心酸而意外的反駁讓他煩躁不安，心情陰鬱。他整了整袖口和領結，試圖驅散這種情緒，然後從背心口袋裡掏出一張紙片，看了看為演講準備的提綱。他拿不準到底要不要引用羅伯特・勃朗寧的幾行詩，怕太深奧了聽眾聽不懂。也許引用他們耳熟能詳的莎士比亞或《歌謠集》[2]會好一些。這些人鞋跟粗魯的磕碰聲和鞋底的拖曳聲都在提醒他：他們的知識水準與他不同。如果引用他們理解不了的詩句，只會讓自己出醜。他們會覺得他在賣弄學問。他沒法討好他們，就像沒法取

2 指愛爾蘭愛國詩人湯瑪斯・摩爾的《愛爾蘭歌謠集》（*Irish Melodies*），當時廣為流傳。

悅樓下餐具間裡的女孩一樣。他一開始就把調子定錯了。他整個演講從頭到尾都錯了，是個徹底的失敗。

這時，他的兩個阿姨和妻子從更衣間裡走出來。兩個阿姨都是身材矮小、衣著樸素的老太太。朱麗婭阿姨略高了約莫一英寸。她頭髮灰白，低攏著蓋住耳尖；臉寬而鬆弛，面色蒼白，有幾處顏色較深。雖然她體格壯實，腰板挺直，但目光呆滯、雙唇微張的神情卻讓人覺得她是個不知自己身在何處也不知去往何方的女人。相比之下，凱特阿姨就有精神多了。她的臉色比妹妹健康一些，臉上盡是皺紋和褶子，像顆乾癟的紅蘋果，頭髮還是照老式樣盤起來，但並沒有失去熟透的栗子般的顏色。

她倆滿懷愛意地吻了吻加布里埃爾。他是她們最心愛的外甥，是她們已故姊姊愛倫的兒子。她嫁給了在港務局工作的T．J．康洛伊。

「加布里埃爾，格麗塔跟我說你們今晚不打算坐馬車回蒙克斯頓。」凱特阿姨說。

「是的，」加布里埃爾轉向妻子說，「我們去年可受夠了，對吧？凱特阿姨，您還記得格麗塔凍成什麼樣子了嗎？馬車的窗子一路咔嗒咔嗒響個不停，過了梅里恩，東風就直往裡灌，真是痛快。格麗塔因此得了重感冒。」

凱特阿姨皺著眉頭，一臉嚴肅，每聽到一個詞都點點頭。

「沒錯，加布里埃爾，沒錯，」她說，「小心為上。」

「可是要說格麗塔呀，」加布里埃爾說，「要是依著她，她準會冒雪走回家的。」

康洛伊太太大笑起來。

「您別聽他的，凱特阿姨，」她說，「他可真是煩死人了，什麼為了湯姆的眼睛晚上要用綠燈罩啦，讓他練啞鈴啦，強迫伊娃吃麥片粥啦。可憐的孩子！她見了麥片粥就噁心……哦，你們絕對猜不出，他現在逼我穿什麼！」

她發出一串響亮的笑聲，又向丈夫瞧了瞧，他那愛慕而幸福的目光在她衣服、臉上和頭髮上梭巡。兩位阿姨也開懷大笑，因為加布里埃爾婆婆媽媽的作風一向是她們的笑柄。

「套鞋！」康洛伊太太說，「新近流行的玩意。只要路上有點溼，我就必須穿套鞋。甚至今天晚上他也要我穿，可是我不肯。下次恐怕他會給我買潛水衣了。」

加布里埃爾不自然地笑了笑，又故作鎮定地理了理領帶。凱特阿姨幾乎笑彎了腰，這個笑話太讓她開心了。朱麗婭阿姨臉上的笑容則很快消失了，凝滯的目光轉到了外甥身上。停了一會兒，問道：

「什麼是套鞋，加布里埃爾？」

「套鞋呀，朱麗婭！」她姊姊有些驚訝，「天吶，你不知道什麼是套鞋？你把它套在……套在靴子外面，對吧，格麗塔？」

「沒錯，」康洛伊太太回答說，「用橡膠做的。我倆現在各有一雙。加布里埃爾說大陸上人人都穿。」

「哦，大陸上。」朱麗婭阿姨邊嘟囔邊慢慢地點點頭。

加布里埃爾皺起眉頭，似乎有點生氣地說：

「也不是什麼新奇玩意，但格麗塔覺得非常好笑，她說套鞋這個詞讓她想起了克利斯蒂劇團[3]。」

「不過，告訴我，加布里埃爾，」凱特阿姨俐落練達地換了個話題，「當然，你們已經訂好了房間。格麗塔剛才說……」

「哦，房間沒問題，」加布里埃爾回答說，「我在格雷沙姆旅館訂了一間。」

「說真的，」凱特阿姨說，「這樣再好不過了。可是孩子呢？格麗塔，你不擔心嗎？」

「啊，也就一個晚上嘛，」康洛伊太太說，「再說，貝茜會照顧他們的。」

「說真的，」凱特阿姨又說，「有個那樣的女孩多放心呀，靠得住！瞧瞧我們家莉莉，最近不知道中了什麼邪，簡直像換了個人。」

加布里埃爾正想就這件事問問阿姨，卻見她突然停住話頭，注視著她妹妹搖搖晃晃地往樓下走，邊走邊從扶手上探出頭去向下望。

「喂，你們看，」她有點不耐煩地說，「朱麗婭要去哪裡？朱麗婭！朱麗婭！你要去哪裡？」

朱麗婭已經下了一段樓梯，又折回來，淡淡地說：

「弗雷迪來了。」

這時，一陣掌聲和著鋼琴伴奏最後的花音，宣告華爾滋舞已經結束。客廳的門從裡面推開，幾對舞伴走了出來。凱特阿姨趕緊把加布里埃爾拉到一邊，附在他耳邊小聲說：

「悄悄下去，加布里埃爾，幫個忙，看看他對不對勁，要是喝醉了就別讓他上樓來。我敢說他喝醉了。我敢肯定。」

加布里埃爾走到樓梯旁，從扶手上探出頭去查看動靜。他聽見兩個人正在餐具間裡說話。接著聽出了弗雷迪．馬林斯的笑聲，便咚咚咚地走下樓去。

「加布里埃爾在這裡，」凱特阿姨對康洛伊太太說，「真讓人放心。只要他在，我心裡就踏實……朱麗婭，戴莉小姐和鮑爾小姐要吃些點心才好。戴莉小姐，謝謝你彈的華爾滋，真是優美，讓人愉快。」

一位身材高大、面容乾癟、膚色黝黑、蓄著硬茬灰白鬍鬚的男士帶著他的舞伴走過來，問道：

3 克利斯蒂劇團（Christy Minstrels）是一八四三年前後由美國人E．P．克利斯蒂（E．P．Christy）於紐約創辦的劇團，其特色是由白人扮演黑人演唱黑人歌曲。格麗塔由goloshes（套鞋）這個詞聯想到了gollywogs（相貌奇怪的木偶），再由gollywogs聯想到了克利斯蒂劇團。

「我們是不是也可以吃點點心，莫肯小姐？」

「朱麗婭，」凱特阿姨當即說，「這是布朗先生和福隆小姐。朱麗婭，陪他們跟戴莉小姐和鮑爾小姐一道過去。」

「我是個討女士喜歡的人，」布朗先生噘起嘴，鬍子翹著，笑意從一臉皺紋中蕩漾出來，「您知道，莫肯小姐，她們那麼喜歡我的原因是——」

他話沒說完，見凱特阿姨聽不見他說話，便馬上陪三位年輕女士往後屋去了。房間中央並頭擺了兩張方桌，朱麗婭阿姨正和看門人設法把大臺布鋪在桌子上扯平。餐具櫃上整齊地擺著杯盤碗碟和整組的刀叉、湯匙。方形鋼琴合著的蓋子也當餐具櫃用了，上面放著各種佳餚和甜點。兩個年輕人正站在屋角一個小些的餐具櫃前喝苦啤酒。

布朗先生把他受託照管的三位女士帶到那裡，開玩笑地邀請她們喝點又辣又烈又甜的女士潘趣酒。但她們說從不喝烈酒，他便開了三瓶檸檬水給她們。接著，他又請其中一個年輕人讓開一些，拿起帶玻璃塞的細頸酒瓶，給自己滿滿地斟了一杯威士忌。他試著啜飲了一口，兩個年輕人不無敬意地望著他。

「上帝保佑，」他笑著說，「這是醫生吩咐我喝的。」

他乾癟的臉上綻出燦爛的笑容，三位年輕小姐對他的俏皮話報以銀鈴般的笑聲，直笑得前仰後合，肩膀不停地抖動。最活潑的那位說：

「喂，布朗先生，我敢肯定醫生絕不會這樣吩咐。」

布朗先生又啜了一口威士忌，神祕兮兮裝模作樣地說：

「哦，你們瞧，我就像那位大名鼎鼎的凱西第太太，據說她講過：『喂，瑪麗・格萊姆斯，如果我不喝，你就強迫我喝，因為我真的想喝極了。』」

他熱烘烘的臉湊得太親近了些，而且又學著都柏林下層階級的口音說話，所以三位年輕女士出於本能，都沒答腔。福隆小姐是瑪麗・珍的學生，她問戴莉小姐，剛才彈的那支美妙的華爾滋舞曲叫什麼名字；布朗先生發現自己受了冷落，便立刻轉身去找那兩個年輕人說話，他們更賞識他一些。

一位面色紅潤、身穿紫羅蘭色衣裙的年輕女士走進屋裡，興奮地拍手叫道：

「跳四對舞啦！跳四對舞啦！」

凱特阿姨也緊跟著進來，大聲說：

「請兩位先生、三位女士，瑪麗・珍！」

「哦，伯金先生和科雷根先生在這裡，」瑪麗・珍說，「科雷根先生，您和鮑爾小姐跳舞好嗎？福隆小姐，我給您找個舞伴，伯金先生。啊，這不正好嘛。」

「三位女士，瑪麗・珍。」凱特阿姨說。

兩個年輕人恭請女士賞光，瑪麗・珍轉向戴莉小姐。

「啊，戴莉小姐，您真是太好了，已經為兩場舞伴奏過了，但今晚我們的女舞伴實在太少。」

「我一點也不介意，莫肯小姐。」

「不過，我倒給您找了個好舞伴，男高音巴特爾．達爾西先生。待會兒我可要請他一展歌喉。整個都柏林都在誇他呢！」

「絕妙的嗓音，絕妙的嗓音！」凱特阿姨讚歎道。

鋼琴已經兩次彈起第一支舞曲的前奏，瑪麗．珍急忙帶著幾位賓客離開了房間。他們前腳剛走，朱麗婭阿姨就慢吞吞地踱進來，邊走邊回頭張望。

「怎麼啦，朱麗婭？」凱特阿姨急切地問道，「是誰呀？」

朱麗婭手裡拿著捲餐巾紙，聽到姊姊的問話，好像覺得出乎意料，轉身簡短地說：

「是弗雷迪，凱特，加布里埃爾陪著他呢。」

事實上，就在她身後，加布里埃爾正引著弗雷迪．馬林斯踏上樓梯平臺。弗雷迪年紀還輕，約莫四十歲，和加布里埃爾個頭、身材相仿，肩膀渾圓厚實。臉胖嘟嘟的，十分蒼白，只有肥厚的耳垂和寬大的鼻翼上浮現出些許紅潤。他五官粗糙，塌鼻子，額部上凸下陷，嘴唇脹凸出。眼瞼厚重下垂，頭髮稀疏凌亂，顯出一副沒睡醒的樣子。他邊上樓梯邊給加布里埃爾講故事，不時開懷大笑，同時用左拳的指關節來回揉著左眼。

「晚安，弗雷迪！」朱麗婭阿姨招呼道。

弗雷迪．馬林斯向兩位莫肯小姐道了聲晚安，因為說起話來總是卡卡的，所以口氣顯得有些隨便；隨後，看到布朗先生立在餐具櫃旁朝他咧嘴笑，便搖搖晃晃地穿過房間，重新開始低聲講起他剛剛給加布里埃爾講的故事。

「他沒醉得太厲害吧？」凱特阿姨向加布里埃爾問道。

加布里埃爾眉頭緊鎖，但隨即舒展開來，回答說：

「哦，沒，幾乎看不出來。」

「我看，他真是糟糕透了！」她說，「他可憐的母親在新年前夜讓他發誓戒酒。走吧，加布里埃爾，到客廳去吧。」

和加布里埃爾離開之前，她皺了皺眉頭，又來回搖了搖食指，向布朗先生打暗號，要他小心。布朗先生點頭回應，等她走後，便對弗雷迪．馬林斯說：

「喂，泰迪，我倒一大杯檸檬水給你提提神。」

弗雷迪．馬林斯快要講到故事的高潮處，便不耐煩地揮揮手，婉拒了他的好意，但布朗先生故意提醒馬林斯他衣衫有些不整，以便引開他的注意力，然後倒了滿滿一杯檸檬水遞過去。弗雷迪．馬林斯用左手無意識地接過杯子，右手則忙於無意識地整理衣服。布朗先生的笑意再次從一臉皺紋中蕩漾出來，又給自己倒了一杯威士忌。這時，馬林斯在故事還沒講到高潮時，突然爆發出一陣夾雜著劇烈咳嗽的高聲大笑，於是，他一邊放下尚未沾口、盈盈滿杯的檸檬水，一邊又開始用左拳的指關節來回揉搓左眼，強忍著咳笑，極力重複著剛剛說過的最後一句話。

瑪麗・珍為滿室靜默的聽眾彈奏學院派風格的曲目，全是速奏和高難度樂段，加布里埃爾聽不進去。他喜歡音樂，但覺得她彈奏的曲目沒有旋律，而且也懷疑其他聽眾是否會覺得有什麼旋律，儘管他們都央求瑪麗・珍彈琴助興。四個年輕人聽到鋼琴聲，從茶點間走出來，站在門口，幾分鐘後又雙雙離去。真正能欣賞這音樂的似乎只有兩個人，一個是瑪麗・珍自己，她的兩隻手在琴鍵上飛快地移動，忽而又在休止符處高高地揚起，像女祭司短暫祈求時的手勢；另一個是凱特阿姨，她站在瑪麗・珍身邊為她翻樂譜。

打蠟的地板在龐大的枝形吊燈的照耀下閃閃發光，加布里埃爾覺得刺眼，便向鋼琴上方的牆壁望去。那裡掛著一幅畫，畫的是《羅密歐與茱麗葉》裡陽臺幽會的場景；旁邊是一幅關於兩王子在倫敦塔遇害[4]的畫，是少女時期的朱麗婭阿姨用紅、藍、棕三色毛線繡的。大概在她們幼時上的那所學校裡，這門技藝女孩要學一年。他母親曾給他織過一件紫色毛背心作生日禮物，上面繡了小狐狸頭的圖案，鑲棕色緞邊，配上圓形紫紅色鈕扣。奇怪的是，他母親絲毫沒有音樂天賦，凱特阿姨卻總稱讚她是莫肯家最有才華的人。她和朱麗婭似乎一直以她們這位不苟言笑、望之儼然的長姊為榮。她的照片擺在穿衣鏡前。她把書攤在膝頭，正指著書中的某處給穿著水手服、依偎在她腳邊的康斯坦丁看。她兒子的名字都是她起的，因為她對門風十分重視。多虧她，康斯坦丁現在已經是巴爾布雷根的高級助理牧師；多虧她，加布里埃爾也在皇家大學獲得了學位。當他回想起她沉著臉反對他婚姻的情形時，臉上掠過一絲陰影。她當時用過的一些輕蔑的字句至今仍使他耿耿於懷；有一次她說格麗塔精於鄉下人特有的奸猾算計，但實際上格麗塔根本不是那樣的人。她臨終前在他們蒙克斯頓的家裡長期臥病，一直是格麗塔服侍她。

他知道瑪麗．珍的演奏已接近尾聲，因為她又重新彈起了開頭的旋律，每一小節後面都有一段速奏。他等著曲子結束，怨恨的心情也漸漸平復。樂曲以高八度的顫音和最後深沉的低八度音結束。瑪麗．珍在聽眾熱烈的掌聲中倉皇地收起樂譜，紅著臉逃出了客廳。最熱烈的掌聲來自門口那四個年輕人，演奏開始時他們就溜到茶點間去了，曲終時又折回來。

四對舞開始了。加布里埃爾發現自己的舞伴是艾弗斯小姐。她是個大方、健談的女孩，滿臉雀斑，褐色的眼睛突出來。她沒有穿低領的緊身胸衣，領前別著一枚大大的胸針，上面刻著愛爾蘭的紋章和格言。

4　兩王子指愛德華五世（Edward V，一四七〇—一四八三，一四八三年即位）和他的弟弟約克公爵。愛德華五世是愛德華四世長子，在父親死後即位為英國國王，但不到一年，就和他唯一的弟弟約克公爵一起神祕失蹤。後由他們的叔叔、護國公格洛斯特公爵理查即位，即理查三世（Richard III，一四五二—一四八五，一四八三年即位）。據說，兩位王子被理查下令囚禁於倫敦塔中並祕密處死。

站定後她突然開口說：

「有件事我想向您問個明白。」

「問我？」加布里埃爾說。

她嚴肅地點點頭。

「什麼事？」加布里埃爾看著她一本正經的樣子，微笑著問。

「G. C.是誰？」艾弗斯小姐盯著他問道。

加布里埃爾臉紅了，正要皺起眉頭假裝沒聽懂，她又單刀直入地說：

「呵，別裝傻了！我發現您在給《每日快報》[5]寫文章。您不覺得差恥嗎？」

「我為什麼要覺得差恥呢？」加布里埃爾反問道。他眨眨眼睛，想要擠出一絲微笑。

「我可替您覺得差恥呢，」艾弗斯小姐直截了當地說，「您居然給那樣一家報紙寫文章。沒想到您竟是個西不列顛人[6]。」

加布里埃爾一臉困惑。沒錯，他每週三為《每日快報》的文學專欄寫文章，稿酬十五先令。但不能因此就給他扣上西不列顛人的帽子。那些寄送給他讓他寫評論的贈書遠比那張微不足道的支票更讓他歡喜。他喜歡撫摸新出版的書的封面，也喜歡翻閱嶄新的書頁。每次在學院教完課，他都會去碼頭一帶的舊書店閒逛一陣，比如巴奇勒人行道上的希基書店，阿斯頓碼頭上的韋伯書店、曼西書店，抑或是巷子裡的奧克羅希賽書店，幾乎天天如此。他不知該如何回應她的指責。他想說文學是超越政治的。但他們是多年的朋友，經歷也大致相同，先是讀大學，然後從教：他可不願意冒險拿大道理跟她理論。他繼續眨巴著眼睛，努力擠出微笑，怯怯地喃喃低語道，他覺得寫書評跟政治沒什麼瓜葛。

輪到他們交叉換位時，他仍然滿臉困惑，心不在焉。艾弗斯小姐熱情地一把抓住他的手，溫柔而友好地說：

「當然，我不過是開開玩笑。來吧，該我們繞過去了。」

他們再度碰到一起時，她談起了大學的問題[7]，加布里埃爾覺得自在多了。她的一個朋友給她看過他寫的有關勃朗寧詩歌的評論。她就是這樣發現了這個祕密：但她非常喜歡那篇評論。後來她突然說：

「哦，康洛伊先生，今年夏天您願不願意到阿蘭島[8]旅行？我們準備去那裡住一個月。在

5《每日快報》（一八五一－一九二一）是於都柏林發行的一份報紙，觀點保守，不贊成愛爾蘭獨立。喬伊斯曾於一九〇二－一九〇四年為該報寫書評文章。

6 西不列顛人（West Briton）是一種貶義說法，指土生土長卻心向英國的愛爾蘭人，因為他們在心態上認同愛爾蘭是英國西邊的一個省分。

7 大學的問題指愛爾蘭天主教徒如何獲得與新教徒同等的受教育機會，以及大學能否招收女生等問題。

8 阿蘭島（the Aran Isles）為愛爾蘭西海岸島嶼，被艾弗斯小姐這樣的文藝復興主義者視為愛爾蘭的烏托邦，因為那裡的島民說愛爾蘭語，沿襲著愛爾蘭本土文化和生活方式。辛格（J. M. Synge）受葉慈鼓勵，曾連續五年到阿蘭島體驗農村生活，並以此為背景創作了《騎馬下海的人》（*Riders to the Sea*，一九〇四）等劇本。

大西洋裡待著一定很有意思。你應該來。克蘭西先生要來，基爾克利先生和凱薩琳．卡尼也會來。如果格麗塔來，她也會覺得很有意思。她是康諾特人[9]，對吧？」

「她老家在那裡。」加布里埃爾簡短地回答。

「不過，您會來的，對吧？」艾弗斯小姐邊說邊把她溫暖的手熱切地搭到他手臂上。

「事實是，」加布里埃爾說，「我已經安排好要去……」

「去哪裡？」艾弗斯小姐問。

「啊，您知道，每年我都和幾個朋友騎自行車去旅行，所以……」

「到底去哪裡呢？」艾弗斯小姐追問道。

「哦，我們通常去法國、比利時，或許還去德國。」加布里埃爾尷尬地說。

「為什麼去法國和比利時，」艾弗斯小姐說，「而不去自己國家的土地上看看呢？」

「哦，」加布里埃爾說，「一來是跟這幾個國家的語言保持接觸，二來是換換環境。」

「難道您就不跟自己的語言——愛爾蘭語——保持接觸嗎？」艾弗斯小姐問。

「啊，」加布里埃爾說，「說起這個，您知道，愛爾蘭語並不是我的母語。」

旁邊的人都轉過身來聽這一來一往的盤問。加布里埃爾不安地環顧左右，雖然盡量在這難堪的局面下保持風度，但紅暈早已漲到額頭上去了。

「難道您沒有自己國家的土地可以去看看嗎？」艾弗斯小姐繼續質問道，「您對它一無所知，您對自己的同胞、自己的祖國究竟知道多少呢？」

「哦，老實說，」加布里埃爾突然反駁說，「我對我的國家早就厭煩了，早就厭煩了！」

「為什麼？」艾弗斯小姐問。

加布里埃爾沒有回答，他因為這番反駁而情緒激動起來。

「為什麼？」艾弗斯小姐又問了一遍。

他們隨著佇列並肩而行，見他沒答腔，艾弗斯小姐便忿忿地說：

「當然了，您無話可說。」

加布里埃爾為了掩飾自己的激動，便起勁地跳起舞來。他有意避開她的目光，因為他看見她臉上流露出慍怒的表情。不過，當他們在長隊裡再次相遇時，他意外地發現自己的手被緊緊地握住了。她疑惑地在他臉上瞟來瞟去，直到他微微一笑。隨後，再次變換隊形時，她踮起腳尖，湊近他耳邊悄聲道：

「西不列顛人！」

四對舞結束後，加布里埃爾遠遠地走到房間一角，弗雷迪．馬林斯的母親正坐在那裡。她是個矮胖羸弱、滿頭白髮的老婦人。她的聲音和她兒子一樣，有些卡卡，說起話來有點結巴。

9 康諾特（Connacht）為愛爾蘭西北部省分，格麗塔的家鄉高威為其中一個郡。

有人告訴她弗雷迪已經來了，情況還不錯。

加布里埃爾問她渡海過來時是否一切順利。她跟她出嫁的女兒住在格拉斯哥，每年都回都柏林一趟。她平靜地回答說她渡海時順利極了，船長對她格外照顧。她還提起她女兒在格拉斯哥的漂亮房子和她們在那裡的所有朋友。她東拉西扯說個不停，加布里埃爾則極力想把與艾弗斯小姐的那段不愉快的插曲從腦海裡抹去。當然，那個女孩，或者說女人，不管她是什麼身分吧，無疑是個狂熱分子，但是說話做事總得看情況才對。也許他不該那樣回答她。然而即便是開玩笑，她也無權當眾稱他是西不列顛人。她存心要在眾人面前讓他出醜，當眾詰問他，還用她那雙兔子似的眼睛盯著他。

他看見妻子正穿過一對對跳華爾滋的人向他走來。她走到他身邊，貼在他耳邊說：

「加布里埃爾，凱特阿姨讓我問你，是不是還像往年一樣由你來切鵝肉，戴莉小姐切火腿，我切布丁。」

「沒問題。」加布里埃爾說。

「這場華爾滋一結束，她就會把那些年輕人先請到客廳來，這樣我們就可以在桌子上動手了。」

「剛才你跳舞了嗎？」加布里埃爾問。

「當然跳了。你沒看見我？你和莫莉·艾弗斯小姐吵什麼呢？」

「沒吵呀。怎麼啦？她說我們吵了嗎？」

「意思是吧。我正想法子讓那位達爾西先生唱歌呢。我覺得他架子滿大的。」

「我們根本沒吵，」加布里埃爾悶悶不樂地說，「只是她想讓我到愛爾蘭西部去旅行，我說我不去。」

他妻子高興得直拍手，忍不住跳了起來。

「啊，去嘛，加布里埃爾，」她嚷道，「我真想再去看看高威。」

「你要想去，盡可以去嘛。」加布里埃爾冷冷地說。

她看了他一會兒，然後轉向馬林斯太太說：

「您瞧這個丈夫多好，馬林斯太太。」

她又穿過房間走回去，馬林斯太太彷彿沒有注意到剛才被人打了岔，繼續向加布里埃爾講述蘇格蘭的風景名勝和旖旎風光。她女婿每年都帶她們到湖區去，還常常在那裡釣魚。她女婿是個釣魚的好手。有一天他釣到了一尾漂亮的大魚，旅店老闆還幫他們燒好了當晚餐呢。

加布里埃爾幾乎聽不進她在講什麼。晚餐時間快到了，他又開始研究他的演講和要引用的詩句。他看見弗雷迪·馬林斯穿過房間來看他母親，便起身把椅子讓給他，自己退到窗口的斜牆旁。房間已經清理好，後面的房間裡傳來盤子和刀叉的碰撞聲。留在客廳裡的人似乎已經跳累了，正三五成群地悄聲交談著。加布里埃爾用他那溫熱顫抖的手指輕輕地敲著冰冷的窗玻璃。外面該有多冷呀！獨自出去散散步，先沿著河邊走，再穿過公園，該有多舒暢！樹枝上一定掛滿了雪花，威靈頓紀念碑也一定戴上了亮晶晶的雪帽子。在外面散步可比在晚餐桌上愉快多了！

他快速流覽了一遍演講提綱：愛爾蘭式的好客，傷感的記憶，三女神[10]，帕里斯[11]，引用勃朗寧的詩句。他在心裡默念了一遍他在評論中寫過的一個句子：「你覺得正在傾聽自己靈魂翻騰的樂音。」艾弗斯小姐剛才稱讚過這篇評論。她是真心的嗎？在那些宣傳口號的背後，她是否有自己真正的生活？在今夜以前，他們之間素來和善以對。一想到她會坐在晚餐桌前，在他演講時用挑剔譏諷的眼神望著他，他就感到忐忑不安。也許演講搞砸了，她還會幸災樂禍地看熱鬧呢。

突然，一個念頭出現在他的腦海裡，讓他鼓起了勇氣。他會在間接提到凱特阿姨和朱麗婭阿姨時這樣說：「各位女士、各位先生，我們當中現在正處於黃昏期的一代人，可能有自己的短處，但是我認為，這代人也有不少美德，比如好客、幽默、仁愛，而我們周圍正在成長的新的一代人，受過高等教育，嚴肅有餘，卻好像缺少了這樣的美德。」好極了：這話正是說給艾弗斯小姐聽的。他的阿姨只不過是兩個沒知識的老太太，有什麼好擔心的？

房間裡的竊竊私語聲引起了他的注意。布朗先生正殷勤地陪著朱麗婭阿姨從門口走進來，她倚靠在他的手臂上，低著頭，面帶微笑。一陣此起彼伏的掌聲一直伴隨著她走到鋼琴旁，瑪麗・珍在琴凳上坐定，朱麗婭阿姨也收斂了笑容，半側著身，好使屋裡所有人都能聽清她的聲音，掌聲漸漸停了下來。

加布里埃爾聽出了前奏，是朱麗婭阿姨的一支老歌——〈盛裝待嫁〉。她唱得字正腔圓，鏗鏘有力，精神飽滿地配合著點綴在樂曲中的速奏，雖然唱得很快，卻連最小的裝飾音都沒漏掉。不看歌者的表情，光聽聲音，就能感受並分享她在歌聲中凌空翱翔的激情。一曲終了，加布里埃爾和其他賓客熱烈地鼓掌，隔壁看不見的餐桌上也傳來響亮的掌聲。掌聲聽起來非常真誠，朱麗婭阿姨臉上不禁泛起淡淡的紅暈，她趕忙俯身把封面簽有她名字首字母縮寫的舊皮套歌本放回樂譜架上。

弗雷迪・馬林斯一直斜仰著腦袋以便聽得更清楚些，別人都停住了，他還在一邊鼓掌一邊興高采烈地跟他母親談論著，他母親則莊重而緩慢地點頭表示贊同。

---

10 古希臘神話中宙斯的三個迷人女兒：阿格蕾雅（Aglaia）、塔利亞（Thalia）、歐佛洛緒涅（Euphrosyne），分別代表聰慧（brilliance）、青春（bloom），和喜悅（joy）。

11 帕里斯（Paris）為特洛伊王子，眾神之母赫拉（Hera）、智慧女神雅典娜（Athena）和愛神兼美神阿芙洛狄忒（Aphrodite）為了搶奪金蘋果爭論不休，宙斯讓他們去找帕里斯王子裁決。赫拉說如果帕里斯把金蘋果給她，她就讓他統治世界上最富有的國家。雅典娜許諾讓他成為最有智慧的人。阿芙洛狄忒許諾給他天下最美麗的女人。帕里斯把金蘋果給了阿芙洛狄忒，赫拉和雅典娜惱羞成怒，決心毀掉特洛伊城。於是，希臘和特洛伊之間爆發了有名的特洛伊戰爭。

最後，等到沒法再鼓掌了，他便突然站起身，匆匆穿過房間走到朱麗婭阿姨面前，雙手抓住她的手不停地搖來搖去，不知是因為太激動，還是嗓音哽噎得太厲害，他竟一時說不出話來。

「我剛才對我母親說，」他終於開口道，「我從沒聽過您唱得像這次這麼好，從來沒有。真的，我從沒聽過您的歌喉像今晚這樣優美。天吶！現在您相信了吧？我說的可是實話。我發誓，我敢用名譽擔保，我說的是實話。我從沒聽過您的嗓音這麼清亮，這麼……明澈清亮，從來沒有。」

朱麗婭阿姨眉開眼笑，低聲說了些客氣話，抽回被握住的手。布朗先生對著她張開手臂，以一種節目主持人向觀眾介紹天才演員的架勢，向近旁的人說道：

「朱麗婭·莫肯小姐，我的最新發現！」

說到這裡，他禁不住開懷大笑起來，弗雷迪·馬林斯轉向他說：

「聽我說，布朗，要是你再認真一點，還可能發現自己的發現並不高明。我能說的僅僅是，自從我到這裡來，從沒聽過她唱得有這次一半好。我說的可是實話。」

「我也沒聽過，」布朗先生說，「我覺得她的嗓子大有進步。」

朱麗婭阿姨聳聳肩，既謙遜又驕傲地說：

「三十年前，跟一般人比，我的嗓子還算可以。」

「我常對朱麗婭說，」凱特阿姨強調說，「她在那個唱詩班裡簡直是大材小用，但她就是不聽。」

她轉過身來，彷彿要大家評評理，來勸解一個不聽話的孩子，但朱麗婭阿姨卻目視前方，臉上掛著一絲回憶往昔的淡淡笑意。

「不，」凱特阿姨繼續說，「她不聽勸，任誰說都沒用。她沒日沒夜地在那個唱詩班裡埋頭苦幹，真是沒日沒夜。耶誕節一大早六點鐘就去了！到底是為了什麼呀？」

「啊，凱特姑姑，不是為了上帝的榮耀嗎？」瑪麗・珍在琴凳上轉過身笑著問。

凱特姑姑氣呼呼地對侄女說道：

「上帝的榮耀我清楚得很，瑪麗・珍，可是我覺得，教皇把一輩子在那裡當牛做馬的婦女從唱詩班裡趕出來，讓一群不知天高地厚的小男孩騎到她們頭上[12]，這絕不是什麼榮耀。我想教皇這樣做可能是為了教會的利益。但這不公平，瑪麗・珍，這樣做是不對的。」

她越說越激動，想要繼續為妹妹打抱不平，因為她對這件事耿耿於懷。瑪麗・珍看到跳舞的客人都回來了，便不動聲色地岔開話題：

「喂，凱特姑姑，您這是讓布朗先生看笑話了，他可是屬於另一個教派呀。」

12 一九〇三年，教皇派庇護五世（Pope Pius X，一八三五—一九一四，一九〇三—一九一四年任教皇）下令婦女不得繼續留在唱詩班，女高音和女低音均由男童擔任。

凱特阿姨轉向布朗先生，他聽見瑪麗．珍提到他的宗教，正咧著嘴發笑，凱特阿姨趕緊說：

「哦，我不是質疑教皇的公正性。我不過是個傻老太婆，也不敢這樣做，然而總還有日常的禮貌和感恩之心這種人所共知的事情吧。如果我是朱麗婭，我就會面對面直截了當地對希利神父說……」

「再說，凱特姑姑，」瑪麗．珍說，「我們大家真是都餓了，人一餓就容易著急上火。」

「人渴了也容易著急上火。」布朗先生跟著說。

「所以我們最好先去吃晚餐，」瑪麗．珍說，「飯後再來討論個水落石出。」

在客廳外的樓梯平臺上，加布里埃爾發現妻子和瑪麗．珍正設法勸說艾弗斯小姐留下來吃晚餐。但艾弗斯小姐執意不肯，她已經戴好了帽子，正在繫斗篷的扣子。她一點都不覺得餓，而且已經待得太久了。

「不過十分鐘嘛，莫莉，」康洛伊太太說，「不會耽誤你事的。」

「跳了一晚上的舞，」瑪麗．珍說，「多少吃一點嘛。」

「我真的不能再留了。」艾弗斯小姐說。

「是不是玩得不開心？」瑪麗．珍無奈地說。

「我向你保證，從沒這麼開心過，」艾弗斯小姐說，「可是你現在真的得讓我走了。」

「那你怎麼回家呢？」康洛伊太太問。

「哦，沿碼頭走幾步就到了。」

加布里埃爾遲疑了片刻開口道：

「如果您願意，艾弗斯小姐，我送您回去吧，您要真是非走不可的話。」

但艾弗斯小姐突然從他們身邊走開了。

「我聽都不要聽，」她嚷道，「看在上帝的分上，你們都進去吃晚餐吧，不用管我。我好好的，能照顧好自己。」

「唉，你真是個怪丫頭，莫莉。」康洛伊太太坦率地說。

「祝福你們，再見！」艾弗斯小姐笑著喊了一聲，奔下樓梯。

瑪麗・珍注視著她的背影，臉上露出陰鬱困惑的表情，康洛伊太太則倚著扶手，探身去聽門口的動靜。加布里埃爾自問，是不是因為他的緣故，她才突然離去。但她看起來不像是不高興的樣子：她是笑著走的。他失神地向下望著樓梯。

這時，凱特阿姨從餐廳裡蹣跚著走出來，幾近絕望地絞著雙手。

「加布里埃爾在哪裡？」她喊道，「加布里埃爾究竟在哪裡呀？大家全等著吶，眼巴巴地等著開席，但鵝肉卻沒人來切。」

「我在這裡呢，凱特阿姨！」加布里埃爾突然變得活躍起來，喊道，「需要的話，我隨時準備切一群鵝呢。」

一隻棕黃色的肥鵝擺在桌子的一端；另一端，在一張點綴著歐芹嫩葉的縐紙墊上，擺著一條大火腿，已經剝了皮，上面撒滿了麵包糠，脛骨處還套著一個精美的紙花邊，旁邊是一塊五香牛肉。遙然對立的兩道主菜之間，平行擺著幾排佐菜：兩盤堆得像小教堂似的果凍，一紅一黃；一個淺底盤盛滿了大塊的果味牛奶凍和紅色果醬；一個把如葉梗的綠色葉形大盤裡擺著紫色葡萄乾和去了皮的杏仁，另一個同樣的盤子裡盛著士麥那城的無花果，堆成了堅實的長方形；一個盤子裡放著頂上撒滿豆蔻粉的蛋糕；一個小盆裡裝滿了用金銀錫紙包著的巧克力和糖果；還有一個玻璃瓶，裡面插著不少長長的芹菜梗。桌子正中放著兩個矮胖的老式雕花玻璃酒瓶，一個盛著波爾多葡萄酒，一個盛著深色的雪莉酒，它們像衛兵似的守著果盤，盤子裡裝滿了柳丁和美洲蘋果，堆得像個金字塔。方形鋼琴的蓋子上擺著一個還沒上桌的、用黃色大盤盛著的布丁；布丁後面是三排黑啤酒、麥芽酒和礦泉水，依照包裝的顏色排列成行，前兩排是黑的，貼著棕色和紅色的標籤，第三排也是最少的一排是白色的，瓶上橫繫著綠色的飾帶。

加布里埃爾大模大樣地在桌首就座，看了看刀鋒，然後把叉子穩穩地插進鵝肉裡。現在他覺得輕鬆自在，因為他是個切肉的專家，而且最喜歡坐在擺滿美味佳餚的餐桌的首席上。

「福隆小姐，您來點什麼？」他問，「翅膀還是胸部？」

「一小片胸部的肉就行了。」

「希金斯小姐，您呢？」

「啊，什麼都行，康洛伊先生。」

加布里埃爾和戴莉小姐正把盛鵝肉的盤子和盛火腿、五香牛肉的盤子對調，莉莉端著一盤用白色餐巾蓋著的熱呼呼的馬鈴薯泥逐一分送給客人。這是瑪麗・珍的主意，她還建議給鵝肉淋上蘋果醬，但凱特阿姨說她一向覺得不加蘋果醬的家常烤鵝就很好，她不希望吃到不合口味的鵝肉。瑪麗・珍照應著她的學生，確保他們能吃到最好的部分；凱特阿姨和朱麗婭阿姨打開鋼琴上的瓶子，把黑啤酒和麥芽酒遞給男士，把礦泉水遞給女士。房間裡歡聲笑語不斷，讓菜聲和辭謝聲、刀叉的碰撞聲、軟木塞和玻璃塞的開啟聲亂成一團。加布里埃爾分完了第一輪，自己沒來得及嘗一口，又開始切第二輪了。眾人高聲鳴不平，於是他喝了一大口黑啤酒來回應大家的好意，因為他發現切肉也是累人的差事。瑪麗・珍靜靜地坐下用餐，但凱特阿姨和朱麗婭阿姨還在席間蹒跚著打轉，前腳跟著後腳，有時互相擋了路，有時要對方做這做那，卻得不到回應。布朗先生敦促她們坐下來用餐，加布里埃爾也這樣說，但她們說時間多得是，最後弗雷迪・馬林斯站起身抓住凱特阿姨，在大家的笑聲中撲通一聲把她按在椅子上。

加布里埃爾見給大家分得差不多了，便笑著說：

「喂，要是誰還想要點粗人所說的鵝肚皮裡的填料，請儘管吩咐。」

大家異口同聲地請他快用餐，莉莉端著特意留下的三個馬鈴薯送到他面前。

「好極了，」加布里埃爾又喝了口酒開開胃，和氣地說，「各位女士、各位先生，這幾分鐘就暫時忘了我的存在吧。」

他開始埋頭吃飯，不再與眾人說話，席間的談話聲蓋過了莉莉收拾碗盤的聲音。話題是正在皇家劇院演出的歌劇團。男高音巴特爾・達爾西先生是個面色黝黑的年輕人，蓄著兩撇瀟灑的小鬍子，他對歌劇團的首席女低音讚不絕口，但福隆小姐卻認為她的演出風格相當粗俗。弗雷迪・馬林斯說，在基爾蒂劇院上演的滑稽劇的第二部分裡，有個扮演酋長的黑人，那是他聽過最好的男高音之一。

「您聽過他唱歌嗎？」他隔著桌子問巴特爾・達爾西先生。

「沒有。」巴特爾・達爾西先生漫不經心地回答。

「因為，」弗雷迪・馬林斯解釋說，「我很想聽聽您對他的看法。我覺得他的嗓音很棒。」

「泰迪居然也識貨！」布朗先生熟絡地向桌上的客人打趣說。

「為什麼他就不配有個好嗓子？」弗雷迪・馬林斯尖刻地反駁道，「就因為他是黑人嗎？」

沒人回答這個問題。瑪麗・珍又把話題引回正統的歌劇。一個學生曾送給她一張《迷娘》的入場券。當然，那場戲很好，她說，但使她想起了可憐的喬治娜・彭斯。布朗先生扯得更遠，講到過去常來都柏林的老牌義大利歌劇團——提耶讓斯、伊瑪・德・穆茲卡、坎帕尼尼、偉大的特雷貝里、久格里尼、拉維利、阿格布洛。他說，那才是都柏林有像樣歌劇可聽的日子。他還談到老皇家劇院的頂座如何夜夜爆滿；有天晚上一個義大利男高音如何應觀眾要求連唱了五遍〈讓我像士兵一樣倒下〉，而且每遍都唱出一個高音C；頂座上的那些男孩有時如何熱情奔放，把某個女主角馬車上的馬卸下來，親自給她拉車，招搖過市，護送她回旅館。可是，他問，為什麼現在再也不上演像《狄諾拉》和《魯克里齊亞．鮑吉拉》這樣恢宏的傳統歌劇了呢？因為他們沒有唱那些歌劇的好嗓子：這就是原因。

「哦，這個，」巴特爾．達爾西先生說，「依我看，現在還是有和以前一樣好的歌唱家的。」

「他們在哪裡呢？」布朗先生針鋒相對地問。

「在倫敦、巴黎、米蘭，」巴特爾．達爾西先生激動地說，「比如，我認為卡盧梭就很好，至少不會比你剛才提到的那些人差。」

「也許是這樣，」布朗先生答道，「但老實說，我對此深表懷疑。」

「哦，我願意不惜一切代價去聽卡盧梭演唱。」瑪麗．珍說。

「要我說，」凱特阿姨邊剔骨頭邊開口道，「只有一個男高音。我的意思是，讓我稱心的男高音。不過我想你們誰也沒聽過他唱歌。」

「他是誰，莫肯小姐？」巴特爾．達爾西先生彬彬有禮地問。

「他叫帕金森，」凱特阿姨說，「我在他鼎盛時期聽過他演唱，我認為那時他的嗓音是最純淨的男高音。」

「奇怪，」巴特爾．達爾西先生說，「我從沒聽說過他。」

「是的，是的，莫肯小姐說得沒錯，」布朗先生說，「我記得聽人提起過老帕金森，不過，對於我來說，那是非常久遠的往事了。」

「一個美妙、純淨、甜潤、醇和的英國男高音。」凱特阿姨熱情澎湃地說。

加布里埃爾用完餐，一大盤布丁便端上桌來。刀叉湯匙的碰撞聲又此起彼伏起來。加布里埃爾的妻子舀出一勺勺布丁，把碟子沿桌往下傳。到了桌子中間，瑪麗．珍接過手去，滿滿地配上木莓凍、橘子凍，或是果味牛奶凍和紅色果醬。布丁是朱麗婭阿姨的傑作，在座的賓客都讚不絕口。她自己則說烤得還不夠焦黃。

「啊，莫肯小姐，」布朗先生說，「但願您覺得我夠焦黃了，因為，您知道，我完全是焦黃的[13]。」

除了加布里埃爾外，所有男客都多少吃了些布丁，以示對朱麗婭阿姨的讚美。加布里埃爾因為從不吃甜食，芹菜就留給了他。弗雷迪．馬林斯也拿了一根芹菜就著布丁吃。他聽人說芹菜是補血的，而他正好在為此接受治療。用餐期間一直一言不發的馬林斯太太這時開口說，她兒子過一個星期左右要去梅樂瑞山[14]。於是話題便轉向了梅樂瑞山，大家都說那裡的空氣多麼清新，那裡的修士多麼好客，從不向客人收一分錢。

「你們的意思是，」布朗先生半信半疑地問，「一個人可以到那裡去，像住旅館一樣住下來，大吃大喝一場，然後一分錢不付就走人嗎？」

「啊，大多數人離開時都會給修道院多少布施一點的。」瑪麗．珍說。

「我希望我們的教會也有這樣的機構。」布朗先生坦率地說。

他聽說修士從不講話，早上兩點就起床，夜間睡在棺材裡，感到很驚訝。他便問為什麼他們這麼做。

「那是修道院的戒律。」凱特阿姨肯定地說。

「是呀，可是為什麼呢？」布朗先生問。

凱特阿姨又說了一遍，那是戒律，戒律就是戒律。布朗先生似乎還不能完全理解。弗雷迪．馬林斯盡其所能地向他解釋，說修士是在努力為凡俗世界所有罪人犯下的罪過贖罪。這種解釋仍然不夠清楚，布朗先生咧著嘴笑著問：

「我非常喜歡這種說法，但睡在棺材裡和睡在舒適的彈簧床上有什麼區別嗎？」

「棺材，」瑪麗．珍說，「是提醒他們人生最後的歸宿。」

因為話題變得越來越陰鬱，滿桌的人都沉默不語，只聽見馬林斯太太模模糊糊地小聲對鄰

---

13 布朗先生的姓「Browne」和「brown」（焦黃）同音。

14 梅樂瑞山（Mount Melleray）位於愛爾蘭東南部沃特福德郡（County Waterford），有一西多會修道院（Cistercian abbey），該修道院提供食宿，分文不收，酗酒者常被送至此處戒酒療養。

座的人說：

「他們都是非常善良的人，那些修士，都是非常虔誠的人。」

葡萄乾、杏仁、無花果、蘋果、柳丁、巧克力和糖果在席間輪流傳遞，朱麗婭阿姨請所有人都喝點波爾多葡萄酒或雪莉酒。最初巴特爾．達爾西先生什麼酒也不要，後來鄰座的人用手肘碰了他一下，小聲對他說了點什麼，他便答應把酒杯斟滿。在斟最後幾杯酒的時候，談話漸漸停了下來。隨即一陣安靜，只有啜酒聲和椅子的挪動聲偶爾打破沉寂。莫肯家的三位小姐低頭望著桌布。有人乾咳了一兩聲，緊接著有幾位男士輕輕拍了拍桌子示意大家保持安靜。等完全靜下來了，加布里埃爾把椅子往後一推，站起身來。

拍桌子的鼓噪聲立刻響起，隨後又一齊停住。

加布里埃爾把十根顫抖的手指按在桌布上，緊張地對大家笑了笑。迎面看到一排仰起的面孔，他便抬頭望向枝形吊燈。鋼琴正在彈奏華爾滋舞曲，他能聽見衣裙拂動客廳門的聲音。或許此時有人正站在外面碼頭上的雪地裡，仰首凝視著燭火通明的窗戶，傾聽華爾滋舞曲呢。外面的空氣是清新的。遠處是公園，樹木林立，白雪壓枝。威靈頓紀念碑戴上了亮晶晶的雪帽子，由那裡向西是一片閃閃發光的十五畝地的白色雪原[15]。

他開始演講：

「各位女士、各位先生，

「今天晚上，和往年一樣，這項令人愉悅的任務又有幸落到了我頭上，但我演講才能有限，恐難勝任。」

「不必謙虛，絕對辦得到！」布朗先生說。

「不過，無論如何，今晚我只好請各位多多包涵，恭請大家耐心聽我講一下，讓我盡力用言詞向各位表達一下我在這個場合的感受。」

「各位女士、各位先生，這已經不是我們第一次聚集在這個屋簷下，圍繞在這張餐桌旁，享受賓至如歸的感覺了。也不是第一次當這幾位善良女士殷勤款待的領受者——或者更確切地說——受害者。」

他用手臂在空中畫了一個圈，停頓了一下。大家都朝著凱特阿姨、朱麗婭阿姨和瑪麗·珍大笑或微笑，她們則高興得滿臉通紅。加布里埃爾接著放膽說下去：

「年復一年，我越來越強烈地感受到，我們的國家沒有任何傳統像熱情好客這項傳統一樣如此讓人引以為豪，如此值得小心維護。就我經歷之所及（我造訪過不少國家），在現代國家中，這項傳統是獨一無二的。也許有人會說，對於我們而言，這毋寧說是一種弱點，而不是什麼值得誇耀的事。但即便如此，我也認為這是一種高貴的弱點，一種我相信會在我們之中長

15 指鳳凰公園（Phoenix Park）中南部的一大片空地，此地常舉行閱兵儀式和軍事演習。

久流傳下去的弱點。至少有一點我是有把握的。只要這個屋簷下仍然住著前面提到的三位善良的女士——我從心底裡祝福她們還會在這裡住許多許多年——真誠、熱心、殷勤的愛爾蘭好客傳統就會在我們之中流傳下去，我們的祖先把這種傳統傳給了我們，我們也必須傳給我們的子孫。」

席間發出一陣由衷表示贊同的低語聲。加布里埃爾突然意識到，艾弗斯小姐已經不在這裡了，她已經失禮地先行離開了，於是充滿自信地說：

「各位女士、各位先生，

「我們之中新的一代人正在成長，這是受新觀念和新原則激勵的一代人。對待這些新觀念，這代人既嚴肅認真又熱情洋溢，他們的熱情，哪怕利用不當，我相信也是非常真誠的。但是我們生活在一個懷疑的時代，或者如果可以這樣說的話，一個思想備受折磨的時代：有時我擔心，儘管新的一代人受過教育甚至是高等教育，但他們將不再擁有昔日仁愛、好客、幽默等美德。今晚聽到從前那些偉大歌唱家的名字，我必須承認，我似乎覺得我們生活在一個比較狹隘的時代。毫不誇張地說，過去那些日子可以稱之為廣博的時代；倘若它們已經遙遠得無從回憶，那麼至少讓我們期望，在未來類似的聚會上，我們仍將滿懷驕傲和傾慕追憶那段時光，仍將在心頭緬懷那些逝去的偉大人物，他們的名聲將在世界上永垂不朽。」

「說得好，說得好！」布朗先生高聲讚道。

「然而，」加布里埃爾繼續說，聲音變得更加柔和委婉，「在像今晚這樣的聚會上，總有些悲傷的思緒縈繞心頭：關於過去，關於青春，關於世事變遷，關於今晚不在場卻又讓我們無比思念的那些面容。我們的人生旅途總是鋪滿了這樣一些悲傷的回憶：但如果一直念念不忘難以自拔，我們就沒有心思勇敢地在人世間繼續承擔我們的工作。我們每個人在人世間都有責任所在和情之所鍾，這就要求我們——合情合理地要求我們——奮發努力。

「因此，我不會沉湎於過去。今晚，我不想讓任何感傷的說教侵擾我們。我們擺脫日常生活的奔波忙亂，抽空來此，短暫相聚。我們在這裡歡聚一堂，作為朋友，懷有相親相愛的精神；作為同事，在某種程度上懷有志同道合的『同志』精神；而作為客人——該怎麼稱呼她們呢？——我們是都柏林音樂界三女神的客人。」

聽到這個比喻，全場爆發出熱烈的掌聲和笑聲。朱麗婭阿姨向左右鄰座輪流打聽加布里埃爾到底講了些什麼，但一無所獲。

「他說我們是『三女神』，朱麗婭阿姨。」瑪麗．珍告訴她。

朱麗婭阿姨沒聽懂，但她仍然面帶微笑，抬頭望著加布里埃爾，他正以同樣的語調繼續講下去：

「各位女士、各位先生，

「今晚我不想扮演帕里斯曾經在另一個場合扮演的角色。我不想在她們之中加以選擇。這個任務不僅引人反感，而且也非我微薄之力所能企及。因為當我依次看著她們時，心中實在難以決斷：我們的第一女主人心地善良，她的過於善良已經變成了所有認識她的人常掛在嘴邊的話題；而她的妹妹，彷彿是上天垂青，青春永駐，她今晚的演唱帶給我們諸多驚喜和啟示；至於最後一位同樣重要的，我們最年輕的女主人，我覺得她才華橫溢、活潑樂觀、踏實勤奮，是天底下最好的侄女。各位女士、各位先生，我必須承認，我不知道該把獎品贈與她們中的哪一位才是。」

加布里埃爾低頭瞥了一眼兩位阿姨，發現朱麗婭阿姨滿臉堆笑，凱特阿姨熱淚盈眶，便趕忙準備結束演講。他熱情地舉起盛著波爾多葡萄酒的酒杯，大家也都滿懷期待地用手指撫弄著酒杯，只聽他大聲說道：

「讓我們一起舉杯向她們三位致敬。祝她們健康、富有、長壽、幸福、成功，祝她們在各自的領域裡長久保持著靠自己努力贏得的引以為傲的地位，也在我們心中永遠占據著備受愛戴和尊寵的地位。」

所有客人都站起來，手持酒杯，轉向三位坐著的女士，由布朗先生帶頭，齊聲唱道：

因為他們是快樂的好夥伴，
因為他們是快樂的好夥伴，

因為他們是快樂的好夥伴，
這點沒人能否認。

凱特阿姨當著大家的面掏出手帕拭淚，連朱麗婭阿姨看起來也大為感動。弗雷迪・馬林斯用布丁叉子打著拍子，所有唱歌的人轉過身去面面相對，加重語氣異口同聲地唱道：

除非他說謊，
除非他說謊。

接著，他們又轉向女主人，唱道：

因為他們是快樂的好夥伴，
因為他們是快樂的好夥伴，
因為他們是快樂的好夥伴，
這點沒人能否認。

餐室外的其他客人也應聲歡呼，把這首歌唱了一遍又一遍，弗雷迪．馬林斯則像個樂隊指揮，拿著叉子在頭頂揮舞。

他們站在大廳裡，清晨刺骨的寒氣從門外湧進來，凱特阿姨說：

「誰能幫忙把門關上呀。馬林斯太太可要得重感冒了。」

「布朗在外面呢，凱特姑姑。」瑪麗．珍說。

「布朗真是無處不在。」凱特阿姨壓低聲音說。

她說話的語氣逗得瑪麗．珍哈哈大笑。

「沒錯，」她調皮地說，「他是相當殷勤吶。」

「整個耶誕節，」凱特阿姨以同樣的語氣說，「他就像煤氣一樣被輸送到這裡[16]。」

這回她自己也開心地笑起來，接著又趕緊說：

「不過還是叫他進來吧，瑪麗．珍，順便把門關上。但願他沒聽見我的話才好。」

這時，大廳的門開了，布朗先生從門口的臺階上走進來，一路開懷大笑。他身穿綠色大衣，上面鑲著仿阿斯特拉罕羔羊皮的袖口和領子，頭戴一頂橢圓形皮帽。他指著下面白雪覆蓋的碼頭，從那裡傳來悠長尖利的哨音。

「泰迪要把都柏林所有出租馬車都叫來了。」他說。

加布里埃爾從辦公室後面的餐具間裡走出來，費力地穿著大衣，他環視了一下大廳，問道：

「格麗塔還沒下來嗎？」

「她還在收拾東西，加布里埃爾。」凱特阿姨說。

「誰在上面彈鋼琴呢？」加布里埃爾問。

「沒人呀。他們都走了。」

「啊，不，凱特姑姑，」瑪麗．珍說，「巴特爾．達爾西和奧卡拉漢小姐還沒走。」

「反正有人還在彈鋼琴。」加布里埃爾說。

瑪麗．珍瞥了一眼加布里埃爾和布朗先生，打了個寒戰說：

「看見你們兩位男士包裹得這麼嚴實，我也覺得冷了。我要是你們，可不願這個時候趕路回家。」

「這時候我最想，」布朗先生豪邁地說，「咯吱咯吱地踏著雪在鄉間美美地散散步，或者輕車快馬地狂奔上一陣。」

「從前我們家有過一匹好馬和一輛輕便雙輪馬車。」朱麗婭阿姨傷感地說。

16 煤氣是當時都柏林最時新的現代化設備。這裡指布朗先生隨時替大家服務。

「我們永遠都不會忘記的喬尼。」瑪麗・珍笑著說。

凱特阿姨和加布里埃爾也笑了。

「怎麼回事，喬尼有什麼稀罕事嗎？」布朗先生問。

「其實說的是已故的派翠克・莫肯，我們深切懷念的祖父，」加布里埃爾解釋說，「晚年時大家都叫他老先生，他是個製膠商。」

「哦，別忘了，加布里埃爾，」凱特阿姨笑著說，「他有個澱粉磨坊呢。」

「好吧，不管是膠水還是澱粉，」加布里埃爾說，「反正老先生有匹馬叫喬尼。喬尼常在老先生的磨坊裡工作，一圈又一圈地拉磨。一切都很好；但現在要說的是喬尼的一件慘事。一天，天氣晴好，老先生心血來潮，想要擺擺派頭，駕車到公園觀看閱兵儀式。」

「願上帝保佑他的靈魂。」凱特阿姨滿懷同情地說。

「阿門，」加布里埃爾接著說道，「於是老先生，就像我說的，給喬尼套上鞍，戴上他最好的高頂禮帽，佩上最好的硬領，大搖大擺地駕著車駛出了祖宅，那祖宅在後街附近，我想。」

看著加布里埃爾的樣子，大家都笑了，連馬林斯太太也笑起來，凱特阿姨說：

「哦，我說，加布里埃爾，實際上他不在後街住，只是磨坊在那裡罷了。」

「他駕著喬尼出了祖宅，」加布里埃爾繼續說，「一路上平安無事，後來喬尼看見了比利王[17]的雕像，不知是愛上了比利王的坐騎還是以為自己又回到了磨坊，牠竟圍著雕像轉起圈來。」

加布里埃爾在其他人的笑聲中，穿著套鞋繞大廳走了一圈。

「牠轉了一圈又一圈，」加布里埃爾說，「於是這位老先生、這位一向很愛面子的老先生，氣得鼻孔冒煙。『往前走，老兄！你這是什麼意思，老兄？喬尼！喬尼！真是莫名其妙！這馬怎麼回事？』」

加布里埃爾模仿得惟妙惟肖，引得大家哄堂大笑，笑聲卻很快被一陣響亮的敲門聲打斷。瑪麗·珍跑去開門，弗雷迪·馬林斯走了進來。弗雷迪·馬林斯把帽子戴在後腦勺上，冷得縮成一團，正累得直喘，哼哧哼哧地哈著氣。

「我只叫到一輛馬車。」他說。

「哦，我們沿著碼頭還能再找到一輛。」加布里埃爾說。

「是啊，」凱特阿姨說，「最好別讓馬林斯太太老是站在風口上。」

馬林斯太太由她兒子和布朗先生攙扶著走下門口的臺階，忙亂了一陣，終於被扶上馬車。弗雷迪·馬林斯隨後也爬了進去，在布朗先生的指點協助下，頗費了一番功夫才把她在座位上安頓妥當。最後，她總算是舒舒服服坐定了，弗雷迪·馬林斯請布朗先生也一起上車。又亂七

17 指威廉三世。

八糟地說了一大陣子的話，布朗先生才上了車。

車夫把毯子蓋在膝頭，俯身問他們去什麼地方。這樣一來就更亂了，弗雷迪．馬林斯和布朗先生分別從車窗裡探出頭來，給車夫指了不同的方向。難就難在布朗先生中途在什麼地方下車好，凱特阿姨、朱麗婭阿姨和瑪麗．珍站在門口的臺階上也一起討論，這個說東，那個說西，相互矛盾，大家笑作一團。弗雷迪．馬林斯更是笑得說不出話來。他時不時把腦袋從車窗裡探出來，弄得帽子總是險象環生，再縮回去告訴他母親討論的最新進展，最後，布朗先生抬高嗓門，壓倒眾人的喧笑聲，向被弄糊塗了的車夫喊道：

「你知道三一學院嗎？」

「知道，先生。」車夫說。

「那好，先把車趕到三一學院大門口，」布朗先生說，「然後我們再告訴你往哪兒去。現在明白了嗎？」

「明白了，先生。」車夫說。

「那就像鳥一樣朝三一學院飛吧。」

「好的，先生。」車夫應道。

揚鞭催馬，馬車在一片笑聲和道別聲中咔嗒咔嗒地沿碼頭駛去。

加布里埃爾沒和其他人一塊到門口去。他站在大廳的暗處，抬著頭，目不轉睛地望著樓梯。在一樓上方樓梯口附近，一個女人也站在陰影裡。他看不見她的臉，但能看見她裙子上赤褐色和橙紅色的方格圖案，在陰影裡呈現出一種黑白相間的兩色拼花。那是他的妻子。她倚在扶手上聽著什麼。加布里埃爾見她一動不動，覺得奇怪，也豎起耳朵細聽。但除了門口臺階上的笑聲和爭論聲、鋼琴彈出的幾個和絃和一個男人隱隱約約的歌聲之外，就再也聽不出什麼了。

他靜靜地站在大廳的暗處，一面用心捕捉歌聲的曲調，並仰頭注視著妻子。她的姿態帶著優雅而神祕的韻味，彷彿是某種事物的象徵。他在心中暗自揣摩，一個女人站在樓梯的陰影裡，傾聽著遠處飄來的音樂，象徵著什麼呢？如果他是畫家，他就會畫下她的那種姿態。藍色氈帽在幽暗背景的襯托下會愈發凸顯出她古銅色的頭髮，而裙子上的深色格子和淺色格子也相互映襯。假如他是畫家，他會把這幅畫命名為〈遠方的音樂〉。

廳門關上了；凱特阿姨、朱麗婭阿姨和瑪麗．珍回到大廳裡，笑語不斷。

「你們說，弗雷迪是不是太不像話了？」瑪麗．珍說，「他真是太不像話了。」

加布里埃爾沒說話，向樓梯上他妻子站的地方指了指。現在大門關上了，歌聲和琴聲也就聽得更清楚了。加布里埃爾舉起手來示意她們別出聲。歌曲聽起來像是愛爾蘭的傳統曲調，演唱者似乎對歌詞和自己的嗓音都沒有太大把握。因為隔著距離，再加上演唱者嗓音沙啞，歌聲顯得有些哀傷，歌曲的旋律和悲愁的歌詞依稀可辨：

哦，雨點滴落在我濃密的秀髮上，

露珠沾溼了我的肌膚，

我的嬌兒冰冷地躺在……[18]

「哦，」瑪麗·珍叫道，「是巴特爾·達爾西在唱歌，他整個晚上都不肯唱呢。哇，他走之前我得請他再唱一曲。」

「對，去吧，瑪麗·珍。」凱特阿姨說。

瑪麗·珍繞過眾人，向樓梯跑去，但還沒上樓梯，歌聲就停住了，鋼琴也突然合上了。

「啊，太遺憾了！」她嚷道，「他要下來了嗎，格麗塔？」

加布里埃爾聽到妻子答了一聲是，又見她下樓朝他們走來。她身後幾步之遙便是巴特爾·達爾西先生和奧卡拉漢小姐。

「啊，達爾西先生，」瑪麗·珍叫道，「您可真不夠意思，我們大家正聽得入迷，您卻突然不唱了。」

「整個晚上我都跟在他身邊，」奧卡拉漢小姐說，「康洛伊太太也是，但他說他感冒得厲害，唱不了。」

「哦，達爾西先生，」凱特阿姨說，「看來您是撒了個巧妙的小謊嘍？」

「您聽不出我的嗓子啞得像烏鴉嗎？」達爾西先生粗聲粗氣地說。

他匆匆走進餐具間，穿上大衣。他粗魯的回答令眾人一時錯愕，不知該說什麼好。凱特阿姨皺起眉頭，示意其他人別再提這個話題。達爾西先生正站著仔細地裹好圍巾，一臉不快。

「都是這天氣鬧的。」過了一會兒，朱麗婭阿姨說。

「是呀，大家都感冒了，」凱特阿姨立即跟著說，「無一例外。」

「聽人說，」瑪麗・珍說，「三十年沒下過這麼大的雪了；今天早晨我看報紙，報上說愛爾蘭各地普降大雪。」

「我喜歡雪景。」朱麗婭阿姨傷感地說。

「我也喜歡，」奧卡拉漢小姐說，「我覺得耶誕節地上沒有雪就不是真正的耶誕節。」

「但可憐的達爾西先生就不喜歡下雪。」凱特阿姨笑著說。

達爾西先生從餐具間出來，裹得嚴嚴實實，扣子繫得整整齊齊，歉然地向大家述說自己感冒的經過。大家都替他難過，也給他出主意，極力勸他在夜晚的寒風裡要特別注意保護嗓子。

18 出自愛爾蘭民謠〈奧格里姆的少女〉（"The Lass of Aughrim"）。奧格里姆是距高威東部約二十英里的小村莊。歌曲講述一個來自奧格里姆的農家女被格里高利爵士（Lord Gregory）引誘並始亂終棄的悲慘故事。農家女被遺棄後，冒雨來到爵士的城堡外，卻被他母親騙開，走投無路，投海身亡。爵士得知真相後，趕忙追上去，卻只看到女孩和孩子淹死的慘狀。小說中的選段是女孩在雨中求見格里高利爵士的吟唱。

加布里埃爾望著妻子，她沒有一起聊。她站在滿是灰塵的楣窗下方，煤氣燈的光焰照亮了她古銅色的秀髮，幾天前，他曾見她在爐邊把頭髮烤乾。她還保持著先前的姿態，似乎沒有察覺到旁人的對話。最後，她轉向他們，加布里埃爾發現她兩頰泛紅，眼睛閃閃發光。他心底突然湧起一陣喜悅。

「達爾西先生，」她問，「您剛才唱的那首歌叫什麼名字？」

「叫〈奧格里姆的少女〉，」達爾西先生說，「但歌詞我記不太清楚了。怎麼，您知道這首歌？」

「〈奧格里姆的少女〉，」她重複了一遍說，「我記不起歌名了。」

「這首歌的曲調真是太美了，」瑪麗．珍說，「您今晚嗓子不舒服，真遺憾。」

「喂，瑪麗．珍，」凱特阿姨說，「別煩達爾西先生了。我不想讓他覺得煩。」

見大家都做好了出發的準備，她便把他們送到門口，在那裡互道晚安：

「好，晚安，凱特阿姨，謝謝您帶給我們這樣一個愉快的夜晚。」

「晚安，加布里埃爾。晚安，格麗塔！」

「晚安，凱特阿姨，太感謝了。晚安，朱麗婭阿姨。」

「哦，晚安，格麗塔，我剛才沒看見你。」

「晚安，達爾西先生。晚安，奧卡拉漢小姐。」

「晚安，莫肯小姐。」

「晚安，再見。」

「大家晚安。一路平安。」

「晚安，晚安。」

時值凌晨，天色依舊幽暗。陰沉昏黃的晨光籠罩著房屋和河面；天空像在下沉一樣。腳下一片泥濘；只有房頂上、碼頭的護牆上和空地的圍欄上覆蓋著一縷縷、一片片白雪。在灰濛濛的夜空中，路燈兀自燃著紅光，河對面的四法院大廈在陰翳的天空下巍然聳立。

她和巴特爾·達爾西先生走在他前面，她把鞋用棕色的小包裹著夾在手臂下面，雙手提著長裙，唯恐濺上雪水。她的姿態不像方才那麼優雅了，但加布里埃爾的眼睛依然閃爍著幸福的光輝。血液在他血管裡湧動；腦海裡思潮激蕩，自豪、歡樂、溫柔、英勇。

她走在他前面，那麼輕捷，那麼挺拔，他很想不聲不響地追上去，摟住她的肩頭，在她耳邊說點又傻氣又深情的話。她看起來是那麼弱不禁風，他渴望呵護她，和她單獨在一起。一些他倆生活中的私密時刻突然像星星一樣在他記憶中閃現。一個淡紫色的信封放在他的早餐杯旁，他正在用手輕輕地撫弄它。鳥兒在常春藤上嘰嘰喳喳地叫，陽光透過窗簾，像網似的在地板上閃爍：他幸福得吃不下東西。他倆站在擁擠的月臺上，他把一張車票塞進她戴著手套的溫暖的手心裡。他和她一起站在寒風中，透過花格窗向裡看，看一個男人在熊熊燃燒的火爐邊做瓶子。那天天氣很冷。她的臉和他的臉貼得很近，在冷冽的空氣中散發著芳香；突然他朝爐邊那個男人喊道：

「火旺不旺，先生？」

那人因為爐子燒得劈里啪啦沒能聽見。這倒也好，否則他很可能會開罵。

又一股柔情蜜意從他心中逸出，隨著溫暖的血液在動脈裡奔騰。他們一起生活的瞬間、那些沒有人知道也永遠不會有人知道的瞬間，宛如柔和的星光，突然閃現出來照亮了他的記憶。他渴望喚起她對那些瞬間的回憶，使她忘記這些年他們在一起的沉悶生活，只記取那些心醉神迷的瞬間。因為他覺得，歲月並沒有熄滅他或她靈魂裡的激情。他們的孩子、他的寫作、她對家務的操勞，並沒有完全熄滅他們靈魂深處溫柔的火焰。在以前寫給她的一封信裡他這樣寫道：「為什麼這些詞讀起來如此冰冷乏味？是不是因為沒有一個詞溫柔得足以稱呼你呢？」

多年前他寫下的這些字句像遙遠的音樂一般，從過去飄回了記憶中。他渴望和她單獨在一起。等別人都離開了，等他和她回到旅館共處一室，那時他們就單獨在一起了。他會溫柔地呼喚她：

「格麗塔！」

也許她不會馬上聽見：她可能在脫衣服。但他聲音裡的某種情愫會打動她。她會轉過身來望著他……

在酒館街拐彎處他們遇到了一輛馬車。咔嗒咔嗒的車輪聲正合他意，因為這樣他就不用和旁人交談了。她望著窗外，顯得有些疲倦。其他人也只是偶爾朝某棟建築或某條街道指指點，說上三兩句話。在凌晨灰濛濛的天空下，馬兒拖著格格作響的舊車廂，有氣無力地向前奔馳，恍惚間，加布里埃爾彷彿又和她共乘一輛馬車，飛奔著去趕船，飛奔著去度蜜月。

馬車駛過奧康奈爾橋時，奧卡拉漢小姐開口說：

「據說，每次經過奧康奈爾橋，都會看到一匹白馬。」

「這次我倒看見了一個白人。」加布里埃爾說。

「在哪裡？」巴特爾．達爾西先生問。

加布里埃爾指了指白雪覆蓋的雕像，親切地朝它點點頭，揮揮手。

「晚安，丹。」他興高采烈地說。

馬車在旅館前停下，加布里埃爾跳下車，不顧巴特爾．達爾西先生的抗議，付了車錢。他多給了車夫一先令。車夫行了個禮說：

「祝您新年如意，先生。」

「也祝您新年如意。」加布里埃爾熱切地說。

下車時，她倚靠著他的臂膀，站在路邊的石階上向其他人道別。她輕柔地倚靠著他的臂膀，輕柔得就像幾個小時前他摟著她跳舞時那樣。那時他感到非常驕傲，非常幸福；幸福，因為她是屬於他的，驕傲，因為她的優雅和賢妻良母的姿態。而此刻，在那麼多記憶重新激起之後，一碰到她那富於韻致、奇異而芳香的身體，一陣強烈的情欲便油然而生。趁她靜默無語之際，他把她的手臂拉過來緊貼著自己；他倆站在旅館門前，他覺得他們已經避開了生活和責任，避開了家庭和朋友，懷著狂野喜悅的心情，一起逃離，奔向新的冒險旅程。

門廳裡，一個老人正坐在一把套著椅套的大椅子上打盹。他去辦公室裡點了支蠟燭，領他們走上樓梯。他們默默地跟著他，腳踩在鋪著厚地毯的樓梯上，發出輕柔的噔噔聲。她低著頭跟在門房後面上樓，纖弱的雙肩弓起，像背負著重擔似的，裙子緊緊裹在身上。他原想伸出雙臂抱住她的臀部，靜靜地摟著她，此刻他雙臂不停地顫抖，充滿了想要抱住她的欲望，他用指甲用力抵住手心才阻止了身體裡這股野性的衝動。門房在樓梯上停住，穩住搖曳不定的燭光。他們也在他下方的樓梯上停下來。寂靜之中，加布里埃爾能聽見蠟油滴在托盤上的聲音，聽見自己的心臟撞擊著肋骨的聲音。

門房領著他們穿過走廊，打開一扇門。他把搖曳的蠟燭放到梳妝檯上，問早上幾點鐘叫他們起床。

「八點。」加布里埃爾說。

門房指指電燈開關，咕咕噥噥地說了些道歉的話，加布里埃爾打斷了他：

「我們用不著燈。街上照進來的光就足夠了。而且，」他又指了指蠟燭說，「您不妨把這個漂亮東西也拿走，幫個忙。」

門房又拿起蠟燭，但動作遲緩，因為這個新奇的想法讓他十分不解。他嘟噥著道了晚安便離開了。加布里埃爾隨即鎖上了房門。

街燈蒼白的燈光射進屋裡，在窗戶和門之間形成一道長長的光束。加布里埃爾把大衣和帽子扔到長沙發上，穿過房間走到窗前。他注視著樓下的街道，想稍稍平復一下激動的心情。然後他轉身背著光，靠在一個五斗櫃上。她已經摘下帽子，脫掉斗篷，正站在一面很大的旋轉式穿衣鏡前解腰帶。加布里埃爾注視著她，沉默了一會兒，然後叫道：

「格麗塔！」

她慢慢從鏡子前轉過身來，沿著光束朝他走來。她的臉顯得嚴肅而疲憊，竟使加布里埃爾一時語塞。不，還不是時候。

「你好像累了。」他說。

「是有點累。」她回答。

「是不舒服還是虛弱？」

「不，只是累了。」

她走到窗前站在那裡，向外凝望。加布里埃爾又等了一會兒，後來生怕羞怯會占據上風，便突然開口道：

「聽我說，格麗塔！」

「什麼事？」

「你認識那個可憐的傢伙馬林斯嗎？」他匆匆地說。

「認識，怎麼了？」

「哎，可憐的傢伙，到底是個正派人，」加布里埃爾用一種不自然的嗓音繼續說，「他還了我借給他的一英鎊，說真的，我都沒指望他還。可惜他總不肯離那個布朗遠一點，說真的，他不是壞人。」

這時他因為氣惱而渾身發抖。為什麼她看起來那麼心不在焉？他不知該如何開始才好。她也為什麼事而氣惱嗎？要是她主動轉向他或走過來就好了！看她現在的樣子，去占有她未免有些粗暴。不，至少要先在她眼睛裡看到一點激情才好。他渴望能夠把握住她奇怪的情緒。

「什麼時候你借給他一英鎊？」她沉默了一會兒問道。

加布里埃爾強忍著才沒口出惡言去罵那個醉醺醺的馬林斯和那一英鎊。他渴望從內心深處向她呼喊，渴望把她緊緊擁在懷裡，將她征服。然而他卻回答說：

「哦，耶誕節的時候，他那個賣聖誕賀卡的小店開張，在亨利大街。」

他正處於憤懣和欲望的狂熱之中，竟沒有聽見她從窗前走了過來。她在他面前站了一會兒，不解地望著他。然後突然踮起腳尖，雙手輕輕搭在他肩頭，吻了吻他。

「你真慷慨，加布里埃爾。」她說。

加布里埃爾覺得這句話說得新奇有趣，再加上剛才那突如其來的一吻，不禁興奮得渾身發抖，他把雙手攏在她的頭髮上，開始向後撫順，手指幾乎都沒有碰到頭髮。洗過的頭髮柔潤亮麗。他的心洋溢著幸福。就在他滿懷渴望之時她主動迎上前來。也許他們心靈相通。也許她感覺到了他難以抑制的情欲，突然生出依順的情緒。既然她這麼容易就投懷送抱，剛才自己為什麼那麼矜持呢？

他站著，雙手捧著她的頭，然後迅速把一隻手滑下去，把她往懷裡一拉，輕輕地問：

「格麗塔，親愛的，你在想什麼？」

她沒有回答，也沒有完全投入他的懷抱。他再次輕輕地問：

「告訴我你在想什麼，格麗塔。我想我知道是什麼事。我知道嗎？」

她沒有馬上回答。待她開口時突然淚如雨下：

「哦，我在想那首歌，〈奧格里姆的少女〉。」

她從他懷抱裡掙脫，跑到床邊，雙臂架在床欄上，把臉埋進臂彎裡。加布里埃爾驚訝不已，呆立了一會兒，才跟上前去。經過那面旋轉式穿衣鏡時，他瞥見了自己的身影，那寬闊緊繃的襯衫前襟，那在鏡子裡看見時總使自己困惑的面部表情，還有那副亮閃閃的金絲眼鏡。他在離她幾步遠的地方停下來問道：

「那首歌怎麼了？你為什麼哭了？」

她從臂彎裡抬起頭來，像孩子一樣用手背擦乾了眼淚。他的聲音也意想不到地變得更加溫柔。

「怎麼啦，格麗塔？」他問。

「我在想從前經常唱那首歌的一個人。」

「從前的那個人是誰？」加布里埃爾笑著問。

「是我在高威認識的一個人，當時我和外婆住在一起。」她說。

加布里埃爾臉上的笑容消失了。陰沉的怒氣開始在心底彙聚，陰沉的欲火也開始在血管裡憤怒地燃燒起來。

「是你愛過的一個人吧？」他譏誚地問。

「是我從前認識的一個年輕人，」她回答說，「叫邁克爾．弗瑞。他經常唱那首歌，〈奧格里姆的少女〉。他很文弱。」

加布里埃爾默然不語。他不想讓她覺得他對這個文弱的男孩有什麼興趣。

「他就在我眼前，清清楚楚，」她停頓了一會兒，開口道，「簡直就是他的眼睛：又大又黑！那眼睛裡的神色──那種神色！」

「哦，這麼說，你那時是愛上他嘍？」加布里埃爾說。

「在高威的時候，」她說，「我常跟他一起出去散步。」

加布里埃爾的心裡閃過一個念頭。

「也許這就是你想和那位艾弗斯女孩去高威的原因吧？」他冷冷地說。

她看著他，驚訝地問：

「去幹嘛？」

她的眼神讓加布里埃爾感到尷尬。他聳聳肩說：

「我怎麼知道呢？或許去看看他吧。」

她把目光從他身上移開，循著地上那束光，默不作聲，向窗口望去。

「他已經死了，」她終於開口道，「死的時候才十七歲。那麼年輕就死了，不是很可憐嗎？」

「他是幹什麼的？」加布里埃爾仍然帶著譏誚的語氣問。

「他在煤氣廠工作。」她說。

加布里埃爾覺得很丟臉，譏諷落了空，又從死者身上扯出這麼一個人，一個在煤氣廠工作的男孩。就在他滿懷柔情、歡樂和欲望回憶他們生活中的私密時刻時，她卻在心裡把他和另一個人做比較。自慚之情襲上了心頭。他覺得自己滑稽可笑，是一個為兩個阿姨跑腿打雜的孩子，一個神經質又自作多情的感傷主義者，一個對著一群俗人高談闊論並把自己小丑般的情欲理想化的人，一個剛才在鏡子裡瞥見的可憐而愚蠢的傢伙。他本能地轉身背對著光線，以免讓她看到前額上燃燒的羞愧之火。

他極力想用冰冷的詰問語氣講話，但開起口來，聲音卻顯得卑下而漠然。

「我想你是愛上了那個邁克爾·弗瑞吧，格麗塔。」他說。

「那時我和他非常親密。」她說。

她的聲音含蓄而悲涼。加布里埃爾覺得現在若想把她引向自己原來設想的情境，一定會無功而返，於是便撫摸著她的一隻手，也不無悲傷地說：

「他那樣年輕是怎麼死的，格麗塔？肺病，是嗎？」

「我想他是為我而死的。」她回答。

聽到這個回答，加布里埃爾心裡湧起一陣莫名的恐懼，彷彿在他即將獲勝之際，某個難以名狀的、蓄意報復的幽靈衝出來跟他作對，在它那個朦朧的世界裡糾集力量來對付他。但他憑藉理智甩開了這種恐懼，繼續撫摸她的手。他不再追問，因為他覺得她會自己告訴他的。她的手溫暖而溼潤：但對他的觸摸毫無回應。不過，他仍然繼續撫摸著它，就像那個春天的早晨他撫摸著她的第一封來信一樣。

「那是在冬天，」她說，「大概是初冬吧，當時我正要離開外婆家，到這裡的修道院來。那時他在高威的住處一直病著，人家不讓他出門，也寫信通知了他在奧特拉德的家人。他們說，他的身體一天不如一天，或者諸如此類的話。我並不十分清楚。」
她停了一會兒，歎了口氣。
「可憐的人，」她說，「他非常喜歡我，而且是那麼文雅的一個男孩。我們時常一起出去，散散步，你知道，加布里埃爾，在鄉下大家都這樣。要不是身體不好，他就去學唱歌了。他有一副好嗓子，可憐的邁克爾・弗瑞。」
「那後來呢？」加布里埃爾問。
「後來，等到我要離開高威來這裡的修道院，他病得更厲害了，人家不讓我見他，於是我給他寫了封信，說我就要去都柏林了，夏天回來，希望到時候他會好起來。」
她停了一會兒，撫平自己激動的聲音，繼續說道：
「後來，在動身的前一晚，我在修女島外婆家的房子裡收拾行李，聽到有人扔石子打窗戶的聲音。窗玻璃全溼了，什麼都看不見，我就跑下樓，從後門溜進花園，看見那個可憐的人正站在花園另一頭，渾身發抖。」
「你沒叫他回去嗎？」加布里埃爾問。
「我求他趕快回家去，還告訴他淋在雨裡會要了他的命。可是他說他不想活了。我現在能清清楚楚地看見他的眼睛，清清楚楚！他就站在牆那頭，那裡有一棵樹。」
「那麼他回家了嗎？」加布里埃爾問。

「嗯，他回家了。我到修道院一個星期後他就死了，埋在奧特拉德，那裡是他的老家。哎，我得知他死訊的那天！」

她停住了，哽咽得說不出話來，情緒難以自制，不禁臉朝下撲倒在床上，把頭埋在被子裡哭泣。加布里埃爾不知如何是好，又握了一會兒她的手，後來，因為怯於在她傷心的時候打擾她，便輕輕地把手鬆開，靜靜走到窗邊。

她已沉沉睡去。

加布里埃爾倚著臂肘，心平氣和地望著她那蓬亂的髮絲和半啟的嘴唇，聽著她那深沉的呼吸。原來她的生命中有過這樣一段浪漫的戀情：一個男人為她而死。想到自己作為丈夫，在她生命裡扮演了這樣一個可憐的角色，之前的痛苦怨懟，也漸漸釋懷了。她沉睡著，他在一旁看著她，好像他和她從未像夫妻一樣生活過。他好奇的目光長久地停留在她的臉龐和頭髮上：他想像著她當年的模樣，想像著她在豆蔻年華美貌初現，一種莫名的、友善的憐憫之情在他靈魂裡湧動。他甚至不願承認，她的臉龐已經風華不再，但他知道那不再是邁克爾·弗瑞為之慨然殉情的臉龐。

也許她沒有把事情和盤托出。他把目光轉向椅子，她在上面撂了些衣服。一條襯裙的帶子垂到地板上。一隻靴子直立著，靴筒軟塌塌地耷拉下來；另一隻則橫躺在一旁。想起自己一小時前心緒那樣騷動，他不禁覺得奇怪。是什麼引起的呢？是阿姨的晚宴，是自己愚蠢的演講，是美酒歌舞，是大廳告別時的歡鬧，是雪中沿河邊散步的愉悅。可憐的朱麗婭阿姨！不久她也會成為幽靈，與派翠克·莫肯和他的馬的幽靈為伴。她唱〈盛裝待嫁〉時，在某個瞬間，他在她臉上瞥見了形容枯槁的神色。也許過不了多久，他就會坐在同一間客廳裡，穿著黑色喪服，膝上放著絲質禮帽。百葉窗拉下來，凱特阿姨坐在他身邊，痛哭流涕地訴說朱麗婭阿姨是怎麼走的。他會搜腸刮肚地去想些可以安慰她的話，但最終只會說出些蹩腳的無用字句。是的，是的：這件事很快就會發生了。

房間裡的寒氣使他覺得肩膀發涼。他小心地鑽進被子，挨著妻子躺下。一個接一個，他們都會變成幽靈。與其隨著年華凋零淒涼地枯萎消殘，不如趁著激情滿懷韶華尚在，勇敢地跨進另一個世界。他想到，躺在自己身邊的她，是怎樣把戀人訣別的眼神深鎖在心底，鎖了那麼多年。

加布里埃爾不禁熱淚盈眶。他從來沒有對任何女人付出過那樣的感情，但他知道那一定是愛情。他的眼淚越積越多，在半明半暗的微光裡，他想像著自己看到了一個年輕人的身影，站在一棵雨水滴答的樹下。周圍還有其他身影。他的靈魂已經接近了那個亡魂盤踞的領域。他意識到了他們變幻無常、忽隱忽現的存在，卻又無法理解。他自己的存在也逐漸淡入那個灰色而無法捉摸的世界：這個實在的世界，這個死者一度養育生息的世界，正在漸漸溶解，化為烏有。

窗邊傳來幾下輕叩玻璃的聲音，他循聲望去。又開始下雪了。他睡眼朦朧地看著銀白灰濛的雪花在燈光下斜斜地飄落。該是他啟程西行的時候了。是的，報紙上說得沒錯：愛爾蘭各地普降大雪。雪落在晦暗的中部平原的每一片土地上，落在光禿禿的山丘上，輕輕地落在艾倫沼地上，再往西，輕輕地落在香農河洶湧澎湃的黑色波濤中。雪也落在邁克爾．弗瑞安息的那座孤零零的山間教堂的墓地的每一個角落裡。雪飄落下來，厚厚地堆積在歪斜的十字架和墓碑上，堆積在墓園小門的柵欄尖上，堆積在荒蕪的荊棘叢中。聽著雪花在天地間窸窸窣窣地飄落，他的靈魂沉沉睡去，雪花窸窸窣窣地飄落，就像最後的時刻來臨那樣，落到了每一個生者和死者身上。

附錄
詹姆斯・喬伊斯大事年表

一八八二年（作家誕生）

二月二日，詹姆斯・奧古斯塔・喬伊斯（James Augusta Joyce）出生於都柏林南部近郊拉斯加（Rathgar）的布萊頓廣場（Brighton Square）四十一號。其父約翰・斯坦尼斯勞斯・喬伊斯（John Stanislaus Joyce）時任都柏林稅收官，與妻子瑪麗・珍・莫雷（Mary Jane Murray）共育有四男六女，喬伊斯為長子（此前還有一個孩子夭折）。

一八八七年（五歲）

五月，喬伊斯一家搬到都柏林南部小鎮布雷（Bray）。

一八八八年（六歲）

九月一日，喬伊斯進入耶穌會開辦的克隆伍茲・伍德公學（Clongowes Wood College）。

一八九一年（九歲）

愛爾蘭「無冕之王」帕內爾（Charles Stewart Parnell）去世，年僅九歲的喬伊斯寫了一首題為〈還有你，希利〉（"Et Tu, Healy"）的詩，斥責帕內爾過去的追隨者蒂姆．希利（Tim Healy）對領袖的背叛。

一八九三年（十一歲）

年初，喬伊斯一家搬到都柏林市。

四月，在康米神父（John Conmee）的幫助下，詹姆斯．喬伊斯和弟弟斯坦尼斯勞斯．喬伊斯（Stanislaus Joyce）免費進入貝萊弗迪爾公學（Belevedere College）讀書。

一八九七－一八九八年（十五－十六歲）

喬伊斯連續兩年在中學考試中贏得作文最高分。

一八九八年（十六歲）

喬伊斯進入都柏林大學（University College Dublin）。在校期間博覽群書，為讀易卜生（Henrik Ibsen）原著，自學了丹麥文和挪威文。

一九〇〇年（十八歲）

一月二十日，喬伊斯向都柏林大學文史學會（Literary and Historical Society）宣讀了題為〈戲劇與生活〉（"Drama and Life"）的文章，提出戲劇應表現當代題材，並為易卜生辯護。

一九〇〇—一九〇三年間（十八—二十一歲）

喬伊斯寫了一系列他稱之為「顯形篇」（epiphanies）的筆記。

一九〇一年（十九歲）

十月，喬伊斯寫了一篇題為〈烏合之眾的時代〉（"The Day of the Rabblement"）文章，抨擊愛爾蘭文藝復興運動中存在的狹隘民族主義傾向。在投稿遭拒後自費印發。

一九〇二年（二十歲）

六月，喬伊斯從都柏林大學畢業。

八月，拜訪喬治·拉塞爾（George Russell），並在拉塞爾的安排下，十月分與葉慈見面。

十二月，喬伊斯動身前往巴黎學醫，聽課後因為學費問題放棄。

一九〇三年（二十一歲）

一月，再次離開都柏林前往巴黎。

四月，母親病危，喬伊斯返回都柏林。

八月，母親逝世。

一九〇四年（二十二歲）

二月，完成《英雄斯蒂芬》（*Stephen Hero*）第一章。

六月十日，散步途中偶遇娜拉·巴納克爾（Nora Barnacle），對其一見鍾情。十六日傍晚，兩人首次約會。為紀念這個意義非凡的日子，喬伊斯在數年後創作的《尤利西斯》（*Ulysses*）中將故事時間設定為一九〇四年六月十六日，這一天也被稱為「布魯姆日」（Bloomsday）。

七月，開始創作《都柏林人》。

八月—十二月，〈姊妹倆〉（"The Sisters"）、〈伊芙琳〉（"Eveline"）、〈車賽之後〉（"After the Race"）相繼在《愛爾蘭家園報》（*Irish Homestead*）發表，後收入《都柏林人》。

十月，喬伊斯攜娜拉離開都柏林，前往瑞士蘇黎世，後輾轉至的里亞斯特教書。在此期間創作一篇題為〈聖誕夜〉（"Christmas Eve"）的小說，後改名為〈泥土〉（"The Clay"）。

一九〇五年（二十三歲）

五月—十月，相繼完成〈一樁慘案〉（"A Painful Case"）、〈公寓〉（"The Boarding House"）、〈如出一轍〉（"Counterparts"）、〈委員會辦公室裡的常春藤日〉（"Ivy Day in the Committee Room"）、〈母親〉（"A Mother"）、〈阿拉比〉（"Araby"）、〈聖恩〉（"Grace"）。

七月，兒子喬治・喬伊斯（Giorgio Joyce）出生。

十二月，將《都柏林人》原稿十二篇（後補加三篇）寄給出版商格蘭特・理查茲（Grant Richards）。次年三月，雙方簽訂出版合約。

一九〇六年（二十四歲）

八月，喬伊斯一家來到羅馬，喬伊斯在銀行工作。

十月下旬，格蘭特·理查茲拒絕出版《都柏林人》。

一九〇七年（二十五歲）

二月，另一位出版商約翰·朗（John Long）也拒絕出版《都柏林人》。

三月，喬伊斯一家回到的里雅斯特。

五月，詩集《室內樂》（*Chamber Music*）出版。

七月，女兒露西亞·安娜·喬伊斯（Lucia Anna Joyce）出生。喬伊斯辭去教職，主要經濟來源為家教。

九月二十日，完成〈死者〉（"The Dead"）。

一九〇八年（二十六歲）

哈欽森出版公司（Hutchinson & Co.）、出版商阿爾斯頓·里弗（Alston Rivers）、愛德華·阿諾德（Edward Arnold）相繼拒絕出版《都柏林人》。

一九〇九年（二十七歲）

七月，為交涉《都柏林人》出版事宜回到都柏林。

一九一二年（三十歲）

九月，與出版商喬治・羅伯茨（George Roberts）談判破裂，《都柏林人》在印刷後被焚毀。當晚，喬伊斯帶家人離開都柏林，途中創作〈火爐冒煤氣〉（"Gas from a Burner"）一詩，對都柏林出版界大加諷刺。

十二月至次年四月，出版商馬丁・賽克（Martin Secker）和埃爾金・馬修斯（Elkin Mathews）相繼拒絕出版《都柏林人》。

一九一四年（三十二歲）

二月，在埃茲拉・龐德（Ezra Pound）的幫助下，美國雜誌《利己主義者》（*Egoist*）開始以連載形式刊登《一個青年藝術家的畫像》（*A Portrait of the Artist as a Young Man*），直至一九一五年九月。

六月，格蘭特・理查茲出版了《都柏林人》。同年，喬伊斯開始創作《尤利西斯》。

一九一五年（三十三歲）

四月，《流亡者》（*Exiles*）大致完成。

六月底，因戰亂，喬伊斯一家移居蘇黎世。

七月至次年三月，《一個青年藝術家的畫像》的出版計畫多次遭拒。

一九一六年（三十四歲）

六月，喬伊斯開始藉由龐德收到匿名贊助，後證實為《利己主義者》編輯韋弗女士（Harriet Shaw Weaver）所贈。

從一九一七年二月起，韋弗女士開始定期資助喬伊斯，直至他逝世。

十二月，在韋弗女士的協助下，《一個青年藝術家的畫像》在美國出版。

一九一七年（三十五歲）

八月，接受眼疾手術，對視力造成了永久影響。

一九一八年（三十六歲）

三月，美國雜誌《小評論》（*Little Review*）開始以連載形式刊登《尤利西斯》。

五月，《流亡者》在英國、美國同時出版。

一九二〇年（三十八歲）

七月，喬伊斯帶家人移居巴黎，並結識莎士比亞書店（Shakespeare and Company）店主西爾維婭．比奇（Sylvia Beach）。

一九二一年（三十九歲）

二月，因《尤利西斯》部分內容被認為涉嫌淫穢，《小評論》被紐約正風協會（New York Society for the Prevention of Vice）查扣，兩位編輯出庭受審，並處以罰金。

十月二十九日，《尤利西斯》全部完成。

一九二二年（四十歲）

二月二日，莎士比亞書店在喬伊斯生日當天出版了《尤利西斯》。

八月—九月，喬伊斯赴倫敦治療眼疾。

十月，喬伊斯大致結束了《尤利西斯》的校對修改工作，並開始著手準備下一部作品。

一九二三年（四十一歲）

八月，喬伊斯做了三次眼部手術。

一九二四年（四十二歲）

三月，《一個青年藝術家的畫像》法譯本出版。

四月，《大西洋彼岸書評》（*Transatlantic Review*）刊載了《芬尼根守靈夜》（*Finnegans Wake*）片段。

六月十日、十一月二十九日，相繼接受第五、六次眼部手術。

一九二五年（四十三歲）

六月，再次接受眼部手術。

一九二七年（四十五歲）

《尤利西斯》德譯本出版。

四月，尤拉斯夫婦（Eugene and Maria Jolas）的《轉折》（*Transition*）雜誌開始連載《芬尼根守靈夜》，直至一九三八年。

七月七日，詩集《一便士一個的蘋果》（*Pomes Penyeach*）由莎士比亞書店出版。

一九二九年（四十七歲）

二月，《尤利西斯》法譯本出版。

五月二十七日，莎士比亞書店出版了《我們對他製作〈正在進行中的作品〉的化身的檢驗》（*Our Exagmination Round His Factification for Incamination of Work in Progress*），這是在喬伊斯授意下由山繆・貝克特（Samuel Beckett）等十二人為《芬尼根守靈夜》寫的辯解文集。

一九三〇年（四十八歲）

四月—六月，喬伊斯赴蘇黎世治療眼疾，在五月十五日做了白內障手術。

一九三一年（四十九歲）

四月，全家赴倫敦。

七月四日，喬伊斯在倫敦與娜拉正式登記結婚。

八月，女兒露西婭開始表現出精神異常的症狀。

十二月，父親約翰・喬伊斯在都柏林逝世。

一九三二年（五十歲）

二月二十五日，孫子斯蒂芬・詹姆斯・喬伊斯（Stephen James Joyce）出生。

三月，喬伊斯與蘭登書屋（Random House）簽訂《尤利西斯》的出版合約。

四月，露西婭被診斷患有精神分裂症，這對喬伊斯之後的生活產生了很大影響。

十二月一日，《尤利西斯》第四版出版，由斯圖亞特．吉伯特（Stuart Gilbert）修訂，該版成為《尤利西斯》最權威的版本。

一九三三年（五十一歲）

十二月，約翰．伍爾西（John Woolsey）法官宣判解除對《尤利西斯》在美國的禁令。

一九三四年（五十二歲）

一月—二月，美國蘭登書屋出版了《尤利西斯》。

一九三六年（五十四歲）

十月三日，《尤利西斯》在英國出版。

一九三八年（五十六歲）

十一月十三日，《芬尼根守靈夜》完成。

一九三九年（五十七歲）

五月四日，《芬尼根守靈夜》在倫敦和紐約同時出版。

一九四〇年（五十八歲）

十二月，因第二次世界大戰爆發，喬伊斯與妻子、兒子離開巴黎，前往蘇黎世。

一九四一年（五十九歲）

一月十三日，喬伊斯因胃潰瘍穿孔，在蘇黎世病逝。

都柏林人 / 詹姆斯．喬伊斯著；辛彩娜譯 . -- 初版 . -- 臺北市：時報文化出版企業股份有限公司 , 2021.11
304 面；21 x 14.8 公分 . --（愛經典；56）
譯自：Dubliners
ISBN 978-957-13-9613-2（精裝）

884.157 110017741

作家榜经典文库®

ISBN 978-957-13-9613-2
Printed in Taiwan

愛經典0056

都柏林人

作者—詹姆斯．喬伊斯｜譯者—辛彩娜｜編輯總監—蘇清霖｜編輯—邱淑鈴｜美術設計—FE 設計｜校對—邱淑鈴｜董事長—趙政岷｜出版者—時報文化出版企業股份有限公司 108019 台北市和平西路三段二四〇號四樓 發行專線—（〇二）二三〇六—六八四二 讀者服務專線—〇八〇〇—二三一—七〇五、（〇二）二三〇四—七一〇三 讀者服務傳真—（〇二）二三〇四—六八五八 郵撥—一九三四四七二四時報文化出版公司 信箱—10899 台北華江橋郵局第 99 信箱 時報悅讀網—http://www.readingtimes.com.tw｜電子郵件信箱—new@readingtimes.com.tw｜法律顧問—理律法律事務所 陳長文律師、李念祖律師｜印刷—紘億印刷有限公司｜初版一刷—二〇二一年十一月十二日｜定價—新台幣四〇〇元｜（缺頁或破損的書，請寄回更換）